EVELYN SANDERS

Mit Fünfen ist man kinderreich

Roman

WILHELM HEYNE VERLAG
MÜNCHEN

HEYNE ALLGEMEINE REIHE
Nr. 01/12273

Umwelthinweis:
Dieses Buch wurde auf
chlor- und säurefreiem Papier gedruckt

Taschenbuchausgabe 07/2001

Printed in Germany 2001
http://www.heyne.de
Umschlagillustration: Heiner-Kristian Alfaenger/
DIE KLEINERT
Umschlaggestaltung: Nele Schütz Design, München
Druck und Bindung: Elsnerdruck, Berlin

ISBN: 3-453-18745-8

Der Autorin ist es auch nach fünfzehnjährigem Aufenthalt in Schwaben nicht gelungen, die Landessprache zu erlernen. Sie ist zwar durchaus in der Lage, Gesprächen der Ureinwohner zu folgen, sieht sich aber außerstande, an den Unterhaltungen teilzunehmen, wenn sie im heimischen Dialekt geführt werden.

Aus diesem Grunde werden etwaige Leser aus dem baden-württembergischen Raum um Entschuldigung gebeten, weil die in dem Buch enthaltenen schwäbischen Texte vermutlich alles andere als schwäbisch klingen.

1

Er war Schriftleiter einer Jugendzeitschrift und stellte mich als Redaktionssekretärin ein. Ausschlaggebend hierfür schien in erster Linie meine Fähigkeit gewesen zu sein, anständigen Kaffee zu kochen. Das benutzte Geschirr hatte ich später auf der Toilette zu spülen. Woanders gab es keine Wasserleitung. Wenn ich gelegentlich mit unseren Graphikern kollidierte, die Pinsel und Farbtöpfe wuschen, dann hatten die Kaffeetassen Vorrang.

Eine nicht minder verantwortungsvolle Tätigkeit war das Aufspüren ständig verschwundener Manuskripte, Feuerzeuge, Telefonnummern und Krawatten, die bei Redakteuren nicht unbedingt zur Arbeitskleidung gehören und nach Möglichkeit sofort abgelegt wurden.

Darüber hinaus hatte ich das Telefon zu bedienen und Termine zu überwachen. Letztere waren überwiegend privater Natur und betrafen meinen Chef. Offensichtlich billigte er sich die unverbrieften Rechte eines Junggesellenstatus zu und wechselte seine Freundinnen ebenso häufig wie seine Hemden und seine Wohnungen. Ob er die Miete nicht bezahlt hatte oder die Nachforschungen abgelegter Bräute erschweren wollte, weiß ich nicht. Jedenfalls hatte ich mich schon mit der Absicht getragen, die polizeilichen Anmeldeformulare fotokopieren zu lassen und nur die neue Anschrift jeweils handschriftlich einzufügen, als er plötzlich seßhaft wurde und die Dinger nicht mehr brauchte.

Nachdem ich meine Fähigkeiten als Telefonistin hinreichend bewiesen und darüber hinaus organisatorisches Talent gezeigt hatte, indem ich die Zusammenkünfte zwischen dem ›Don Juan‹ und seinen Damen so koordinierte, daß eine nichts von der anderen erfuhr, hielt man mich größerer Dinge für fähig, und ich avancierte nebenbei zur Briefkastentante.

Jetzt durfte ich Teenager trösten, die Schauspielerin, Primaballerina oder Stewardeß werden wollten, und liebeskranken Backfischen erklären, daß ein verpatztes Rendezvous nicht unbedingt ein Selbstmordgrund sei. Zwischendurch suchte ich weiter nach Krawatten, Manuskripten und verlegten Telefonnummern neuer Favoritinnen.

Übrigens konnte ich die Damen, die sich meinem Chef in so reicher Zahl an den Hals warfen, sogar verstehen. Die gesamte weibliche Belegschaft unseres zwölfköpfigen Redaktionsteams – ich eingeschlossen – schwärmte ein bißchen für ihn. Er sah gut aus, war nicht dumm, hatte unverschämt viel Charme und schien auch noch sein Metier zu beherrschen. Zumindest ließen die ständig steigenden Auflagenziffern unserer Zeitschrift derartige Vermutungen zu.

Wohl nicht zuletzt aus diesem Grunde hatte er bei unserem Verleger absolute Narrenfreiheit. Außerdem residierte der Gewaltige im Erdgeschoß des Pressehauses, während wir im siebenten Stock thronten. Dazwischen lagen immerhin 128 Treppenstufen. Natürlich gab es auch einen Lift, aber der Herr Verleger lehnte die Benutzung dieses zugegebenermaßen reichlich antiquierten Gehäuses ab, seitdem er einmal in dem Käfig steckengeblieben war und zwei Stunden auf seine Befreiung warten mußte. Äußerte er jetzt die Absicht, sich wieder einmal auf unseren Olymp zu begeben, dann setzte prompt das telefonische Frühwarnsystem ein. Wir hatten also genügend Zeit, Anzeichen außerdienstlicher Beschäftigungen wie Nagellackflaschen oder gerade getippte Privatbriefe verschwinden zu lassen und intensive Arbeit im Sinne unserer Anstellungsverträge vorzutäuschen.

Es wurde aber auch wirklich gearbeitet! Denn uns machte unsere Tätigkeit viel Spaß. Außer einem grämlichen Oberlehrertyp, der uns bald verließ und das Archiv einer Fachzeitschrift übernahm, wo er vermutlich mit seinen Zeitungsausschnitten langsam verstaubte, gab es in unserem Team kein Mitglied über dreißig. Wir waren also alle noch ziemlich unverbraucht und idealistisch genug, gelegentliche Überstunden als unvermeidlich hinzunehmen. Davon waren im allgemeinen aber nur der Redaktionsleiter und die Graphiker betroffen, die sowieso nie rechtzeitig fertig wurden. Das ist bei ihnen eine Berufskrankheit! Und ich blieb freiwillig länger, um sie zwecks Hebung der Arbeitsmoral mit Kaffee und notfalls auch mit belegten Broten zu versorgen.

Eines Tages wurde mir aber klar, daß ich bei meinen kulinarischen Hilfsdiensten keineswegs nur das leibliche Wohl meiner Kolleginnen im Auge hatte. Meine anfangs harmlose Schwärmerei für unseren Chef ging inzwischen so tief, daß ich kurzerhand meinem damaligen Tennisplatzflirt den Laufpaß gab – übrigens zum großen Mißfallen meiner Eltern, die in dem jungen Bankkaufmann einen potentiellen Schwiegersohn mit soliden Karriereaussichten gesehen hatten – und auf ein außerredaktionelles Privatleben weitgehend verzichtete.

In Anerkennung aufopferungsvoller Tätigkeit im Dienste der Zeitung wurde ich eines Tages ausersehen, unseren Chef nach Belgien zu begleiten. Dort sollte irgendein Vertrag ausgehandelt werden, und obwohl ich kaum ein Wort Französisch sprach, während er es fließend beherrschte, bestand unser Boß auf meiner angeblich notwendigen Anwesenheit.

Also fuhr ich mit. Und weil der geschäftliche Teil der Reise schneller als erwartet erledigt war und weil ich Brüssel noch nicht kannte und weil sowieso ein arbeitsfreies Wochenende bevorstand, fuhren wir erst zwei Tage später wieder nach Hause.

Am nächsten Ersten habe ich gekündigt.

Meinen Chef habe ich allerdings behalten! Rolf und ich sind nun seit zwölf Jahren verheiratet, haben fünf Kinder und ziehen gerade zum siebenten Mal um.

2

Als ich in den Stand der heiligen Ehe trat, war ich 24 Jahre alt, perfekt in der Handhabung von Telefon und Schreibmaschine, aber ohne die geringsten Erfahrungen in hauswirtschaftlichen Tätigkeiten. Meine Kochkenntnisse beschränkten sich auf die Zubereitung von Kaffee oder allenfalls Spiegeleiern, und ein Bügeleisen hatte ich nur dann in die Hand genommen, wenn es sich nicht umgehen ließ. Vom Nähen oder Stopfen hatte ich überhaupt keine Ahnung. Meine Abneigung gegen jede Art von Handarbeit stammte noch aus der Schulzeit. Aber zum Glück fanden sich immer begabtere Klassenkameradinnen, die meine verschandelten Werke wieder in Ordnung brachten und mir dadurch wenigstens die Drei im Zeugnis garantierten. Zum Dank dafür schrieb ich ihnen ihre Deutschaufsätze.

Ursprünglich hatten wir erwogen, Rolfs derzeitiges Junggesellen-Apartment mit meinen eigenen Möbeln vollzustopfen und dort erst einmal zusammen zu wohnen. Sein Mobiliar bestand aus einer Schlafcouch, zwei nicht zueinanderpassenden Sesseln – einer davon mit Blümchenmuster –, einem Tisch, der vollgepackt war mit Büchern, Zeitschriften, Manuskripten und Krawatten, einem Schreibtisch, auf dem es so ähnlich aussah, ein paar ständig überquellenden Aschenbechern sowie einem riesigen Gummibaum, den ein Freund einmal untergestellt und nie wieder abgeholt hatte. Dann gab es noch eine winzige Dusche und eine ebenso winzige Kochnische.

Nun hatte ich nicht gerade von einer Zehn-Zimmer-

Villa nebst Butler und Dienstmädchen geträumt, aber die augenblickliche Behausung entsprach doch in keiner Weise meinen Vorstellungen vom eigenen Heim. Außerdem hatten wir uns davon überzeugt, daß wir meine Möbel nur mit Mühe und Not in dem Zimmer würden unterbringen können – vorausgesetzt, wir selber blieben draußen!

Glücklicherweise fanden wir ziemlich schnell eine kleine Mansardenwohnung, bestehend aus zwei Zimmern nebst Küche und Bad. Schräge Wände mögen in Möbelkatalogen ihren Reiz haben, in der Praxis sind sie hinderlich. Ich habe mich jedenfalls nie daran gewöhnen können, mit eingezogenem Kopf vom Sessel aufzustehen oder in halbgebückter Haltung im Kochtopf zu rühren. Außerdem war das Bad so klein, daß man sich kaum darin herumdrehen konnte. Den meisten Platz beanspruchte nämlich ein mittelalterlicher Badeofen. Wollte man um sechs Uhr ein Bad nehmen, so fing man zweckmäßigerweise um vier Uhr an, ihn mit Holz und Kohlen zu füttern. Neben heißem Wasser spendete er gleichzeitig eine derartig große Hitze, daß wir es zumindest im Sommer vorzogen, kalt zu baden – ein ziemlich zweifelhaftes Vergnügen, auf das wir dann auch meistens verzichteten.

Aber wenigstens hatte ich jetzt ›Trautes Heim, Glück allein‹, und darüber hinaus einen völlig neuen Wirkungskreis.

Zunächst lernte ich eine weitere Fähigkeit meines Mannes schätzen: Er konnte kochen! Nach dem Ursprung seiner Kenntnisse fragte ich lieber nicht; vermutlich gab es mal eine Freundin mit kulinarischen Ambitionen. Außerdem ist meine Schwiegermutter eine hervorragende Köchin.

Der frischgebackene Ehemann sah sich also gezwungen, seine völlig unwissende Gattin in die Geheimnisse der Kochkunst einzuweihen, und ich bemühte mich redlich, Begriffe wie etwa ›Farce‹, ›Fond‹ oder ›legieren‹, die mir bis dato in einem ganz anderen Zusammenhang geläufig gewesen waren, mit dem Küchen-Abc in Verbindung zu bringen. Jedenfalls war ich damals froh, daß wenigstens einer von uns beiden mit Kochtopf und Bratpfanne umgehen konnte.

Heute bin ich von Rolfs sporadischen Einbrüchen in mein Küchenrevier nicht mehr so begeistert. (Er pflegt mich bei seinen Gastspielen zu allen subalternen Tätigkeiten wie Kartoffelschälen und Zwiebelschälen heranzuziehen und mir nach Beendigung seines Wirkens die nicht unerheblichen Aufräumungsarbeiten zu überlassen.) Übrigens ist er der Meinung, daß jeder Mensch kochen kann, wenn er die nötigen Grundbegriffe beherrscht. Alles andere sei lediglich eine Sache des Geschmacks. Recht hat er! Unsere Meinungen über die Zubereitung von Hühnerfrikassee gehen auch heute noch ziemlich auseinander, aber seins schmeckt trotzdem besser! Dafür stimmten wir in einem anderen Punkt völlig überein: Wir wollten Kinder, mindestens zwei, am besten drei. Ich bin ein Einzelkind und bedaure das heute noch. Ständig war ich Mittelpunkt elterlicher und großelterlicher Fürsorge, und so verfügte ich im Alter von vier Jahren zwar über einwandfreie Tischmanieren, muß aber sonst ein ziemlich unausstehliches Balg gewesen sein. Die Fama berichtet, daß meine charakteristischsten Merkmale Egoismus und despotische Herrscherallüren waren, denen sich meine Spielkameraden zu unterwerfen hatten. Taten sie das nicht, dann drehte ich ihnen den Rücken (oder sie mir!). Später muß ich mich wohl doch ein bißchen geändert haben, denn viele Freundschaften, die zu Beginn meiner Schulzeit begründet wurden, bestehen heute noch.

Rolf ist auch ein Einzelkind und hatte ähnliche Erfahrungen gemacht.

Außerdem waren wir uns darüber im klaren, daß sich der geplante Nachwuchs möglichst bald einzustellen hatte, denn Rolf wollte mit seinen Söhnen (!) noch Fußball spielen, bevor das altersbedingte Zipperlein derartige Vorsätze zunichte machen könnte.

Bis Sven geboren wurde, hatte ich mir die notwendigen Kenntnisse über die ›Aufzucht‹ von Babys aus Büchern zusammengelesen und war der Ansicht, eventuell auftretende Schwierigkeiten ohne weiteres meistern zu können. Die Praxis sah aber dann ganz anders aus. So wurde zum Beispiel in dem Buch ›Mein erstes Kind‹ dringend empfohlen, Säuglinge regelmäßig und zu ganz bestimmten Zeiten zu füttern. Mein Sohn war da völlig anderer Meinung. Er fing bereits zwei Stunden vor der fälligen Mahlzeit an zu brüllen, und wenn er endlich die Flasche bekam, schlief er nach den ersten Schlucken ein. Derartige Vorkommnisse wurden in dem Buch nicht behandelt. Also griff ich zur Selbsthilfe, weckte Sven mit einem kalten Waschlappen auf, dann nuckelte er auch brav ein paar Augenblicke weiter und schlief danach wieder ein. Auf diese Weise zogen sich die Mahlzeiten oft über eine Stunde lang hin, was mit den Angaben im Baby-Leitfaden keineswegs übereinstimmte. Trotz meiner unvorschriftsmäßigen Behandlung gedieh der Bursche prächtig, bekam runde Backen und einen blonden Lockenschopf, und ich war jedesmal empört, wenn mich jemand fragte, wie alt denn ›die Kleine‹ sei. Als der mädchenhafte Knabe ein halbes Jahr zählte, bekamen wir durch Zufall eine Dreizimmerwohnung mit Balkon angeboten und griffen zu

In einem jener klugen Bücher hatte ich gelesen, daß der Altersunterschied zwischen Geschwistern möglichst gering sein soll. Warum der Autor dieser Ansicht war, weiß ich nicht mehr, vielleicht fand er es praktisch, wenn man gleich für zwei Kinder Windeln waschen kann. Jedenfalls hielt ich damals alles Gedruckte, das mit psychologischen Thesen durchsetzt war, für das Nonplusultra, und so wurde zwanzig Monate nach Sven unser Sascha geboren. Er kam übrigens fast drei Wochen zu früh und sprengte beinahe eine Verlobungsparty, weil ich mitten beim Kaffeetrinken fragte, wer von den anwesenden Autobesitzern mich in die Klinik fahren könnte. Rolf stieß erst abends wieder zu der Gesellschaft und übernahm ab Mitternacht die weiteren Kosten der Feier, nachdem ihm telefonisch die Ankunft seines zweiten Sohnes mitgeteilt worden war.

Sascha war ein ausgesprochen ruhiger Bürger, der selten schrie, anstandslos alles hinunterschluckte, was man ihm in den Mund schob, und das erste halbe Jahr seines Lebens überwiegend schlafend verbrachte. Das änderte sich allerdings schlagartig, als er anfing, herumzukrabbeln. Ich weiß nicht mehr, wie viele Bücher er damals zerrissen und wieviel Geschirr er zertrümmert hat. Jedenfalls mußten wir bald alles Zerbrechliche auf Schränken und Regalen übereinandertürmen, so daß unsere Wohnung manchmal aussah wie ein Auktionshaus kurz vor Beginn der Versteigerung. Außerdem entwickelte Sascha einen ungeahnten Bewegungsdrang, und auch diese Wohnung wurde schließlich zu klein.

Also zogen wir wieder einmal um. Diesmal in ein Reihenhaus mit Garten am Stadtrand. Hier wuchsen die Kleinkinder zu unternehmungslustigen Knaben heran, die ständig Hosen zerrissen und ihre Mutter zwangen, sich endlich fundierte Kenntnisse im Umgang mit Nadel und Faden anzueignen. Während ich Lederherzen auf durchgewetzte Hosenbeine nähte, träumte ich von einem kleinen Mädchen, das Kleidchen trägt und mit Puppen spielt statt mit rostigen Blecheimern.

Als Sven sechs Jahre alt war und Sascha gerade vier, kam Stefanie auf die Welt, ein Bilderbuchbaby mit schwarzen Locken, dunklen Kulleraugen und Grübchen am Kinn. Sie war ein Sonntagskind in doppeltem Sinn: Allerheiligen ist in einigen Teilen der Bundesrepublik ein gesetzlicher Feiertag, darüber hinaus fiel der 1. November in ihrem Geburtsjahr auf einen Sonntag. Mein Arzt, der morgens um zehn aus einer Tennishalle herantelefoniert werden mußte, hat mir das nie verziehen!

Kurz nach Stefanies Ankunft stand uns ein neuer Tapetenwechsel bevor. Rolf mußte aus beruflichen Gründen seinen Wohnsitz nach Süddeutschland verlegen, und so zogen wir zum viertenmal um, und zwar nach Stuttgart. Dort wurde Sven eingeschult, und Sascha kam in den Kindergarten. Beide Institutionen schlossen mittags ihre Pforten. Nachmittags tobten die Kinder auf der Straße herum, und jedesmal, wenn Autoreifen quietschten oder ein Krankenwagen mit Sirenengeheul vorbeifuhr, zuckte ich zusammen und sah in Gedanken einen meiner Helden verletzt am Straßenrand liegen. Im Laufe der Zeit wurden diese Wahnvorstellungen beängstigender als mein Horror vor einem erneuten Umzug. Also mieteten wir eine Doppelhaushälfte in einem etwas ländlichen Vorort. Sven wurde umgeschult, Sascha lernte in dem neuen Kindergarten eine andere Variante des schwäbischen Dialekts, und Stefanie beendete ihre ersten Gehversuche in einem Misthaufen.

Als wir angefangen hatten, uns in der neuen Umgebung heimisch zu fühlen, starb unser Hauswirt. Seine Erben begründeten die Kündigung des Mietvertrags mit Eigenbedarf. Während wir noch die Möglichkeiten etwaiger gesetzlicher Schritte überlegten, bekam Rolf das Angebot, die Werbeleitung eines größeren Betriebes zu übernehmen unter der Voraussetzung, daß er sich bereitfände, ›vor Ort‹ zu wohnen. (Er hatte seine journalistische Tätigkeit inzwischen an den Nagel gehängt und in der Werbebranche Fuß gefaßt, aber das ist wieder ein anderes Kapitel.) Wir zogen also erneut um, diesmal in eine Kleinstadt am Rande des Schwarzwalds.

Allmählich wurde das Packen zur Routine. Hatte ich früher noch Strickwolle, volle Marmeladengläser und Bettwäsche kurzerhand in einer Kiste verstaut, so besaß ich inzwischen genügend Übung, um das spätere Chaos beim Auspacken auf ein Mindestmaß zu beschränken. Übrigens soll kein Mensch behaupten, Umzüge hätten nicht auch ihr Gutes. Bei uns stehen keine Dinge herum, für die niemand so recht Verwendung hat und die man nur aufhebt, weil sie angeblich zu schade zum Wegwerfen sind. Vor jedem Wohnungswechsel wurde immer gründlich aussortiert, und manchmal wanderten auch Sachen in die Mülltonnen, die später verzweifelt gesucht wurden. So hatte ich einmal den Entsafter von meinem Dampfkochtopf weggeworfen, weil ich ihn noch niemals benutzt und für überflüssig gehalten hatte. Im darauffolgenden Jahr bekamen wir Unmengen von schwarzen Johannisbeeren geschenkt... Dann wieder war ich es irgendeinmal leid, ständig die alten Bücher aus meiner Jungmädchenzeit ein- und wieder auszupacken, und ich verschenkte sie. Zehn Jahre später kaufte ich für Stefanie neue, zum Teil waren es die gleichen, die ich seinerzeit weggegeben hatte!

Nun wohnten wir also am Schwarzwald. Sven überstand auch die zweite Umschulung einigermaßen unbeschadet, obwohl er wieder neue Lehrbücher bekam und sich erneut an ein völlig neues Unterrichtssystem gewöhnen mußte. Sascha besuchte nun den katholischen Kindergarten und verlangte plötzlich von uns, die wir alle protestantisch sind, daß wir uns vor den Mahlzeiten bekreuzigten. Zum Glück wurde er bald darauf eingeschult. Und Stefanie, mein Traumbild im rosa Kleidchen mit Puppe im Arm, entwickelte sich zunehmend zum dritten Jungen in unserer Familie! Sie spielte Fußball mit alten Blechbüchsen, sie stahl ihren Brüdern Autos, Indianerfiguren und Spielzeugeisenbahnen, sie weigerte sich, Kleider zu tragen und wünschte sich zu ihrem vierten Geburtstag einen Indianerkopfschmuck und Fußballstiefel. Als mir ein Nachbar erzählte, er habe gerade unseren Jüngsten aus seinem Apfelbaum geholt, auf Steffi zeigte und anerkennend hinzufügte: »Der Kleine klettert wie ein Affe!«, wurde mir endgültig klar, daß Stefanie offenbar nur rein anatomisch gesehen ein Mädchen war. Immerhin bestand noch die vage Möglichkeit, daß ihre Fehlentwicklung auf den ständigen Umgang mit größeren Brüdern zurückzuführen war. Wenn sie noch eine Schwester bekäme, würde sie sich vielleicht ändern, mütterliche Instinkte könnten erwachen…

Die Eröffnung, sie werde bald eine kleine Schwester haben, quittierte Stefanie mit Ablehnung. »Ich will lieber einen kleinen Bruder, Mädchen finde ich doof!« Entsprechend groß war ihre Empörung, als sie sich gleich mit zwei Schwestern abfinden mußte.

Ich war darüber nicht empört, sondern schlichtweg

entsetzt! Zwillinge! Und ganz ohne Vorwarnung! Irgendwo hatte ich mal gelesen, daß man Zwillingsgeburten früh genug diagnostizieren kann, um ihre Eltern rechtzeitig und in homöopathischen Dosen auf das bevorstehende doppelte Ereignis vorbereiten zu können. Anscheinend hatte ich den falschen Arzt erwischt, denn er war genauso überrascht wie ich. Und als Rolf mich zum ersten Male besuchte, zeigte seine Miene auch nicht gerade überschäumendes Vaterglück.

Nun waren wir also – statistisch gesehen – eine Großfamilie. Im Dritten Reich hätten mir das Mutterkeuz sowie ein Pflichtjahrmädchen zugestanden; jetzt stand uns lediglich ein staatliches Kindergeld zu, von dem weniger kinderreiche Mitbürger vermuteten, es würde uns ein sorgenfreies Leben auf Rentenbasis ermöglichen. Dabei reichte es gerade, um die jetzt unerläßliche Haushaltshilfe zu bezahlen. Wir standen ohnehin kurz vor dem finanziellen Ruin. Der bereits gekaufte Kinderwagen mußte gegen einen doppelt so teuren Zwillingswagen umgetauscht werden. Das schon zehn Jahre alte Körbchen kam zurück auf den Boden, statt dessen wurden zwei Kinderbetten gekauft. Eine komplette zweite Babyausstattung war nötig, und was die beiden Neubürger im Laufe eines Monats an Säuglingsnahrung verbrauchten, warf alle finanziellen Kalkulationen über den Haufen.

Außerdem wurde wieder einmal die Wohnung zu klein! *Einen* Neuzugang hätten wir räumlich noch verkraften können, aber zwei waren zu viel! Nach nächtelangen Diskussionen, die immer irgendwann in den frühen Morgenstunden endeten (ich weiß gar nicht mehr, wann wir damals eigentlich geschlafen haben), kamen wir zu folgendem Entschluß: Rolf würde seine zwar gesicherte, für unsere gestiegenen Ansprüche aber zu gering dotierte Stellung aufgeben und sich selbständig machen. Darüberhinaus würden wir umziehen müssen (zum siebenten Mal!), und zwar in eine Gegend, von der aus man die industriellen Schwerpunkte Süddeutschlands möglichst schnell erreichen kann.

Wir beschlossen also den Erwerb eines Hauses – über die Finanzierung wollten wir uns später den Kopf zerbrechen –, das erstens bereits fertig sein mußte, zweitens genügend Platz für die zahlreichen Familienmitglieder und ihre inzwischen noch zahlreicheren Hobbys zu bieten hatte und drittens außerhalb einer Stadt, aber noch innerhalb einigermaßen zivilisierter Gebiete liegen mußte.

Überraschenderweise fanden wir sehr schnell das ideale Domizil. Allerdings konnten wir es nicht kaufen, sondern nur mieten, aber das paßte uns sogar noch besser ins Programm. Man soll einen neuen Lebensabschnitt nicht unbedingt mit Schulden beginnen.

Und nun war es mal wieder soweit. Wir saßen auf den gepackten Kisten und den zusammengerollten Teppichen und warteten auf den Möbelwagen, der schon vor anderthalb Stunden hätte dasein sollen.

3

»Sie kommen!«

Sascha verließ seinen Beobachtungsposten auf dem Garagendach via Regenrinne und stürmte ins Haus.

»Sie kommen, und sie bringen mindestens einen Güterwagen mit!« Tatsächlich bog der längst überfällige Möbelwagen unter Mitnahme einiger Heckenrosenzweige in die Einfahrt, setzte dann wieder zurück, weil der Anhänger schon das Garagentor eingebeult hatte, fuhr erneut an, rasierte einen weiteren Teil der Rosenkultur ab und kam endlich zum Stehen. Vier lebende Kleiderschränke stiegen aus, die sich vor mir aufbauten und ihre Verspätung mit der am Abend zuvor besuchten Richtfestfeier begründeten. Ganz nüchtern schienen sie noch immer nicht zu sein, zumindest ließen ihre Fahrkünste entsprechende Rückschlüsse zu.

Dafür waren sie aber bereit, die verlorene Zeit nach Kräften wieder aufzuholen. Um ein freies Arbeitsfeld zu bekommen, hob einer der Muskelmänner die Flurtür aus den Angeln und stellte sie sorgfältig an die Wand, worauf der zweite in Unkenntnis der innenarchitektonischen Veränderung dagegenstieß und die Tür umwarf. Der dritte trat noch drauf, und der vierte fegte anschließend die Scherben zusammen. Dann erklärten sie mir, daß ich mir wegen der Kosten keine Sorgen zu machen brauchte, denn für derartige Schäden würde die Versicherung aufkommen. Wohlweislich verschwiegen sie dabei, daß die spätere Bewältigung der Fragenflut eine abendfüllende Beschäftigung sein würde.

Sascha kam an und wollte Bier.

»Wozu?«

»Für die Möbelmänner, die haben Durst.«

»Aber die sind doch gerade erst gekommen!«

»Den Durst haben sie noch von gestern!«

Sascha pflegte seit jeher eine intensive Freundschaft mit Bauarbeitern, und die Rituale von Richtfesten einschließlich ihrer Folgen sind ihm durchaus geläufig.

»Von mir aus hol das Bier. Aber jeder bekommt nur eine Flasche, sonst stehen wir heute abend noch hier!«

Sven tauchte auf, bewaffnet mit einer Liste und einem angeknabberten Bleistiftrest. »Da läuft alles schief, die machen das überhaupt nicht so, wie ich es geplant habe!«

Als Ältester unserer Nachkommenschaft hatte er schon die meisten Umzüge miterlebt und fühlte sich als Experte. Nach seiner Ansicht sollte man die Möbel zweckmäßigerweise Zimmer für Zimmer ausräumen und in den Möbelwagen stellen, weil sie dann noch während des Ausladens in geordneter Folge wieder eingeräumt werden könnten. Zu diesem Zweck hatte er die einzelnen Zimmer numeriert und das dazugehörige Mobiliar sowie die jeweiligen Kisten mit den entsprechenden Zahlen versehen. Leider waren die Möbelmänner nicht im geringsten geneigt, seinen organisatorischen Anordnungen zu folgen und den Teewagen neben das Bücherregal und dazwischen den Gummibaum zu stellen. Während er ihnen noch auseinandersetzte, daß der Schlafzimmerschrank absolut nicht zur Waschmaschine gehört, brachte der nächste Schwerathlet den Schreibtisch. Darauf kapitulierte Sven und suchte sich ein neues Betätigungsfeld. Er fand es im Keller, wo er die aufgescheuchten Spinnen einfing und zu dressieren versuchte!

Stefanie kam, wollte Kakao und ihr Feuerwehrauto, gab sich aber mit Milch zufrieden und spazierte dann zu einer Nachbarin, die schon die Zwillinge betreute und ihre Fürsorge im Laufe des Vormittags auf die ganze Familie ausdehnte.

»Hast du einen Schraubenzieher?« Sascha war schon wieder da.

»Nein. Wozu überhaupt?«

»Bei Lohengrin geht die Tür ab!«

Hier ist vermutlich eine Erklärung nötig: Eines Tages saß auf unserer Terrasse ein Tier, das ich als Ratte klassifizierte und mit einem »Igittigitt, pfui Deibel!« fassungslos anstarrte. Da ich ähnliche Schreie auch beim Anblick von Spinnen und Nachtfaltern von mir gebe, erschien sofort Sven auf der Bildfläche, zu dessen Pflichten als Hobby-Zoologe die Beseitigung derartiger Lebewesen gehört.

»Hast du denn jetzt schon Angst vor Goldhamstern?« Mein Sohn bückte sich kopfschüttelnd zu der vermeintlichen Ratte, hob sie auf und klärte mich weit ausholend über Herkunft und Charaktereigenschaften des Findlings auf. Die waren mir aber völlig egal, ich verlangte die sofortige Entfernung des Untiers, stieß auf erbitterten Widerstand und erklärte mich – wie immer bei Auseinandersetzungen über vierbeinige Hausgenossen – zu einem Kompromiß bereit. Sven würde das Vieh zunächst in den alten Vogelkäfig setzen und versuchen, den Besitzer ausfindig zu machen. Im übrigen war ich mir völlig darüber im klaren, daß er sich bei seinen Nachforschungen keine allzu große Mühe geben würde.

Sascha registrierte den neuen Hausbewohner mit »Was frißt der denn? Müssen wir das Futter etwa von unserem Taschengeld bezahlen?« Und Stefanie strahlte: »Das ist aber ein niedliches Mäuschen!« Womit Hamsters Verbleiben im Familienverband eine beschlossene Sache war!

Den Namen Lohengrin verdankt er Rolf. Der bekommt manchmal seinen ›klassischen Fimmel‹, wie Sven derartige Anwandlungen respektlos bezeichnet, redet einen ganzen Abend lang in Hexametern oder zitiert mit dem Pathos eines Alexander Girardi Schillers Balladen. So klärte er denn auch bereitwillig seine Söhne über den Gralsritter auf und erläuterte ihnen ausführlich die Parallelen, die nach seiner Ansicht zwischen dem klassischen Lohengrin und unserem aus dem Nichts erschienenen Hamster bestanden. Die Knaben fanden die ganze Geschichte zwar ziemlich verworren, akzeptierten Hamsters künftigen Namen aber anstandslos, »weil der so schön heldenhaft klingt!«

Später habe auch ich mich mit der ›Ratte‹ angefreundet, zumal sie meine Leidenschaft für Tee mit Rum teilte.

Irgendwann gegen Mittag hatten die Muskelmänner den ersten Teil ihres Werkes vollbracht. Bis auf ein paar Kleinigkeiten war die Wohnung leer, und ich fing an, die Reste von Holzwolle, Bindfäden, Papier und Brötchenkrümeln zusammenzufegen.

»Hast du den Zettel mit den Adressen gesehen?« Sascha kroch auf allen vieren durch die Zimmer und prüfte jedes Papierstückchen.

»Welchen Zettel mit welchen Adressen?«

»Die von meinen Freunden. Ach, da ist er ja!« Erleichtert fischte er ein zerrissenes Löschblatt aus dem Abfallhaufen und steckte es in die Tasche. »Ich habe denen doch versprochen, daß ich mal schreibe.«

Ausgerechnet Sascha, der Bleistifte allenfalls zum Malen benutzt und jede Tätigkeit vermeidet, bei der man etwas schreiben muß. Weihnachtswunschzettel pflegt er grundsätzlich mit Abbildungen aus Versandhauskatalogen zu bekleben, die nach seiner Auffassung denselben Zweck erfüllen wie handgeschriebene, und die unumgänglichen Danksagungen für erhaltene Geschenke erledigt er überwiegend telefonisch. Daß die Oma in Berlin wohnt und die Patentante in Düsseldorf, spielt dabei überhaupt keine Rolle. »Die Telefonrechnung kann Papi doch von der Steuer absetzen«, erklärt er auf entsprechende Vorhaltungen. Die näheren Zusammenhänge kennt er zwar nicht, aber er muß diesen Satz schon ziemlich oft von uns gehört haben!

Seine Abneigung gegen jede Schreibarbeit hatte Sascha bereits im zweiten Schuljahr bewiesen, als er über das Thema ›Was ich in den Ferien machen werde‹ einen Aufsatz verfassen sollte. Nachdem er drei Löschblätter bemalt, ein Mickymaus-Heft durchgeblättert und zwei Indianerfiguren mit Schnurrbärten versehen hatte, war ihm offenbar endlich etwas eingefallen. Er hatte zu schreiben begonnen, um nach genau vier Minuten das Heft zuzuklappen und aufatmend im Ranzen zu verstauen. Das Thema hatte er kurz und erschöpfend mit dem einen Satz abgehandelt: Das weiß ich doch jetzt noch nicht!

Sven erschien, in einer Hand den mit Draht reparierten Vogelkäfig samt Lohengrin, in der anderen eine Sprudelflasche, unter dem Arm eine Ladung Comics als Reiselektüre und verkündete, daß der Möbelwagen bereits verschlossen und die Besatzung abfahrbereit sei. »Wir dürfen mit den Möbelmännern mitfahren, haben die gesagt, und du sollst noch die restlichen Bierflaschen rausbringen. Außerdem ist die große Vase kaputtgegangen, aber das ist nicht so schlimm, sagt der eine, weil...«

»Ja, ich weiß, zahlt alles die Versicherung!«

Der Möbelwagen setzte sich schließlich schwerfällig in Bewegung, nahm die noch übriggebliebenen Rosenzweige mit und schaukelte davon.

Endlich tauchte auch Rolf wieder auf, der Umzüge verabscheut und sich unter dem nicht zu widerlegenden Vorwand, noch geschäftliche Dinge abwickeln zu müssen, den ganzen Vormittag über verdrückt hatte. Wir machten unsere Abschiedsrunde bei den Nachbarn, nahmen die noch verbliebenen Kinder sowie einen Korb mit Äpfeln und zwei hausgemachte Leberwürste in Empfang, stellten wunschgemäß Briefe und gelegentlichen Besuch in Aussicht, stopften die vergessene Heckenschere und den halbvollen Sack mit Rasendünger in den Kofferraum, stiegen in den Wagen, räumten die Rollschuhe von den Vordersitzen und fuhren endlich los.

Ade, Schwarzwaldstädtchen, in dem es zwar meist kalt und windig war – neu zugezogene und noch nicht akklimatisierte Mitbürger behaupten, dort herrsche neun Monate im Jahr Winter, und während der restlichen drei sei es kalt –, in dem man einen Dialekt spricht, den ich auch nach zweijährigem Aufenthalt kaum verstanden habe, das aber wenigstens elftausend Einwohner, zwei Kinos, vier Tankstellen, eine Buchhandlung und viele schöne Geschäfte hat...

Heidenberg ist ein Örtchen, das man auf keiner Landkarte findet. Es liegt irgendwo zwischen Stuttgart und Heilbronn, verfügt über eine sogenannte Hauptstraße, die sich zwischen den Häusern entlangschlängelt, besitzt ein Gemeindehaus, das meistens nur anläßlich der einmal jährlich stattfindenden Schutzimpfungen für Kleinkinder benutzt wird, ein Gasthaus, in dem gleichzeitig der einzige Krämerladen des Dorfes untergebracht ist, und einen ehemaligen Weinkeller, der jeweils zur Faschingszeit zum örtlichen Vergnügungszentrum umfunktioniert wird. Das Dominierende an und um Heidenberg sind jedoch die Weinberge, und vorwiegend nach ihnen richten sich die Lebensgewohnheiten der Bevölkerung. Sascha lernte schon sehr bald den Unterschied zwischen normalen Sterblichen und Weinbauern kennen, denn oft genug, wenn er einen seiner neugewonnenen Freunde zum Spielen abholen wollte, bekam er die Antwort: »Heut nicht, wir ganget ins Spritzen.« Was je nach Jahreszeit auch ›Rebenbinden‹, ›Hacken‹, ›Triebeschneiden‹ oder last but not least ›Lesen‹ heißen konnte. Denn die Weinlese ist ein Ereignis, das auch den letzten Greis und die sonst bettlägerige Oma in die Weinberge treibt. Sascha fand die Zeit wunderbar, denn es gab aus diesem Anlaß ein paar schulfreie Tage, die mein Sohn allerdings als private Ferien betrachtete. War er am ersten Morgen noch erwartungsvoll zusammen mit seinem Freund Gerhard und dessen gesamter Familie in die Weinberge gezogen, so merkte er doch sehr schnell, daß die im Fernsehen so leicht aussehende Tätigkeit des Traubenpflükkens harte Knochenarbeit bedeutet. Prompt erschien er kurz vor dem Mittagessen wieder zu Hause und schimpfte: »Das ist eine ekelhafte Schinderei, und außerdem schmecken die Trauben überhaupt nicht!« Den Rest der Weinleseferien verbrachte er dann überwiegend in seinem Baumhaus, von dem aus er mit einem ausrangierten Operngucker fachmännisch die Fortschritte in den Weinbergen verfolgte.

Unsere ›Residenz‹ lag etwas außerhalb des Dorfes, soweit man den Begriff ›außerhalb‹ überhaupt anwenden kann. Von der Hauptstraße, die auf beiden Seiten von Häusern flankiert war, zweigten in mehr oder weniger regelmäßigen Abständen Seitenwege ab, die nach ein paar Metern vor einer Hofeinfahrt endeten oder sich zu einfachen Feldwegen verjüngten, um sich irgendwo in der Ferne zu verlieren. Lediglich einer dieser Seitenwege tat das nicht. Er beschrieb eine Kurve, stieg etwa 200 m lang ziemlich steil bergan und endete vor einer Unkrautplantage. An einem etwas seitlich gelegenen Hang stand unser Haus. Der Garten fiel zur Straße hin ab, zog sich aber um das ganze Haus herum und war zum Teil eingeebnet. Trotzdem wackelten immer die Gartenmöbel, und wir hatten ständig einen Stapel Reclam-Heftchen griffbereit, um die Höhenunterschiede auszugleichen. (Die Herren Lessing und Kleist mögen mir verzeihen!)

Der Architekt hatte von seinem Bauherrn offenbar künstlerischen Freiraum erhalten, denn vielleicht läßt es sich so erklären, daß er die Wohnräume und die Küche in die erste Etage verlegte. Folgerichtig lag auch die Terrasse, die an das Wohnzimmer grenzte, im ersten Stock, und wollte man sie vom Garten aus betreten, so mußte man erst eine hühnerleiterartige Stiege erklimmen. Für Leute mit Asthma oder Rheumatismus war das Haus denkbar ungeeignet, für Leute mit empfindlichem Gehör ebenfalls. Wenn unser lebhafter Nachwuchs samt Freunden die Treppen hinauf- oder hinunterpolterte – und das geschah ungefähr dreißigmal pro Tag –, dann hatte man oft den Eindruck, eine Herde Elefanten stürmte das Haus.

Sagte ich schon, daß Heidenberg 211 Einwohner

zählte? Ungefähr ein Fünftel davon hatte sich um den Möbelwagen geschart, wich aber in respektvolle Entfernung zurück, als unser Pkw um die Ecke bog.

»Da seid ihr ja endlich!« begrüßte uns Sven und zog Lohengrin an einem Bindfaden hinter sich her. »Wir sind schon seit einer halben Stunde da, das Bier ist alle, und Hunger haben wir auch!«

Sascha ergriff die Initiative. »Mal sehen, ob ich rauskriege, wo man hier etwas zu essen holen kann.« Damit steuerte er auf einen strohblonden Knaben zu, der hingebungsvoll in der Nase bohrte. »Ich heiße Sascha, und du?« – »Häh?« – »Wie du heißt!« – »Kinta.« – »Wie?« – »Kinta.«

Sascha sah sein Gegenüber an und kam kopfschüttelnd zurück. »Die haben aber komische Namen hier.«

»Der heißt sicher Günther«, erläuterte einer der Möbelmänner, offenbar recht gut vertraut mit den diversen schwäbischen Dialektfärbungen.

Sascha trottete zurück. »Heißt du Günther?« Der Strohblonde nickte. »Wie alt bist du?« examinierte Sascha weiter.

»Nein.«

»Ich meine, wieviel Jahre bist du alt?«

»Ha, nein.«

»Mensch, ist der blöde!« Sascha brach seine Verständigungsversuche zunächst einmal ab. Vierundzwanzig Stunden später hatte er seine Meinung gründlich geändert und uns dahingehend informiert, daß ›Kinta‹ neun Jahre alt sei, ebenfalls in die vierte Klasse gehe, ein Indianerzelt besitze und infolgedessen einer zumindest vorübergehenden Freundschaft würdig sei.

Unsere Goliaths leisteten Schwerarbeit und schleppten unermüdlich Möbel ins Haus. Während ich mich bemühte, möglichst schnell das Zimmer der Zwillinge in einen bewohnbaren Zustand zu bringen, hatte Sven in der Haustür Aufstellung genommen und dirigierte die Muskelmänner. »Der grüne Sessel gehört in Stefanies Zimmer, das Regal da ist unseres, und der Schreibtisch muß ins Studio.« Gegenstände, die er nicht genau unterzubringen wußte, beorderte er zunächst einmal in den Keller, wo sich die einzelnen Familienmitglieder im Laufe der nächsten Tage ihre vermißten Habseligkeiten zusammensuchten.

Rolf hatte inzwischen im Gasthaus ›Zum Löwen‹ sein Hauptquartier aufgeschlagen, wo er mit Recht die Befehlszentrale von Heidenberg vermutete. Von dort schickte er uns einen Tischler, der nebenbei auch als Elektriker werkelte und das Kunststück fertigbrachte, meinen Herd so anzuschließen, daß ich den Backofenschalter andrehen mußte, um die Schnellkochplatte in Betrieb zu setzen. Ein Herr Fabrici erschien, Landwirt und Besitzer einer Bohrmaschine, als solcher abkommandiert, um Dübel für diverse Hängeschränke zu setzen.

Während dieses ganzen Durcheinanders stolperte Stefanie die Treppe herauf und setzte aufatmend ein Körbchen mit Eiern ab. »Die hat mir eine Frau geschenkt. Die wohnt da drüben« – sie deutete wahllos in die Gegend – »weil sie doch eine Eierfarm hat.«

»Hühnerfarm meinst du wohl?«

»Ja, Hühner hat sie auch. Kriege ich jetzt ein Ei?«

Allmählich lichtete sich das Chaos. Sven sammelte in sämtlichen Räumen leere Pappkartons zusammen und schleppte sie in den Garten, wo er ein loderndes Augustfeuer entzündete. Das lockte dann auch noch die restlichen minderjährigen Einwohner Heidenbergs an, die Sascha nach bewährtem Schema sofort zur Arbeit einteilte. »Du und du und du« – damit pickte er sich drei Jungs aus der Schar heraus – »ihr könnt mitkommen.« Ein weiteres halbes Dutzend, das sich ihnen anschließen wollte, wurde energisch zurückgewiesen. »Euch brauche ich noch nicht.«

Die drei Auserwählten wurden von Sascha in sein Zimmer geführt, wo sie unter seiner Anleitung die Kisten auspackten. Dann begannen sie mit dem Aufbau der Autorennbahn. Ich wollte gerade ein Machtwort sprechen, als ich meinen Filius in einem seltenen Anflug von Vernunft protestieren hörte: »Nee, Leute, das geht jetzt nicht. Von mir aus könnt ihr morgen wiederkommen und damit spielen. Oder besser übermorgen«, korrigierte er sich in der weisen Vorahnung, ich würde mit einer so frühen Masseninvasion von Jung-Heidenbergern wohl doch nicht ganz einverstanden sein.

Der Möbelwagen war schließlich wieder abgefahren, es wurde langsam dunkel, und nach und nach verschwanden auch die vielen Zaungäste. Nur ein etwa vierjähriges Mädchen rührte im Garten gedankenverloren in den kalten Ascheresten herum. In diesem Augenblick keifte auch schon eine Stimme los: »Komm aus dem Dreck, Carmen, du Schwein!«

Carmen, das Schwein, blickte auf, wischte sich mit seinem Rockzipfel durch das Gesicht, schrie »Ha no« und flitzte davon.

Heimatklänge? Die hätte ich in diesem gottverlassenen Nest nun wirklich am allerwenigstens erwartet, obwohl man Berliner bekanntlich in jedem Winkel der Erde antreffen kann.

»Na warte, dir kriege ick schon!« hörte ich die keifende Stimme, aber als ich ihre Besitzerin sah, schien mir diese Behauptung doch reichlich kühn. Knapp zwei Zentner Lebendgewicht, eingewickelt in eine Kittelschürze undefinierbarer Farbe und zweifelhafter Sauberkeit, setzten sich watschelnd in Bewegung, hielten aber sofort wieder an. »Könn' Se denn nich uffpassen? Sie ha'm doch jesehn, det die Kleene da inne Asche wühlt. Nu muß ick ihr schon wieder waschen!«

(Diese Prozedur hätte ich ohnehin für dringend notwendig gehalten, aber ich scheine nach Ansicht meiner Söhne ein übertriebenes Reinlichkeitsempfinden zu haben. Jedenfalls halten sie meine ständigen Ermahnungen, sich doch gelegentlich auch mal Hals und Ohren zu waschen, für durchaus überflüssig. »Die werden doch in der Badewanne sauber«, pflegt Sascha regelmäßig zu erwidern, wobei er aber vergißt, daß er auch die nur widerwillig benutzt. Für ihn ist Wasser eigentlich nur im Freibad akzeptabel, womit das Problem Sauberkeit zumindest im Winter ein noch ungelöstet ist.)

Ich beschloß, diesem unverfälscht berlinernden Phänomen in den nächsten Tagen einmal auf den Grund zu gehen. Im Augenblick hatte ich keine Zeit dazu.

Irgendwie gelang es mir, die gesamte Familie zu einem improvisierten Abendessen zusammenzutrommeln und anschließend in die Betten zu verfrachten. Abgesehen von einer mitternächtlichen Unterbrechung, als ich Stefanie heulend auf dem Flur entdeckte, weil sie die Toilette nicht fand, verlief die erste Nacht im neuen Heim ausgesprochen ruhig.

Es sollte nicht immer so bleiben!

Nach ein paar Tagen hatten wir unser Haus so ziemlich eingerichtet und lebten wieder aus Schränken und Kommoden statt aus Koffern und Kisten. Rolf war überwiegend damit beschäftigt, Blumen und Blattpflanzen zu gruppieren, umzutopfen und aufzubinden, wobei er ständig nach meiner Assistenz schrie und mir auftrug, eimerweise Wasser herbeizuschleppen, Blumenerde, Dünger und Bambusstöcke aufzutreiben und mittels einer geliehenen Wasserwaage festzustellen, ob das jeweilige Gewächs auch genau senkrecht im Topf stand. Für mich blieben die nebensächlichen Arbeiten wie das Auspacken der 14 Bücherkisten, das Verstauen des Geschirrs, der Wäsche, Schuhe und was dergleichen Kleinigkeiten mehr sind.

Ursprünglich hatte ich auf die Mithilfe meiner beiden Söhne gehofft, aber die hatten ja Ferien und pflegten sofort nach dem Frühstück ihre Räder zu besteigen und zu irgendwelchen Erkundungsfahrten aufzubrechen. Hin und wieder tauchten sie auf und berichteten von ihren Entdeckungen. So sollte es irgendwo einen Moorsee geben, in dem ›meterlange‹ Karpfen lebten, die man angeln könnte, und auf einem Hügel stünde eine Burgruine, in der angeblich Götz von Berlichingen einige Jugendjahre verbracht haben soll. Nun gibt es hier in der Gegend und vor allem neckaraufwärts alle paar Kilometer eine alte Burg, und in jeder soll der Götz wenigstens einmal genächtigt haben. Wenn das tatsächlich zutrifft, dann müßte der gute Mann sein Nachtquartier alle paar Tage gewechselt haben, was ich unter Berücksichtigung der damaligen Verkehrsbedingungen für unwahrscheinlich halte! Schließlich kam der Tag, an dem wir das letzte Bild aufgehängt und den letzten Hammer an seinen hoffentlich letzten Platz gelegt hatten. Der normale Alltag konnte beginnen.

Er begann damit, daß Rolf sich in die Küche stellte, um ›endlich mal wieder ein vernünftiges Essen‹ zu kochen. Auch ich war das ewige Konservenfutter langsam leid, aber aus Zeitmangel hatte ich meine Lieben bisher aus Dosen beköstigen müssen. Nach bewährter Methode forderte er meine Mithilfe als Küchenmädchen an und war über meine Ablehnung einigermaßen überrascht. Sollte er doch mal seine Salatkräuter selber hacken! Ich mußte erst die Zwillinge baden und abfüttern.

Ähnliche Vorkommnisse häuften sich. Ich hatte keine Zeit mehr, Geschäftsbriefe zu schreiben, ich konnte keine Abrechnungen mehr machen, und ich sah mich auch nicht mehr in der Lage, seitenlange Manuskripte abzutippen.

»Wir brauchen unbedingt ein Mädchen!« stellte mein Gatte fest, als ich wieder einmal vergeblich versuchte, zum selben Zeitpunkt Stefanies Knie zu verpflastern, den kleinen Handkoffer vom Boden zu holen, den ausgebrochenen Lohengrin an der Flucht in den Garten zu hindern und das Auto in die Garage zu stellen.

Diese Erkenntnis war mir auch schon gekommen! Ich bezweifelte nur, daß wir jemals jemanden finden würden, der sich in dieser ländlichen Einöde begraben ließ. Junge Mädchen haben bekanntlich andere Interessen als kinderreiche Mütter, die abends lediglich ein ungeheures Schlafbedürfnis verspüren und selbst bei einem Überangebot an kultureller Abwechslung herzlich wenig Lust haben, sich noch festlich anzuziehen und in ein Theater zu gehen. Junge Mädchen – und nur ein solches käme ja wohl in Betracht – brauchen zu ihrem Wohlbefinden wahrscheinlich italienische Eisdielen, Diskotheken und einen Friseur. Das alles gab es nicht in Heidenberg.

»Gib dich keinen Illusionen hin«, erklärte ich meinem zuversichtlichen Gatten. »Ein Mädchen finden wir nie! Mir genügt fürs erste schon eine Putzfrau.«

»Wir können es wenigstens mal versuchen.«

Rolf bleibt in jeder Lebenslage Optimist. Auch dann, wenn es am Abend vor einem geplanten Wochenendausflug Bindfäden regnet und der Wetterbericht eine zweite Sintflut prophezeit. »Bis morgen hat sich das alles längst verzogen.« Am nächsten Tag kann man vor lauter Nebel nichts erkennen. »Na also, der verschwindet bald, und dann wird es schön. Wir fahren!« Also fahren wir. Zuerst durch Nebel, dann durch Regen, anschließend durch ein kleines Gewitter, und wenn wir abends müde und schlechtgelaunt wieder zu Hause sind, haben wir außer dem tristen Schankraum eines ländlichen Gasthauses nicht sehr viel gesehen.

Der Optimist gab also in der einschlägigen Tageszeitung ein Inserat auf, in welchem von einem großen Haus in einer der landschaftlich schönsten Gegenden die Rede war, von guterzogenen Kindern (darüber konnte man geteilter Meinung sein!), von Mithilfe im Haushalt und Familienanschluß. Dann warteten wir. Allerdings vergebens.

»Vielleicht muß man den Text anders abfassen«, schlug ich vor. »Lassen wir doch die Kinder weg. Oder wenigstens ein paar davon. Wenn sich jemand meldet, kann ich ja immer noch sagen, daß die Zwillinge eigentlich noch gar keine Arbeit machen.«

Nun suchten wir also ein kinderliebes Mädchen mit Führerschein, das auch Hausaufgaben beaufsichtigen kann. Rolf war der Meinung, es sei vorteilhaft, wenn man auch gewisse geistige Fähigkeiten voraussetzt.

Anscheinend hatte er recht. Telefonisch meldeten sich zwei weibliche Wesen, die ein gemäßigtes Interesse bekundeten. Eine der Damen fragte übrigens gleich, ob sie auch über Nacht wegbleiben dürfte.

Am Nachmittag des folgenden Tages stellte sie sich vor, wasserstoffblond, mit sorgfältig manikürten Fingernägeln und einem unglaublich stupiden Gesichtsausdruck. Nein, vom Haushalt hätte sie keine Ahnung, kochen könnte sie auch nicht, Englisch hätte sie in der Schule nicht gehabt, und eigentlich wollte sie ja nur die feine Küche erlernen. Bitteschön, aber nicht bei mir!

Die andere hieß Anneliese, war 17 Jahre alt und hatte bisher in einer Vorortkneipe Bier und heiße Würstchen serviert. Aber die Tatsache, daß ihr dieser Job nicht mehr gefiel, sprach zumindest zu ihren Gunsten. Außerdem machte sie einen halbwegs intelligenten Eindruck und schien auch willig zu sein. Also versuchten wir es mit ihr.

Nach 14 Tagen waren wir jedoch bedient. Daß sie grundsätzlich nur das tat, was man ihr sagte, und nicht einen Handschlag mehr, wäre noch zu ertragen gewesen. Auch ihre Vorliebe für Romanhefte, Marke ›Ihr Herz schrie vor Sehnsucht‹, hätte mich nicht weiter gestört, Hemingway ist schließlich nicht jedermanns Sache. Aber als die männliche Dorfjugend anfing, wie verliebte Kater um unser Haus zu streichen und Einlaß zu begehren, kamen mir die ersten Zweifel, ob unsere Wahl richtig gewesen war. Und als Rolf einmal lange nach Mitternacht von einer Reise zurückkam und Anneliese mit dem Dorf-Casanova in flagranti erwischte, warf er beide kurzerhand hinaus.

»Jetzt kann uns nur noch Frau Häberle helfen«, erklärte er am nächsten Morgen und machte sich auf zum ›Löwen‹.

Auf diese Idee hätte ich auch kommen können! Frau Häberle befehligt in ihrer Eigenschaft als Schankmaid nicht nur die Zusammenkünfte der Eingeborenen, sie gilt darüber hinaus auch als örtliches Tagblatt, das die jeweiligen Neuigkeiten schon kennt, bevor die Betroffenen selbst etwas davon wissen. Morgens trägt sie die 73 Exemplare der Tageszeitung aus und sammelt dabei Informationen, die sie von Haus zu Haus weitergibt. Als Stefanie die Windpocken bekam, selbst aber noch gar nichts davon merkte, verkündete Frau Häberle bereits im ganzen Dorf: »Ha, die Kleine von den Neuen da drobe hat die rote Fleck'!« Die Kleine erkrankte zwei Tage später, und ich bin bereit, Frau Häberle hellseherische Fähigkeit zu bescheinigen.

»Ich glaube, es klappt!« triumphierte Rolf, als er nach geraumer Zeit mit leichter Schlagseite auftauchte, »morgen früh wird sich eine Putzfrau vorstellen.«

So kam Wenzel-Berta ins Haus.

»Ich heiße Wenzel, Berta«, begrüßte mich das muntere Frauchen im Sonntagsstaat, »und was die Frau Häberle ist, die hat gesagt, daß ich mal vorbeikommen tun soll wegen Putzen und so.« Damit schritt sie besitzergreifend ins Haus und plauderte fröhlich weiter. »Das können Se wirklich nicht allein schaffen mit all die vielen Kinder und so. Und weil doch nu die Renate aus'm Haus ist und verheiratet, und der Sepp is bei die Bundeswehr, da hat der Eugen gesagt – Eugen is mein Mann, wissen Se –, ja, da hat der gesagt, tu man die Leute ein bißchen helfen, Berta, hat er gesagt, Zeit haste, und ein bißchen was dazuverdienen kannste dir auch.«

Gepriesen seien Eugen und die Bundeswehr!

»Haben Sie Angst vor Goldhamstern?« fragte ich vorsichtig. Wenzel-Berta sah mich verständnislos an. »Goldhamster? Kenne ich nich, aber was mein Sepp is, der hatte früher viele Meerschweinchen. Aber die stinken!«

Diese Klippe war also umschifft. Anneliese hatte

nämlich eine panische Furcht vor Lohengrin gehabt und sich standhaft geweigert, ihr Zimmer zu verlassen, sobald Sven seinen Liebling mal wieder in die Hemdentasche gesteckt hatte und mit ihm durchs Haus spaziert war. Erst als Rolf seinem Filius angedroht hatte, er werde den Hamster eigenhändig in der Toilette ersäufen, hatte Sven auf seinen vierbeinigen Begleitschutz verzichtet. Obwohl Lohengrin fortan in seinen Käfig verbannt worden war, hatte Anneliese sich weiterhin gesträubt, Svens Zimmer zu betreten.

Alle weiteren Fragen erübrigten sich. Daß Wenzel-Berta zufassen konnte, sah man ihr an, und daß sie wußte, *wo* sie zufassen mußte, konnte man voraussetzen.

»Ihre Kinder kennt ja nu schon das ganze Dorf«, erzählte sie weiter, als wir es uns bei einer Tasse Kaffee gemütlich gemacht hatten, »bloß der Schorsch hat noch immer eine Mordswut auf die Jungs, weil die ha'm dem Schorsch sein Schwein in den Hühnerstall gelassen, und da sind die Hühner verrückt geworden und das Schwein auch.«

Ich hatte zwar keine Ahnung, wer Schorsch ist, und die Schweinejagd war mir völlig neu, aber Wenzel-Berta klärte mich auch ungefragt über alles Notwendige auf. »Der Schorsch ist nämlich unser Nachbar, weil der hat nach uns gebaut und seinen Misthaufen an unseren Garten gesetzt, wo er das ja eigentlich erst nach drei Metern darf. Aber da hat ihm der Sepp irgendwas Chemisches reingetan – der Sepp war auf'm Schymnasium, und da hat der so was gelernt –, und da ist der Schorsch mit seinem Mist weg. Der kann uns nämlich nich leiden, weil wir Flüchtlinge sind, wo die Herren in Bonn immer sagen, daß wir mal nach Hause zurück sollen. Aber ich gehe nich, und die Renate geht auch nich, weil die is jetzt verheiratet in Heidelberg mit einem von der Verwaltung. Und was der Sepp is, der wo die Besitzansprüche erben tut, der will ja auch nich wieder weg. Der geht doch mit der Bärbel vom Löwenwirt, und die macht nu ganz bestimmt nich weg aus'm Schwäbischen.«

Wenzel-Berta stärkte sich mit einer weiteren Tasse Kaffee. »Ihr Mann is ja wohl Maler oder so was Ähnliches, nich wahr?« forschte sie dann.

Noch ehe ich fragen konnte, was sie denn auf diese Idee gebracht haben mochte, klärte sie mich auf.

»Dem Kroiher sein Jüngster war ja auch hier so rumgestanden bei Ihr'm Einzug, und der hat denn später erzählt, daß beim Ausladen so viele Pinsel und so dabeigewesen sind und auch so viel großes Papier, also alles Zeug, was 'n Maler so braucht. Malt er denn nu wenigstens Bilder, wo man was drauf erkennen kann oder so Sachen, wo man nich weiß, wie rum man die aufhängen soll?«

Sie war sichtlich beruhigt, als ich sie über Rolfs Beruf aufklärte. Von Kunstmalern schien sie nicht viel zu halten, und hoffentlich würde sie nicht doch noch fahnenflüchtig werden, wenn sie zum erstenmal in Rolfs Zimmer kam. Er malt nämlich tatsächlich, allerdings nur aus Liebhaberei, und überdies nur Aquarelle, bei denen man garantiert weiß, wo oben und wo unten ist.

Nach einer weiteren halben Stunde kannte ich alle bedeutungsvollen Ereignisse aus Wenzel-Bertas 47jährigem Leben, angefangen von der Schulzeit (»uns hat ja noch der Herr Kantor gelernt, aber so was gibt's ja nu nich mehr«) über die Hochzeitsreise ins Riesengebirge bis zu Eugens Blasenkatarrh im vergangenen Jahr. So ganz nebenbei wurden wir uns aber auch über Wenzel-

Bertas künftige Mithilfe einig, und nachdem sie noch Nicole und Katja bewundert (»könn' Se die denn auseinanderhalten?«) und das Kaffeegeschirr gespült hatte (»lassen Se mich das man schnell machen, das brauchen Se auch nich bezahlen«), zog sie hochbefriedigt von dannen, um sofort im Dorf zu verkünden, daß ›die Neuen da oben ganz normale Leute‹ sind.

4

Wir waren nach Heidenberg gezogen, um den Kindern Großstadtlärm, Autoabgase und die Suche nach einem Spielplatz zu ersparen. Außerdem wollten wir wieder ein bißchen Natur genießen. Die hatten wir nun in ausreichender Menge! Sie reichte in Gestalt eines riesigen Brennesselfeldes sogar bis an das Haus heran. Unser Grundstück grenzte an sogenanntes Bauerwartungsland, und dessen Eigentümer sah keine Veranlassung mehr, den ursprünglichen Acker weiterhin landwirtschaftlich zu nutzen. So wucherten dort alle nur denkbaren Unkräuter bunt durcheinander und erreichten dank der jahrelangen Bodendüngung ungeahnte Höhen. Nebenbei diente dieser Mini-Urwald allen heimischen Insektenarten als Unterschlupf – von gelegentlichen Mutationen ganz zu schweigen – und hätte jeden Entomologen in helles Entzücken versetzt. Mich allerdings weniger! Ich habe seit jeher einen Abscheu vor allem, was kriecht und krabbelt, und mich nie damit abfinden können, wenn aus dem Waschlappen im Bad ein Ohrenzwicker fiel, oder ich in der Küche ein halbes Dutzend Asseln zusammenfegen mußte.

Eine Zeitlang war Sven pausenlos damit beschäftigt, alles, was er an vier- und sechsbeinigem Getier einfing, zu konservieren und zu katalogisieren, dann gab er es auf, weil er mindestens ein Drittel des Gewürms nicht identifizieren konnte und es auch in keinem seiner zahlreichen Nachschlagewerke fand. Und als er eines Morgens auf seinem Kopfkissen eine riesige Kreuzspinne entdeckte, war's auch bei ihm mit seiner Tierliebe vorbei. Fortan beteiligte er sich wie alle anderen Familienmitglieder an der Vernichtungsaktion, aber der Erfolg war ungefähr genauso groß als hätten wir versucht, die Sahara mit einem Teelöffel wegzuschaufeln.

Zwangsläufig gewöhnte ich mich daran, Tiere in der Größenordnung bis zu 1 cm Durchmesser zu ignorieren und erst umfangreichere Exemplare mittels zusammengefalteter Zeitungen, Hausschuhen, Topfdeckeln oder anderer massiver Gegenstände zu erschlagen. Als Stefanie mir einmal atemlos erzählte, sie habe gerade ein kleines Krokodil gesehen, war ich drauf und dran, ihr sogar *das* zu glauben. Dabei hatte sie nur eine Eidechse gefunden.

Unser Haus lag ja etwas außerhalb des Dorfes auf einer kleinen Anhöhe, was einerseits den Vorteil hatte, daß sich selten Zeitschriftenwerber oder ambulante Teppichverkäufer zu uns verirrten, uns aber andererseits auch von einigen Segnungen der Zivilisation fernhielt. Das einmal wöchentlich erscheinende Fischauto entdeckte ich meist erst dann, wenn es wieder wegfuhr, und den Gemüsehändler, der sogar jeden zweiten Tag kam, konnte ich nur ab und zu einmal abpassen.

Das Einkaufen erwies sich ohnehin als ein gewaltiges Problem. Es gab im Dorf zwar einen richtigen Tante-Emma-Laden, aber ich wurde nie den Eindruck los, daß dieses Lädchen mehr als Kommunikationszentrum für die Dorfbewohner diente als seiner eigentlichen Bestimmung. Schickte ich Sven los, um Zucker, Büchsenmilch, Pfefferkörner und Haferflokken zu holen, kam er prompt mit dem Zucker zurück und begründete den fehlenden Rest mit »Haferflokken sind alle, Büchsenmilch kommt übermorgen wieder rein, und Pfeffer gibt's nur weißen. Und der ist gemahlen.«

Das Nachbardorf konnte ich zwar in drei Kilometer Entfernung liegen sehen, und dort gab es auch eine ganze Reihe annehmbarer Geschäfte, aber um dahinzukommen, mußte man eine sehr kurvenreiche, schmale Straße bewältigen. Wobei die Bezeichnung Straße sogar reichlich übertrieben ist, denn genaugenommen handelte es sich um einen notdürftig verbreiterten Feldweg mit tiefen Fahrrinnen, der nach mehrstündigem Regen sofort den Charakter einer Sumpflandschaft annahm. Dreimal täglich befuhr diese Straße ein klappriger Postbus, der schon längst Anspruch auf einen Platz im Museum für vaterländische Altertümer hätte erheben können. Wer nicht gerade im Morgengrauen oder zur Mittagszeit dieses Vehikel besteigen konnte oder wollte, war auf eine andere Fahrgelegenheit angewiesen. Befand sich Rolf – und mit ihm das Auto – wieder einmal tagelang auf Reisen, mußte ich zu Fuß gehen und war froh, wenn mich unterwegs ein Treckerfahrer auflas und seinen Anhänger besteigen ließ. Damals lernte ich nachhaltig den Unterschied von Getreidesäcken, Langholzbrettern und Kuhfutter kennen. Außerdem entdeckte ich wieder die Freuden des Radfahrens, vorausgesetzt, ich fuhr mir nicht gleich nach dem ersten Kilometer einen Nagel in den Schlauch oder verlor durch die ständigen Erschütterungen nicht ein halbes Dutzend Schrauben. Dann nämlich zerfiel das Rad unweigerlich in seine Bestandteile.

Die erste Anschaffung im neuen Haus bestand also aus einer Tiefkühltruhe, die wir freitags mit dem voraussichtlichen Bedarf der kommenden Woche vollstopften. Mit Aufschnitt kann man das allerdings schlecht machen, und wenn ich vergessen hatte, rechtzeitig ein frisches Paket Butter aufzutauen, gab es zum Frühstück Margarine. Als Rolf wieder einmal lustlos auf dem Inhalt der letzten Dose Corned beef herumkaute – Frischwurst war alle –, kam ihm der naheliegende Gedanke: »Du mußt selbst einen Wagen haben!«

Eine Woche später stand Hannibal vor der Tür. Er war ein winziger Fiat unbestimmten Baujahres, der zwar schon einmal bessere Tage gesehen hatte, nach Ansicht meines Ernährers aber völlig ausreichen würde, den geplanten Nahverkehr zu bewältigen. Seinen hochtrabenden Namen, den ihm Sven – aus welchen Gründen auch immer – verpaßt hatte, trug er allerdings völlig zu Unrecht. Er hätte niemals auch nur den Taunus erklimmen können, geschweige denn die Alpen. Ich war froh, wenn er die kleine Anhöhe zu unserem Domizil schaffte. Andererseits war diese Gefällstrecke beim Starten notwendig, um Hannibal in Gang zu setzen. Bevor er ansprang, mußte er erst eine bestimmte Geschwindigkeit erreicht haben, notfalls durch Anschieben. Aus diesem Grunde hatte ich entweder einen Beifahrer mit oder eine Handvoll Zehnpfennigstücke, um eventuell jugendliche Hilfskräfte mobilisieren zu können. Wir haben es auch mit einer neuen Batterie versucht, deren Erwerbs- und Einbaukosten in keinem Verhältnis zu Hannibals Anschaffungspreis standen, und eine Zeitlang tuckerte das Autochen dann auch brav mit 55 km Höchstgeschwindigkeit über die Straßen, aber kurz vor Weihnachten ging es an Altersschwäche zugrunde. Fortan diente es, vor einer nicht mehr benutzten Scheune abgestellt, der Dorfjugend als Spielzeug und erfreute sich großer Beliebtheit.

Als weiteres Ärgernis erwies sich die Postzustellung.

Bisher hatten wir immer ein Postfach gemietet, aus dem wir uns ab acht Uhr morgens unsere Briefe abholen konnten. In Heidenberg gab es aber gar kein Postamt, lediglich eine öffentliche Fernsprechzelle, die jeden dritten Tag kaputt war. Briefmarken verkaufte Frau Häberle, Geldüberweisungen erledigte – manchmal mit mehrtägiger Verzögerung – der Briefträger, und hatte man ein Päckchen zu befördern, gab man es jemandem mit, der gerade in die Stadt fuhr. Erstaunlicherweise klappte diese Methode reibungslos, und ich selbst bin oft genug mit einem halben Dutzend Pakete fremder Herkunft von zu Hause weggefahren. Nur mit der Briefzustellung haperte es. Natürlich hatten wir einen Briefträger, der auch pünktlich nach Ankunft des Postautos seine Runde begann, aber auf halber Strecke kehrte er zu einer Verschnaufpause ins Wirtshaus ein, und es war nie vorauszusehen, wie lange diese Pause dauern würde. Das kam auf das Wetter an, auf die schon vorhandenen Gäste, auf die Menge der dörflichen Neuigkeiten, die diskutiert werden mußten, und nicht zuletzt auf die Anzahl der konsumierten ›Viertele‹. Hin und wieder geschah es auch, daß der Briefträger den ›Löwen‹ nicht mehr auf seinen eigenen zwei Beinen verlassen konnte, dann trug eben seine Frau zwischen Nachmittag und Abend die restliche Post aus.

Anfangs war ich etwas befremdet, wenn mir Herr Mögerle schon von weitem entgegenrief: »Sie habet eine Karte ausch Holland kriegt, aber da rägnet's ganz arg, und bei uns scheint d'Sonne, ha, so isches äbe!« Später gewöhnte ich mich daran und bat die Verwandtschaft, familiäre Neuigkeiten lieber in verschlossenen Briefen mitzuteilen.

Aber natürlich hat das Landleben auch seine Vorteile. Niemanden stört es, wenn man höchst mangelhaft bekleidet und mit Lockenwicklern im Haar beim Nachbarn Eier holt. Und als Sascha in der Tombola des Schützenvereins ein lebendes Kaninchen gewann, war auch das kein Problem. Er gab es zu einem Freund in Pension, wo es kräftig half, den schon vorhandenen Karnickelbestand zu vermehren. Unsere Milch bezogen wir direkt von der Erzeugerin, Salat gab es gratis von den Nachbarn, Obst bekamen die Kinder körbeweise geschenkt, und Küchenkräuter sowie Tomaten zogen wir selber. Letztere in so großen Mengen, daß ich sie unter Wenzel-Bertas Anleitung zu Ketchup verarbeitete. Irgend etwas muß da aber falsch gelaufen sein, jedenfalls gingen die Flaschen hoch, und wir mußten eine Kellerwand neu weißeln lassen. Daraufhin kauften wir Ketchup wieder im Laden, das war billiger.

Von der vielgepriesenen ländlichen Ruhe haben wir auch nicht allzuviel gemerkt. Natürlich gab es keinen Großstadtlärm, und während der ersten Zeit unterbrach die abendliche Stille allenfalls ein Hund, der den Mond anbellte, oder ein Fensterladen, der geräuschvoll zugeklappt wurde. Mit Beginn der Erntezeit änderte sich das schlagartig und führte die deutsche Lesebuch-Idylle vom dörflichen Abendfrieden ad absurdum.

Morgens um fünf ging es schon los. Da ratterte der erste Traktor den Hohlweg hinter unserem Haus vorbei, in unregelmäßigen Abständen folgten die nächsten, dann wurden muhende Kühe auf die Weide getrieben, manchmal waren es auch Schafe, die blökten noch lauter, zwischendurch keuchte ein altersschwacher Lastwagen die Steigung herauf, jaulte kurz auf und klapperte weiter, dann kam der Bauer vom Aussiedlerhof mit einem Dutzend scheppernder Milchkannen... und lange nach Sonnenuntergang wiederholte sich das Spiel in umgekehrter Reihenfolge. Erst kam der Bauer, dann kamen die Kühe und dann die Trecker.

Eines Abends hörten wir ein fremdes Geräusch, das klang wie zehn Traktoren zusammen, vermischt mit einem eigenartigen Knirschen und untermalt von schrillen Pfeiftönen. Alles stürzte los, und wir kamen gerade noch rechtzeitig, um ein abenteuerlich beleuchtetes feuerrotes Monstrum zu bestaunen.

»Is bloß 'n Mähdrescher«, beruhigte uns Sven, »jetzt ist wohl das Weizenfeld da drüben dran.«

»Mitten in der Nacht?«

»Die Dinger werden doch stundenweise vermietet, und wenn es nicht anders geht, wird es auch nachts eingesetzt. Hat ja Scheinwerfer.«

Das Feld ›da drüben‹ war knapp zweihundert Meter entfernt, der Mähdrescher in Aktion nach entschieden geräuschvoller als im Ruhestand, und kurz vor Mitternacht konnten wir endlich schlafen gehen. Die anderen Felder in unmittelbarer Nachbarschaft waren zum Glück mit Zuckerrüben bepflanzt.

Nach der Ernte ging es weiter. Jetzt wurden die Felder umgepflügt, geeggt (eine vorbeifahrende Egge macht ungefähr den gleichen Krach wie ein halbes Dutzend schrottreifer Fahrräder, die man auf eine Schüttelrutsche gelegt hat), gedüngt (in Heidenberg bevorzugte man Naturdünger, und manchmal konnten wir stundenlang kein Fenster öffnen), neu eingesät, und ich weiß nicht, was noch alles. Erst im Winter wurde es ruhig, aber dann kam der Schneepflug. Wenn er kam!

Langsam dämmerte mir die Erkenntnis, daß unser Hang zur ländlichen Idylle vielleicht doch ein bißchen übertrieben war, zumal unser Haus auch nicht das hielt, was es bei der ersten Besichtigung versprochen hatte. Zugegeben, es sah sehr eindrucksvoll aus mit der großen Terrasse, dem zur Straße hin abfallenden Garten und vor allem der riesigen Fensterfront. Aber wer einmal versucht hat, oben am Hang die Rosen vor dem Verdursten zu schützen, während sich unten bei den Astern ein Morast bildet, der lernt ziemlich schnell ebene Flächen zu schätzen. Wenigstens erreichte unsere Wasserrechnung keine astronomischen Höhen. In ganz Heidenberg gab es keine einzige Wasseruhr; man zahlte eine Jahrespauschale und konnte so viel Wasser verbrauchen, wie man wollte. Vorausgesetzt, man hatte welches! Unser ländliches Zwischenspiel fand statt in einem jener heute so legendären Sommer, in denen es wochenlang nicht regnete, Rasensprengen und Wagenwaschen durch Regierungsdekret verboten waren und in sämtlichen Talsperren Ebbe herrschte. Ich weiß nicht, woher Heidenberg sein Trinkwasser bezog, jedenfalls waren wir auf unserem Hügel immer die ersten, bei denen es versiegte. Manchmal bemerkte ich den nachlassenden Wasserdruck in der Küche noch frühzeitig genug, um im unteren Stockwerk die Badewanne vollaufen zu lassen – da tröpfelte es noch, wenn oben nichts mehr aus der Leitung kam –, aber meistens saßen wir auf dem trockenen und mußten das kostbare Naß eimerweise von tieferliegenden Häusern heranschleppen. Zum Zähneputzen und Kaffeekochen benutzten wir Selterswasser, und die Waschmaschine setzte ich vor dem Schlafengehen in Betrieb, denn nachts funktionierte die Wasserzufuhr. Sascha transportierte übrigens als einziger ohne Murren sein vorgeschriebenes Quantum an Wassereimern, wußte er doch, daß nur ein geringer Teil davon zur täglichen Körperpflege vorgesehen war.

Trotz alledem hatte das Haus auch einen nicht zu unterschätzenden Vorteil: Es gab haufenweise Platz. Jedes Kind hatte sein eigenes Zimmer, wir verfügten über zwei Bäder und vier Toiletten, hatten genügend Abstellfläche für Schuhschränke, Regale und die hundert Kleinigkeiten, die man normalerweise nie richtig unterbringen kann. Sogar für Rolf gab es neben dem üblichen Arbeitszimmer noch einen Raum mit Wasseranschluß, den er sofort zur Dunkelkammer umfunktionierte und in dem ich im Laufe der Zeit meine vermißten Küchengeräte wiederfand. Die Holzlöffel brauchte er zum Umrühren des Entwicklers, die Gefrierschalen zum Wässern der Fotos, zum Trocknen die Wäscheklammern und einmal sogar meinen Handmixer zum Mischen irgendwelcher Flüssigkeiten.

Das Familienleben, soweit es gemeinsam stattfand, spielte sich im Wohnraum ab oder, richtiger gesagt, in der Wohnhalle. 64 qm groß mit holzgetäfelter Decke, die schräg nach oben zog und an ihrem höchsten Punkt annähernd sechs Meter erreichte, erschien der Raum mit seinen zwei von oben bis unten verglasten Fensterfronten wirklich beeindruckend. Als ich ausrechnete, daß ungefähr 45 m Gardinen nötig waren, um diese Fronten zu bedecken, fand ich das noch viel beeindrukkender. Die Stores wurden also von vornherein gestrichen, außerdem konnte uns sowieso niemand in die Fenster sehen. Dazu wucherten unsere vormals spärlichen Blattpflanzen auf den tiefen Fensterbänken mit ungeahnter Heftigkeit, und wer von außen unsere Fenster sah, mußte glauben, wir wohnten in einem Treibhaus.

Es war auch eins! Im Hochsommer, wenn die Sonne von zehn Uhr bis zum Untergehen auf die Scheiben knallte, verwandelte sich der Wohnraum in eine

Sauna, aus der jedes Lebewesen flüchtete. Sogar die Fliegen wurden erst abends wieder munter. An manchen Tagen ging ich in das Wohnzimmer nur, um die Insektenleichen aufzusaugen und die Blumen zu gießen. Dann schloß ich hinter mir die Tür und kam mir vor wie meine Urgroßmutter, die ihre gute Stube auch nur zum Saubermachen betreten hatte – Ostern und Weihnachten ausgenommen.

Meine ursprüngliche Begeisterung für unser attraktives Heim erhielt einen weiteren Dämpfer, als wir zum ersten Male Fenster putzen wollten. Vierzehn Meter Glas, mindestens zweieinhalb und an höchster Stelle sechs Meter hoch, und das Ganze mit einer einfachen Haushaltsleiter! Als ich Wenzel-Berta sah, die auf der höchsten Sprosse balancierte und mit einem über den Besen gewickelten Ledertuch an der obersten Scheibe herumwerkelte, kamen mir ernsthafte Bedenken. Von da an wurde die Säuberung unseres Treibhauses einer Firma übertragen, die auf die Reinigung von Fabrikhallen spezialisiert war. Dementsprechend sah dann auch das Ergebnis aus, wenn der Mann samt Feuerleiter und Scheibenwischer wieder abgezogen war. Manchmal kam er auch bei Regenwetter – »ha, i han mei Terminplan!« –, und von dem Erfolg seiner Bemühungen war schon nichts mehr zu sehen, wenn er noch am letzten Fenster herumwischte.

Die Größe des Hauses verursachte in zunehmendem Maße Kommunikationsschwierigkeiten. War ich in der Küche und wollte einen meiner Söhne sprechen, so mußte ich entweder aus dem Fenster brüllen (im Sommer war das manchmal erfolgreich, weil auch die Jungs sämtliche Fenster geöffnet hatten), oder ich schrie durchs Haus, und das meist umsonst. Also Küchentür auf, Gang entlang, Treppe hinunter (19 Stufen), nächste Tür auf, kleineren Gang entlang, noch eine Tür auf und Ziel erreicht. Oder auch nicht, wenn nämlich die Knaben durch das Fenster entwischt waren, um sich den entschieden längeren Weg zur Haustür zu ersparen. Manchmal war das Mittagessen kalt, bevor ich die einzelnen Familienmitglieder aus ihren Zimmern zusammengetrommelt hatte. Wir installierten eine Sprechanlage nach unten, aber die nützte auch nicht viel. Entweder war niemand da, was ich von oben nicht sehen konnte, oder das Ding war nicht eingeschaltet, oder ein Kabel hatte sich gelockert, oder die Batterien waren leer. Funktionsfähig war der Apparat höchst selten.

Trotz Landluft, kuhwarmer Milch und tagesfrischer Eier nebst genügend Bewegung und nicht dem geringsten Anflug von Langeweile – also trotz aller Voraussetzungen, die einem vom ärztlichen Standpunkt aus ein gesundes Wohlbefinden garantieren – hatte ich von allem die Nase bald restlos voll.

»Du bist jetzt nur so gereizt wegen der ständigen Hitze«, tröstete mich Rolf, als ich wieder einmal einen markstückgroßen Käfer erschlagen und heulend in den Mülleimer geworfen hatte. »Wirst schon sehen, der Herbst hier draußen wird bestimmt wundervoll.«

»Wer hat heute Babysitter-Dienst?« fragte ich nach dem Mittagessen.

»Sascha!« klang es irgendwo aus dem Garten zurück.

»Stimmt nicht, ich war gestern dran!« protestierte es aus dem unteren Stockwerk. »Heute muß Steffi.«

»Ich kann nicht, ich habe Bauchschmerzen.«

Jeden Tag das gleiche Theater! Ich habe zwar immer vermieden, die drei Großen als Kindergärtner zu verpflichten, aber im Augenblick hatte ich den Ausnahmezustand verhängt. Es war nicht zu übersehen: Die Zwillinge wurden größer; und sie wurden vor allem selbständiger. Hatte ich sie bisher doch unbesorgt in den Garten setzen können mit der Gewißheit, sie in einer halben Stunde an derselben Stelle wiederzufinden. Als ich Nicki entdeckte, wie sie hingebungsvoll am Gartenschlauch nuckelte, während Katja im Blumenbeet herumkroch und Dahlien aß, wurde mir klar, daß es ohne Aufsicht nicht mehr ging. Abends tagte der Familienrat.

»Laufställchen geht nicht mehr, das ist zu klein«, überlegte Rolf, »aber vielleicht zwei?«

»Unmöglich, dann brüllen sie von morgens bis abends, weil sie zusammensitzen wollen. Sie sind es ja nicht anders gewöhnt.«

»Wir könnten doch eine Tür reinmachen, so wie bei Löwenkäfigen«, schlug Sascha vor.

»Wie wär's mit Anleinen? Strick um den Bauch und irgendwo festbinden. Ich habe das mal bei einer Ziege gesehen.« Sven fand seine Idee ausgezeichnet.

»Du bist ja selten dämlich! Dann wickeln sie sich den Strick um den Hals und hängen sich auf!«

Bevor der brüderliche Umgangston noch herzlicher wurde, unterbrach Rolf die fruchtlose Diskussion mit dem Vorschlag, erst einmal mit dem Tischler sprechen zu wollen.

Nun hatte ich zu dem guten Herrn Kroiher seit dem Debakel mit meinem Elektroherd kein allzu großes Vertrauen mehr, aber vielleicht beherrschte er sein eigentliches Metier besser. Elektriker war er ja nur so nebenbei.

Nach zweistündiger Beratung, einem halben Dutzend Bleistiftskizzen und diversen Gläsern württembergischen Weins war man sich einig geworden. Herr Kroiher würde ein großes Holzgitter bauen, ungefähr sechs Meter im Quadrat, das fest im Rasen verankert werden sollte. Bis zur Fertigstellung des Rohbaus in Form eines Lattenzaunes vergingen fünf Tage. Der Lackanstrich war im Gegensatz zur schriftlichen Gebrauchsanweisung nicht nach 24 Stunden trocken, sondern erst nach einer Woche, und in der Zwischenzeit wurden Sven, Sascha und Stefanie stundenweise zum Babysitten abkommandiert.

Dabei hätte ich ein freiwilliges Kindermädchen haben können! Carmen, das Schwein, hatte eine rührende Anhänglichkeit entwickelt und hockte fast täglich bei uns im Garten. Leider stopfte sie den Zwillingen wahllos Kaugummi, Hundekuchen und unreife Pflaumen in den Mund und offerierte ihnen Dauerlutscher, die sie vorher selbst gründlich abgeleckt hatte. Einmal drückte sie Katja zum Spielen einen Regenwurm in die Hand!

Ich hatte bisher vergeblich versucht, Stefanie und Carmen zusammenzubringen. Sie waren annähernd gleich alt und ergänzten sich großartig, weil Carmen zurückhaltend war, bewundernd zu Steffi aufschaute und sich bedingungslos deren manchmal reichlich diktatorischen Anordnungen unterwarf. Aber von gelegentlichen Ausnahmen abgesehen, lehnte Steffi eine Freundschaft mit Carmen ab. »Die stinkt!« erklärte sie kurz und bündig.

Dem war ja abzuhelfen. Also steckte ich Carmen eines Tages kurzerhand in die Wanne, opferte eine Handvoll von meinem Badesalz, schrubbte sie ab, wusch ihr die Haare (was mit erheblichem Geschrei und anschließender Überschwemmung des Badezimmers verbunden war) und zog ihr nach beendeter Vollreinigung eines von Steffis Kleidern an. Aus der unscheinbaren Raupe war ein niedlicher Schmetterling geworden. Sogar Wenzel-Berta hatte die Verwandlung nicht gleich durchschaut und vom Küchenfenster herunter gefragt: »Die Kleine kenne ich ja gar nicht, is wohl nicht aus'm Dorf hier?«

Dabei hatte ich sie erst ein paar Tage vorher um Aufklärung gebeten. Im allgemeinen kümmerte mich der Dorfklatsch herzlich wenig, aber der Zusammenhang zwischen dem ständig herumstreunenden, schwäbelnden Mädchen und der Berliner Schlampe, die mich gleich bei unserem Einzug beschimpft hatte, interessierte mich nun doch.

Wenzel-Berta war in ihrem Element. »Also die Carmen is ja hier geboren, weil ihre Mutter is die Tochter vom Schmied unten im Dorf. Der lebt aber nich mehr. Und wie eines Tages die Catcher-Truppe in Aufeld war, da hat sich doch die Christa in den Obercatcher verknallt, und denn haben se ja auch bald geheiratet. Das war ja man damals eine sehr schöne Hochzeit. Erst is die Christa immer noch mit über die Jahrmärkte und so, aber wie denn die Carmen da war, ging das nich mehr. Nu hat die Christa zu Hause gesessen, und der Mann war immer weg. Emil der Blutrünstige hat er sich genannt, bloß mit Künstlernamen natürlich. Wenn der wirklich mal zu Hause war, denn war er aber auch mehr in der Kneipe, da hat er denn angegeben mit seiner Blutrünstigkeit und so. Vor'm Jahr ungefähr oder so is ihm denn die Christa durchgebrannt mit dem Klempner drüben von Aufeld. Kann man ja verstehen. Aber der Klempner war nu eigentlich auch nichts Besonderes, gesoffen hat er auch, bloß nich so viel. Na ja, und denn is die Frau Krüger gekommen, was die Carmen ihre Oma is, also die Mutter von dem Emil. Die stammt irgendwo aus'm Osten, so aus der Gegend von Berlin. Aber viel kümmern tut die sich nich um die Carmen, gerade man, daß sie ihr was zu essen gibt.«

Abends hatte ich Frau Krüger persönlich auf dem Hals. Sie wedelte mit Steffis Kleid vor meinem Gesicht herum und legte los:

»Wenn Se glooben, det wa Almosen brauchen, denn sind Se schief jewickelt. Ick kann die Carmen so ville Kleider koofen, wie ick will, aber ick will ja janich. Die macht ja doch allet wieda mistig. Und baden tun müssen Se ihr ooch nich. Die Carmen kommt jeden Sonnabend inne Wanne, aba am nächsten Tach is se doch wieda dreckig. Also lassen Se det jefälligst!« Damit warf sie mir das Kleid vor die Füße und watschelte gravitätisch davon.

Rolf hatte den Krügerschen Monolog vom Treppenabsatz aus verfolgt und grinste mich jetzt schadenfroh an. »Kriegst du wieder deinen humanitären Fimmel? Vor drei Jahren waren es die italienischen Gastarbeiterkinder, die du unbedingt integrieren wolltest, vor zwei Jahren hast du streunende Katzen gesammelt und gefüttert, vergangenes Jahr wolltest du einen privaten Kindergarten gründen, und jetzt fängst du wieder an!«

Er hat ja recht, der Ärmste. Ich werde also meine gelegentlich ausbrechenden sozialen Anwandlungen künftig innerhalb der Familie austoben. Am besten fange ich gleich damit an:

»Will jemand ›Mensch ärgere dich nicht‹ mit mir spielen?«

Den Namen ›die Mäuse‹ verdanken unsere Zwillinge einer Bekannten, die trotz zehnjährigem Aufenthalt im schwäbischen Musterländle ihre Münchener Herkunft nicht verleugnen konnte und bei der ersten Begutachtung unseres jüngsten Nachwuchses spontan ausrief:

»Dös san aber zwoa herzige Meisle!« Von da an hießen die Zwillinge, wenn wir von ihnen als Einheit sprachen, nur noch ›die Mäuse‹. Manchmal führte diese Bezeichnung auch zu kuriosen Mißverständnissen. So stand ich einmal mit Sven beim Metzger und wartete. Wie immer war es voll, und wie immer hatte ich keine Zeit. Außerdem mußte ich noch die Wochenration Fertigbrei für die Zwillinge besorgen. Also drückte ich Sven Geld in die Hand und bat ihn: »Hol' doch inzwischen in der Drogerie eine Dose Mäusefutter.« Darauf drehte sich eine andere Kundin zu mir um und fragte mitleidig: »Ach, haben Sie auch welche? Wir haben schon Fallen aufgestellt!«

Die Zwillinge hatten inzwischen ihren großen Laufstall – Mäusekäfig genannt – im Garten bezogen und fühlten sich ausgesprochen wohl darin. Daß sie ihren Vitaminbedarf von nun an vorwiegend mit Gras und Klee deckten, konnte ich nicht mehr verhindern, aber das Kuhfutter bekam ihnen offenbar ausgezeichnet. Bis weit in den Herbst hinein krebsten sie in ihrem Stall herum, waren braungebrannt und putzmunter. Aber schon im nächsten Frühjahr war der Mäusekäfig zum nutzlosen Dekorationsstück geworden. Die Zwillinge hatten ziemlich schnell entdeckt, daß sie – mit einem umgestülpten Sandeimer oder mehreren übereinandergestapelten Spielsachen als Podest – ohne Schwierigkeiten das Gitter überwinden konnten, und ich habe sie oft genug einfangen müssen, wenn sie in Richtung Dorf krabbelten.

Aber es gab ja auch Regentage! Bekanntlich kann man schon *ein* Kleinkind, das anfängt, seine Umwelt zu erkunden, kaum ständig beaufsichtigen, bei zweien ist das unmöglich. Also versuchten wir, das Kinderzimmer ›mäusefest‹ zu machen. Tisch und Stühlchen flogen erst einmal hinaus, weil der Nachwuchs die Möbel als Wurfgeschosse und Kletterhilfen mißbrauchte. Das leichte Regal für die Spielsachen wurde ebenfalls entfernt, nachdem die Zwillinge – Einigkeit macht stark! – es umgekippt und sich selbst darunter begraben hatten. Die Steckdosen bekamen Schutzdeckel, die Wandlampen wurden abmontiert, und zum Schluß bestand die ganze Einrichtung nur noch aus den beiden Betten, der Wickelkommode und dem Kleiderschrank. Ich lief nur noch wie eine Haushälterin längst vergangener Zeiten mit einem Schlüsselbund in der Hosentasche herum. Für den Staubsauger brauchte ich Strom; um an eine Steckdose zu kommen, mußte ich mit einem Spezialhaken die Schutzklappe entfernen. Die Balkontür bekam ein Sicherheitsschloß, denn an dem einfachen Hebelverschluß erprobten die Mäuse laufend ihre ständig wachsenden Kräfte. Außerdem war es empfehlenswert, die Schranktürschlüssel abzuziehen. Vergaß ich das einmal, konnte ich den Inhalt der unteren Fächer in allen vier Ecken zusammensuchen.

Ein Problem wurde die Wickelkommode. Sie hatte einen Magnetverschluß, und es gab keine Möglichkeit, ein normales Schloß anzubringen. Also band ich um die beiden Griffe Einweckgummi. Dieser primitive Mechanismus kostete mich zwar manchen Fingernagel, aber es dauerte sehr lange, bis die Zwillinge auch diese Nuß geknackt hatten. Dann allerdings waren sie begeistert über die Zellstoffwindeln hergefallen. Wäre ein Schneesturm durch das Zimmer gefegt, es hätte nicht schlimmer aussehen können...

Eines Tages hatte ein Zwilling einen neuen Zeitvertreib entdeckt. Vermutlich war es Nicole, sie hat entschieden die größere Geduld. Irgendwo mußte sich ein kleines Stückchen Tapete gelöst haben, und wenn man lange genug daran zog und kratzte, wurde das Stückchen größer und ließ sich abreißen. Das machte Spaß, und man sah endlich mal einen Erfolg seiner Bemühungen! Daraufhin begann Katja an der gegenüberliegenden Wand. Ich versuchte verzweifelt, diesen Zerstörungstrieb einzudämmen, zumal die Mäuse jetzt statt Grünfutter Kalk und gelegentlich Tapete aßen. Es half alles nichts. Im Frühjahr kam der Maler!

Und schließlich kam auch der Tag, an dem die Zwillinge freudestrahlend in die Küche marschierten. Sie hatten die letzte Schranke auf dem Weg in die Freiheit, nämlich die Kinderzimmertür, überwunden. Die immerhin noch verhältnismäßig ruhige Zeit war endgültig vorbei.

5

Langsam gingen die Ferien zu Ende, und es wurde Zeit, daß wir uns um die geistige Weiterbildung unseres inzwischen total verwilderten Nachwuchses kümmerten.

Sven hätte mit Beginn des neuen Schuljahres eigentlich das Gymnasium besuchen müssen, aber wir hatten beschlossen, noch ein Jahr zu warten und ihn dann mit Sascha zusammen in dieselbe Klasse zu stecken. Nach Rolfs Ansicht würde diese Regelung für die Beteiligten erhebliche Vorteile mit sich bringen. »Die beiden können sich dann gegenseitig auf die Sprünge helfen!« Die Praxis sah später anders aus: Sven erledigte mit der ihm eigenen Gründlichkeit seine Hausaufgaben, während sich Sascha draußen herumtrieb, um dann abends heimlich die Hefte seines Bruders zu kassieren und in einer halben Stunde alles Erforderliche abzuschreiben. Es nützte auch nichts, wenn Sven seine Hefte versteckte; Sascha fand sie immer mit unfehlbarer Sicherheit.

Wir hatten inzwischen erfahren, daß sich die Grundschule in unserem Nachbardorf Aufeld befand, während die Hauptschule in der 12 km entfernten Kreisstadt lag. Bewältigt wurde der Pendelverkehr mittels eines alten Lieferwagens, in den man ein paar Sitzreihen montiert hatte. Da meistens einige Fahrgäste aus Krankheits- oder auch Faulheitsgründen fehlten, reichte der Platz aus. Waren aber einmal alle Schüler vollzählig, dann hockten sie wie Ölsardinen auf ihren Bänken. Das klappernde Vehikel spuckte seine Fracht vor der Grundschule aus, wo ein normaler Schulbus den Weitertransport der Haupt-, Real- und Oberschüler übernahm.

An sich klappte dieses Beförderungssystem ganz gut, das schwache Glied in der Kette war lediglich Karlchen. Seinen Nachnamen habe ich nie erfahren, vielleicht hatte er gar keinen. Karlchen war das Gemeindefaktotum und in dieser Eigenschaft auch Fahrer des ›kleinen‹ Schulbusses. Außerdem las Karlchen die Stromzähler ab, fegte freitags die Dorfstraße, wusch einmal wöchentlich die schon antiquierte Feuerspritze und fungierte als Dorfbüttel. Am Ersten eines jeden Monats zog er mit einer riesigen Glocke durch das Dorf und verkündete an drei zentral gelegenen Stellen die amtlichen Neuigkeiten. Das hörte sich ungefähr so an: »Der Tierarzt wird in der ersten Septemberhälfte gegen die Maul- und Klauenseuche schutzimpfen. Der Kaminkehrer kommt am Donnerstag, die Bewohner werden gebeten, zu sagen, wo sie sind. Die nächste Gemeinderatssitzung findet am 11. des Monats in Aufeld im Gasthaus zum ›Goldenen Hahn‹ statt. Vor 22 Uhr wird kein Alkohol ausgeschenkt. Auf dem Rathaus ist eine braune Aktentasche mit einem defekten Schloß ohne Inhalt abgegeben worden. Wer nähere Angaben zu machen vermag, kann sich dort das Fundstück abholen!«

Karlchen war Junggeselle und deshalb mehr im ›Löwen‹ als in seinem kleinen Häuschen anzutreffen. Vielleicht war das der Grund, weshalb er öfter mal verschlief und die deshalb keineswegs traurigen Kinder mit erheblicher Verspätung in der Schule ablieferte. Dadurch kam der ganze weitere Fahrplan durcheinander. Deshalb bewilligte man Karlchen von Amts wegen ein Telefon, und der Gemeindeschreiber mußte seinen

Untergebenen täglich um halb sieben telefonisch wekken. Bis man sich zu dieser Lösung durchgerungen hatte, passierte es hin und wieder, daß sich die Schüler nach längerer Wartezeit zu Fuß auf den Weg machten, von Autofahrern mitgenommen wurden und tröpfchenweise in den Schulen eintrafen.

Ging die Hinfahrt normalerweise zügig vonstatten, so dauerte die Rückfahrt erheblich länger. Hauptsächlich deshalb, weil Karlchen aufmüpfige oder allzu temperamentvolle Fahrgäste kurzerhand aus dem Bus warf und zu Fuß gehen ließ. Sascha war meist dabei, und ich gewöhnte mich daran, sein Mittagessen automatisch in die Backröhre zu schieben, wenn Sven wieder mal allein auftauchte.

Am ersten Schultag in diesem Jahr fuhr ich also mit Sascha mit einem stotternden Hannibal nach Aufeld, während Rolf seinen Erstgeborenen in der Stadt ablieferte.

Wir hatten Sascha seinerzeit vorzeitig eingeschult, weil seine Kindergärtnerin behauptet hatte, mit ihrem Spiel- und Lernprogramm seinen geistigen Höhenflügen nicht mehr gewachsen zu sein. Ich wurde aber niemals den Verdacht los, daß sie den unternehmungslustigen Knaben gern abschieben wollte und die Schule als geeigneten Aufenthaltsort ansah, wo man seine ständigen Dummheiten nicht mehr so ohne weiteres tolerieren würde. Deshalb hatte ich Sascha damals auch mit sehr gemischten Gefühlen begleitet, als er sich dem Schulreifetest unterziehen mußte.

Den Schulpsychologen brachte er fast zur Verzweiflung, weil er sich minutenlang mit ihm herumstritt, ob ein bestimmter Bauklotz nun blau oder violett sei; dem geforderten Strichmännchen malte er versehentlich nur vier Finger an jede Hand und begründete den fehlenden fünften Finger mit der Ausrede: »Das Männchen drückt mir doch die Daumen, damit ich den Quatsch hier bestehe!« Und die Frage, wer schneller einen Baum hinaufklettern könne, eine Ameise, ein kleiner Junge oder ein Eichhörnchen, beantwortete er ohne Zögern mit »ein kleiner Junge natürlich!« Als man ihm sagte, das sei falsch, ein Eichhörnchen könne besser klettern, erwiderte Sascha in überzeugendem Ton: »Sie kennen ja auch meinen Bruder nicht, der ist bestimmt schneller!«

Darauf erklärte man meinen Sohn für schulreif, und während seiner gesamten Schulzeit blieb er der Benjamin der Klasse.

Die Schule in Aufeld umfaßte vier Klassen, das Lehrerkollegium bestand aus Herrn Dankwart und aus Fräulein Priesnitz, die die beiden unteren Jahrgänge betreute. Herr Dankwart befehligte die 3. und 4. Klasse, manchmal zusammen, meist nebeneinander, ideal war keine der beiden Alternativen. Während die eine Klasse über Rechenaufgaben brütete, bekam die andere Erdkundeunterricht, und wenn diese dann das soeben Gehörte schriftlich fixierte, wurde in der anderen deutsche Grammatik unterrichtet. Mir ist es heute noch ein Rätsel, wie Sascha nach dieser etwas fragwürdigen Grundausbildung die Aufnahmeprüfung für das Gymnasium bestanden hat.

Die Kinder liebten Herrn Dankwart, einen in Ehren ergrauten Schulmeister kurz vor dem Pensionsalter, obwohl er preußischen Drill bevorzugte und seinen Zeigestock nicht unbedingt nur für die Landkarte benutzte. Zu seinem Leidwesen war die Prügelstrafe inzwischen abgeschafft worden, was ihn aber nicht hinderte, das ministerielle Verbot gelegentlich zu vergessen. Die Eltern hatten wohl nichts dagegen.

Zum Teil hatten sie früher selbst schon von Herrn Dankwart ihre Dresche bezogen, und außerdem konnte man nach ihrer Ansicht eine Ohrfeige oder ein paar Schläge auf das Hinterteil nicht als Prügel bezeichnen. Väterliche Abreibungen sahen da ganz anders aus!

Wir hatten auf handgreifliche Erziehungsmethoden bisher verzichtet, und so war Sascha denn auch mehr überrascht als empört, als auch ihn einmal der bewußte Zeigestock erwischte. Sein Vater fand das allerdings weniger erheiternd. Er brachte seinen Sproß am nächsten Morgen selbst in die Schule und versuchte Herrn Dankwart klarzumachen, daß es nachhaltigere Strafen gäbe als ausgerechnet Prügel. Herr Dankwart zeigte sich einsichtsvoll und verdonnerte bei der nächsten Gelegenheit unseren Sohn zum Abschreiben einer beliebigen Seite aus dem Lesebuch. Sascha blätterte so lange herum, bis er eine Seite fand, auf der neben einer großen Zeichnung ein sechszeiliges Gedicht stand. Das schrieb er ab und hatte damit zumindest formell seine Auflage erfüllt.

Seine nächste Schandtat mußte er mit einem Aufsatz büßen, Thema: ›Weshalb ich mich während des Unterrichts ruhig verhalten muß.‹ An sich sah er dazu überhaupt keinen Grund, bastelte aber doch ein paar allgemeine Weisheiten zusammen und schloß seine Ausführungen mit dem Satz: ›Ich muß in der Schule ruhig sein, damit der Lehrer sein eigenes Wort verstehen kann.‹ Abends beschwerte er sich bei Rolf: »Die anderen haben's viel besser, die kriegen eins hinter die Ohren, und ich muß immer irgendwas schreiben!«

Besonderer Beliebtheit erfreute sich Herrn Dankwarts Prämiensystem. Er verteilte Fleißpunkte. Für sorgfältig erledigte Schularbeiten, besonderen Gehorsam oder gute Antworten (gelegentlich auch für privates Brötchenholen) gab es Punkte. Für zehn Punkte gab es einen Fleißzettel, für fünf Fleißzettel einmal Befreiung von den Hausaufgaben. Die Fleißzettel hatten die Größe von Kinokarten, waren mit dem Schulstempel versehen und mit Herrn Dankwarts Namenszug beglaubigt, was zu Saschas Bedauern eine Fälschung nahezu unmöglich machte. Da er auf reguläre Weise nie genug Punkte sammeln konnte, um einen Fleißzettel zu ergattern, geschweige denn fünf, sann er auf Abhilfe. Zunächst freundete er sich mit dem Klassenbesten an, der in seinen Augen zwar ›ziemlich doof‹ war, den er aber brauchte, weil dieser Musterknabe viel zu oft einen Fleißzettel kassierte. Gelegentliche Hausbesuche und kleine Geschenke in Form von ausgelesenen Comics oder Farbstiften besonders guter Qualität (in Rolfs Arbeitszimmer standen ja genug herum!) festigten schnell die Freundschaft, und so langsam konnte man zum Kern der Sache kommen. Da Peter-Michael die Fleißzettelchen nur zum eigenen Vergnügen sammelte und nie auf die Idee gekommen wäre, auch nur einmal davon Gebrauch zu machen, wurde man sich schnell handelseinig. Zehn Zettel entsprachen künftig dem Gegenwert eines Matchbox-Autos. Sascha besaß eine umfangreiche Sammlung mit diversen doppelten Exemplaren. Später tauschte er auch noch andere Dinge, deren Wert jedesmal stundenlang ausgehandelt werden mußte.

Außerdem entdeckte Sascha plötzlich seine Liebe zu Klassenkameraden weiblichen Geschlechts. Im allgemeinen schätzte er Mädchen gar nicht, weil die immer so dämlich kicherten, entsetzt schrien, wenn man ihnen eine besonders schöne Raupe zeigte, und jedesmal losheulten, weil man sie im Freibad ein bißchen untergetaucht hatte. Andererseits waren Mädchen artiger als Jungen und bekamen mehr Fleißzettel. So trug Sascha der jeweils Auserwählten, die nach seiner geheimen Buchführung über das notwendige Quantum an Fleißzetteln verfügen mußte, ein paar Tage lang die Schulmappe nach Hause und lud sie zu sich ein, wo sie verlegen in einer Ecke stand, um ihr dann bei der ersten Gelegenheit einige dieser begehrten Papierstückchen abzuschmeicheln.

Auf diese Weise hatte er immer eine gewisse Reserve, die er genau dosiert einsetzte. Waren die Hausaufgaben zu umfangreich oder zu kompliziert oder hatte er den Nachmittag bereits anderweitig verplant, dann präsentierte er am nächsten Tag statt der erforderlichen Aufgaben fünf Fleißzettel. Ich habe nie begriffen, weshalb Herr Dankwart nicht endlich protestierte, denn schließlich mußte er am besten wissen, daß Sascha niemals auf reelle Weise an diese Hausaufgaben-Befreiungszertifikate herangekommen sein konnte. Vielleicht hatte er Respekt vor dessen Vater, der ganz offensichtlich über die Anordnungen des Kultusministeriums Bescheid wußte und möglicherweise auch ahnte, daß sich dieses zweifelhafte Prämiensystem etwas außerhalb der Legalität befand.

Sven dagegen mußte treu und brav jeden Tag seine Schularbeiten machen, die ihm zwar nicht schwerfielen, ihn aber entsetzlich langweilten. Das augenblickliche Pensum hatte er schon zum Teil in der vergangenen Klasse bewältigt, und besonders die Oberrheinische Tiefebene scheint sich in Baden-Württemberg großer Beliebtheit zu erfreuen. In Erdkunde kaute er sie jetzt zum zweitenmal durch und bekam sie in der ersten Gymnasialklasse noch einmal.

So verbrachte er einen Teil der Schulstunden in halb schlafendem Zustand und wachte immer erst dann auf, wenn sein Klassenlehrer unterrichtete. Herr Bockewitz war neu an die Schule gekommen und hatte sich bei seiner Klasse mit den Worten eingeführt: »Damit ihr wißt, was ihr für einen Lehrer kriegt, werden wir jetzt einen Rundgang durch das Heimatmuseum machen.«

Da ein derartiger Besuch bereits von der ersten Grundschulklasse an einmal jährlich obligatorisch war, quittierten die Schüler dieses Vorhaben mit »oooch, doch nicht schon wieder...« Herr Bockewitz überhörte den Protest, schrieb an die Tafel ›Lehrgang‹ und führte seine Schutzbefohlenen in das nächste Gasthaus, wo er sie auf eigene Kosten mit Cola und Kartoffelchips bewirtete. Künftig gingen sie für ihn durchs Feuer. Daß er gelegentlich statt der vorgesehenen Mathestunde einen Schnellkurs in Waffenkunde einschob, akzeptierten sie mit der gleichen Begeisterung wie seine Mißachtung der herrschenden Kleiderordnung. An sehr heißen Tagen erschien Herr Bockewitz in Shorts, zog sofort nach Betreten des Klassenzimmers sein Hemd aus, hängte es ausgebreitet als Sonnenschutz vor das Fenster und ermunterte seine männlichen Schüler, das gleiche zu tun. Nach flüchtiger Begutachtung der Oberweite gestattete er auch den Mädchen, sich an der Oben-ohne-Bewegung zu beteiligen; nur ein paar Sitzengebliebenen und folglich schon deutlich als Mädchen erkennbaren Schülerinnen verordnete er bedeckende Hüllen.

Dieser an sich harmlose Striptease in Verbindung mit einigen ebenfalls belanglosen Vorkommnissen erbitterte den größten Teil des Lehrerkollegiums. Man befürchtete offenbar den Verfall der Sitten und forderte eine sofortige Abberufung der untragbaren

Lehrkraft. Die vorgesetzte Behörde reagierte erstaunlich schnell und versetzte Herrn Bockewitz in eine Großstadt, wo er die bekanntlich ständig sinkende Moral der Schüler anscheinend nicht weiter gefährden konnte.

Für den Rest des Schuljahres verschlief Sven auch die Mathe- und Biologiestunden!

6

Es soll Ehemänner geben, die ihre erschöpften Frauen am Abend fragen, was sie denn eigentlich in den vergangenen zwölf Stunden getan haben. Das bißchen Haushalt ist doch eine Kleinigkeit und mit den vielen elektrischen Geräten eine reine Spielerei (besonders, wenn einem der Staubsaugerbeutel platzt und seinen Inhalt durch das ganze Zimmer bläst!). Ich hoffe, ein paar von diesen ahnungslosen Männern – mein eigener eingeschlossen – lesen die folgenden Zeilen, die einen ganz normalen Wochentag beschreiben:

6.15 Uhr: Der Wecker rasselt los, kriegt eins aufs Dach, gibt wieder Ruhe. Rolf murmelt »ich stehe auch gleich auf«, dreht sich herum und schläft weiter. Ich wickle mich in den Bademantel, schleiche ins Bad, putze die Zähne (man sollte immer Selterswasser benutzen, das macht wenigstens munter) und wandere in die Küche. Kochplatte an, Wasserhahn aufdrehen, hoffentlich kommt welches, gestern hatten wir mal wieder keins... es gluckst und blubbert, dann tropft eine rostrote Brühe heraus. Also erst ablaufen lassen!

Küchentür auf, Gang entlang, Treppe hinunter und so weiter. Die Jungs schlafen wie die Murmeltiere.

»Jetzt aber endlich raus, warum seid ihr noch nicht im Bad?«

»Der Wecker hat nicht geklingelt.«

»Weil ihr ihn wieder nicht aufgezogen habt! Und jetzt ein bißchen Beeilung bitte!«

»Ich kann heute nicht zur Schule, mir ist so schlecht.« Saschas Stimme klingt tatsächlich ziemlich matt.

»Wovon ist dir schlecht?«

»Weiß nicht, vielleicht die Pflaumen von gestern.«

»Mami, ich weiß, warum dem schlecht ist«, tönt es aus dem Bad, »die schreiben heute ein Diktat.«

»Alte Petze!« Sascha blinzelt zu ihm herüber und kriecht schließlich doch aus dem Bett.

Ich gehe zurück in meine Küche. Die Herdplatte glüht, das Wasser läuft endlich normal, also Teewasser aufsetzen, Kaffeemaschine fertigmachen, Babyflaschen warm stellen, Tisch decken – inzwischen ist es zwanzig vor sieben –, Schulbrote schmieren (gestern waren doch noch drei Bananen da? Na, egal, dann gibt es heute eben keine Vitamine), das Teewasser kocht, die Zwillinge brüllen, die Kaffeemaschine spuckt, weil sie verkalkt ist und ich immer wieder vergesse, sie zu reinigen...

Die Knaben erscheinen, nehmen Platz.

»Hast du meine Turnschuhe gesehen?« Sven sucht jeden Morgen etwas anderes.

»Nein.«

»Ich brauche sie aber!«

Ich suche die Turnschuhe, finde sie vor der Haustür, gepanzert mit einer zentimeterdicken Lehmschicht.

»Das habe ich doch glatt vergessen. Wollte sie gestern noch saubermachen. Die hatte ich an, als wir am Trosselbach den Stausee gebaut haben. Was mache ich denn jetzt bloß?«

»Barfuß turnen!«

Sascha malt mit dem Messer Girlanden auf die Butter.

»Iß endlich!«

»Hab' keinen Hunger.«

»Iß, oder es gibt am Nachmittag Hausarrest!« (Alberne Drohung, wird ja doch nicht in die Tat umgesetzt.)

Sascha angelt sich eine Toastscheibe, bohrt ein Loch in die Mitte, steckt den Finger durch, läßt sie rotieren, beißt schließlich hinein.

Es ist 7.10 Uhr, um Viertel fährt der Schulbus.

Die Knaben angeln sich ihre Ranzen, poltern die Treppe hinunter. Die vergessenen Pausenbrote werfe ich aus dem Fenster hinterher.

Die Zwillinge brüllen immer noch, das Wasser, in dem die Fläschchen zum Warmwerden stehen, kocht Blasen. Verflixt, man sollte sechs Hände haben! Die Schreihälse bekommen ihr Frühstück und ich endlich eine Tasse Kaffee.

Rolf erscheint im Bademantel, in einer Hand die Zeitung, in der anderen eine brennende Zigarette. Kann man ihm die Qualmerei auf nüchternen Magen nie abgewöhnen?

Jetzt schnell ins Bad. Dusche andrehen, es röhrt und zischt, dann tropft es schwärzlich. Ach so, muß man ja erst ablaufen lassen. Dauert zu lange, also Katzenwäsche. Anschließend zu den Zwillingen, die in harmonischem Einklang die geleerten Flaschen gegen die Gitter hauen. Waschen, trockenlegen, zurück in die Bettchen. Gebrüll! Sie kriegen ihre Teddybären und die Klappern, beruhigen sich, spielen.

Acht Uhr. Endlich Frühstück. Rolf ist schon fertig und liest Zeitung. »In Italien streikt das Hotelpersonal, die Gäste müssen sich die Betten selber machen.«

»Na und? Muß ich ja auch.« Der Kaffee ist lauwarm, der Toast inzwischen zäh.

Unten klappt die Haustür. Wenzel-Berta kommt, sie hat Schlüssel. »Guten Morgen! Is ja man wieder ein wunderschönes Wetter, und hier habe ich Karotten mitgebracht. Eugen hat sie gestern alle rausgemacht, aber es sind ja so viele.« Wenzel-Berta kommt selten ohne ein paar Produkte aus ihrem Garten. Vielleicht meint sie, daß man kinderreiche Familien unterstützen muß, am besten mit Naturalien.

»Haben Sie noch 'n Täßchen übrig?«

»Sicher, aber der ist fast kalt.«

»Macht nichts, heiß is ja ungesund.«

Fast jeden Morgen wiederholt sich dasselbe Ritual. Wenzel-Berta schenkt sich eine Tasse Kaffee ein, und während sie ihn trinkt, erzählt sie die Neuigkeiten, die sich während der letzten 24 Stunden ereignet haben.

Rolf türmt, und ich höre mir geduldig an, daß die Jüngste vom Schrezenmeier jetzt auch Mumps hat und daß in der Nacht der Tierarzt zum Hagner-Bauern kommen mußte, weil die Kuh nicht kalben konnte. »Und was der Kleinschmitt is, der is vielleicht wütend. Da ha'm doch die Bengels den Bach oben gestaut, und nu is dem seine Wiese überschwemmt. Jetzt will er wissen, wer das war.« (Hoffentlich kriegt er es nicht heraus.)

Stefanie kommt. Den Pullover hat sie verkehrt herum angezogen, ein Strumpf fehlt, und gekämmt ist sie auch nicht. Ich bringe sie zurück, komplettiere die Garderobe, setze sie an den Frühstückstisch. Der Tee ist eiskalt, und außerdem »ich will lieber Milch!«

Wenzel-Berta wärmt Milch. »Mit Zucker!« Wenzel-Berta holt die Zuckerdose. »Haben wir noch Zwieback?« Wenzel-Berta holt den Zwieback. Steffi ist endlich zufrieden.

Neun Uhr. Rolf erscheint, sucht Autoschlüssel und Sonnenbrille. Ich finde beides im Bad.

»Kommst du zum Essen nach Hause?«

»Nein, ich bin in Stuttgart.«

Auch gut, dann kochen wir heute auf Sparflamme. Karotten sind ja sehr gesund.

»Weißt du, wo der Stadtplan von Stuttgart ist?«

Weiß ich nicht, aber ich suche ihn. Nach fünf Minuten habe ich ihn auf dem Schuhregal gefunden.

»Vielen Dank, wenn ich dich nicht hätte...« Haha! Abschiedsküßchen, weg ist er.

Halb zehn. Wenzel-Berta hängt Wäsche auf, ich hole die Zwillinge, albere ein bißchen mit ihnen herum und setze sie in ihren Käfig. Protestgeheul, ich soll dableiben. Geht nicht, muß Betten machen. Stefanie verschwindet um die Hausecke, das volle Milchglas steht auf dem Tisch.

Es klingelt. Ich melde mich an der Sprechanlage.

»Ich hend Poscht für Sie.«

Nanu, so früh heute? Ach so, ist ja Mittwoch, die Kneipe hat Ruhetag.

»Dann werfen Sie's doch in den Kasten.«

»Ha, Sie müsset schon selber kommen!«

Treppe runter, Haustür auf.

»Einschreiben?«

»Nein, Sie müsset eine Nachgebühr zahlen!«

»Können Sie das nicht gleich sagen?« Treppe wieder rauf, Portemonnaie suchen, liegt auf dem Kühlschrank, Treppe wieder runter. »Wieviel macht's denn?«

»Dreißig Pfennige.«

Ich habe keine dreißig Pfennige, nur fünfzig. »Stimmt so.«

»Ha, ich dank auch recht schön. Grüß Gott.«

Haustür zu, Treppe wieder rauf. Kleine Zigarettenpause, nur mal schnell den Brief lesen, Regina schreibt selten genug, und nie klebt sie genug Marken drauf. Was sie schreibt, klingt wie aus einer anderen Welt.

Theaterbesuch, Schaufensterbummel, Klassentreffen – selige Pennälerzeit! –, und zum Schluß fragt sie, wann ich wieder einmal nach Berlin komme. Die Ahnungslose! Na ja, wie sollte sie auch. Sie ist geschieden, hat nur ein Kind, das noch dazu von der Oma betreut wird, und einen Beruf, der ihr Spaß macht.

Halb elf. Höchste Zeit zum Einkaufen. Wenzel-Berta putzt Karotten. Schnitzel dazu? Quatsch, zu teuer, Frikadellen tun's auch. Hannibal springt ausnahmsweise gleich beim ersten Mal an und tuckert friedlich ins Nachbardorf. Beim Metzger ist es voll. Ich werde nervös, die Zeit wird langsam knapp. Endlich bin ich dran. Als ich bezahlen will, entdecke ich, daß ich das Portemonnaie vergessen habe. Natürlich, der Briefträger! Jetzt liegt es unten auf dem Dielentisch. Die Metzgersfrau beruhigt mich. »Machet Sie sich koi Sorge, dann zahlet Sie äbe das nächste Mal.« (Auch so ein Vorteil des Landlebens. Ist man erst einmal bekannt, kann man wochenlang ohne Geld einkaufen gehen.)

Gleich halb zwölf. Jetzt aber dalli. Hannibal spuckt, hustet, bricht seinen vorgesehenen Streik aber ab, rattert los. Eigentlich brauche ich noch Brot, aber das muß Sven am Nachmittag holen, jetzt habe ich keine Zeit.

»Frau Wenzel, können Sie schnell die Frikadellen fertigmachen? Ich muß die Mäuse füttern.« Wenzel-Berta macht.

Zehn nach zwölf. Die Zwillinge bekommen ihr Gemüsebreilein, werden gewaschen, gewickelt, zum Mittagsschlaf ins Bett gelegt. Sie sind anderer Meinung und brüllen. Nach fünf Minuten schlafen sie. Gleich eins. Wenzel-Berta geht, verspricht aber, am Nachmittag noch mal zu kommen und Wäsche zu bügeln. Wenn ich Orden verleihen könnte, bekäme sie einen von mir.

Die Frikadellen brutzeln in der Pfanne, die Kartoffeln kochen, der Tisch ist gedeckt... zehn Minuten Pause. Denkste! Sven ist schon da.

»Sascha kommt später, der muß laufen.«

»Warum denn nun schon wieder?«

»Die haben Karlchen eine Knallerbse unters Gaspedal geklemmt, und da hat er sie auf halber Strecke rausgeschmissen.«

So geht das nicht weiter. Rolf muß endlich mal ein ernstes Wort mit seinem Filius reden. Leider enden derartige Strafpredigten meist damit, daß er seinem Sohn Streiche aus seiner eigenen Schulzeit erzählt, die Sascha wie ein Schwamm aufsaugt und irgendwann wieder in die Praxis umsetzt.

Halb zwei. Sascha kommt angetrödelt, läßt den Anraunzer wie kaltes Wasser ablaufen und erzählt mir strahlend:

»Du hättest bloß mal dem sein Gesicht sehen sollen, als das plötzlich losknallte!«

»Dessen Gesicht.«

»Ist doch egal, jedenfalls hat der ziemlich blöde geguckt!«

Das Mittagessen verläuft friedlich. Nur Steffi ist nicht da. Suchaktionen sind sinnlos, es gibt zu viele Möglichkeiten, wo sie sein kann. Wahrscheinlich hat sie sich wieder bei irgend jemandem selbst eingeladen.

»Wie sieht es mit Hausaufgaben aus?«

»Ich hab' keine auf.« Natürlich Sascha.

»Stimmt ja gar nicht. Günther hat mir erzählt, ihr sollt einen Aufsatz schreiben.«

»Hab' ich ganz vergessen. Und außerdem geht dich das überhaupt nichts an!«

Sven trollt sich samt Ranzen auf die Terrasse, Sascha verschwindet Richtung Treppe.

»Hiergeblieben! Erst die Arbeit, dann das Vergnügen!« (Idiotischer Spruch, aber den habe ich früher auch immer gehört.) Sascha mault, fügt sich aber.

Viertel nach zwei. Die Zwillinge haben ausgeschlafen, werden frisch gewickelt, bekommen ihren Obstsaft, marschieren in ihren Stall. Wollen nicht alleine bleiben, brüllen. Kriegen Zwieback in die Hand gedrückt, werden friedlich.

Drei Uhr, und die Küche sieht noch aus wie ein Schlachtfeld. Spülmaschine haben wir nicht, also do it yourself.

Es bimmelt. Telefon. »Schatz, ich komme heute nicht mehr nach Hause, sondern fahre weiter nach Karlsruhe. Bin morgen am Spätnachmittag zurück. Was machen die Kinder? Was wolltest du sagen? Meine Groschen sind alle, tschüs bis morgen!« Na, nicht zu ändern, irgendwo müssen die Brötchen schließlich herkommen.

Halb vier. Auf der Terrasse ist es verdächtig ruhig. Sven schreibt Vokabeln ab und versichert mir zum zwanzigsten Mal, daß man endlich Esperanto als Universalsprache einführen sollte. Sascha ist verschwunden. Ich entdecke ihn im Garten, wo er mit dem Gartenschlauch hantiert.

»Was machst du da?«

»Die Mäuse sehen aus wie Ferkel, die muß man erst mal saubermachen.«

»Aber doch nicht mit dem Schlauch!«

Sascha dreht bedauernd den Wasserhahn zu und kommt zurück.

»Was macht der Aufsatz?«

»Ich weiß nicht, was ich schreiben soll.«

»Wie heißt denn das Thema?«

»Was ich einmal werden will.«

»Na und? Seit zwei Wochen willst du Astronaut werden, fällt dir dazu nichts ein?«

»Ach nee, immer in so 'ner Kapsel hocken ist auch nicht das Wahre. Ich werde lieber Zoodirektor. Da kann ich auch mehr drüber schreiben.«

»Schreib, worüber du willst, aber fang endlich an!«

Katja brüllt, weil Nicki ihr den Stoffelefanten in die Nase bohren will. Rettungsaktion, anschließend provisorische Reinigung der Ferkel.

Vier Uhr fünfzehn. Endlich taucht Steffi auf.

»Ich habe schon Mittag gegessen!«

Dieses Kind hat ein sonniges Gemüt, bald ist Zeit zum Abendbrot.

»Wo warst du denn?«

»Bei Schrezenmeiers.«

»Ich denke, die Karin hat Mumps?«

»Karin nicht, aber Petra.«

»Und dann bleibst du den halben Tag dort? Mumps ist ziemlich ansteckend.«

»Petras Mama sagt, ich krieg's sowieso mal!«

Jetzt brauche ich einen Kaffee! Wenzel-Berta steht schon im Eßzimmer und bügelt. Also zwei Tassen Kaffee!

Es klingelt. Frau Häberle II steht draußen. Ihre Schwester ist heute früh mit dem Blinddarm ins Krankenhaus gekommen, und ob sie mal telefonieren darf. Sie darf. Der Blinddarm ist ein Magengeschwür und muß operiert werden. Frau Häberle begreift das nicht, geht aber trotzdem wieder.

Fünf Uhr. Sasche präsentiert sein Heft. Seine Vorstellungen von den Aufgaben eines Zoodirektors sind reichlich abenteuerlich, vielleicht sollte er sich mal mit Dr. Grzimek unterhalten.

»Jetzt pack endlich zusammen, dann kannst du verschwinden. Aber spätestens um sieben seid ihr zurück!«

Die Zwillinge quengeln, sie werden müde, und Hunger haben sie auch. Jetzt kommt der zeitraubendste Teil des Tages, die Wasserschlacht. Wenn die beiden nur endlich groß genug wären, damit man sie zusammen baden kann... Um halb sieben habe ich sie fertig, eine halbe Stunde später sind sie abgefüttert und schlafen ein.

Sieben Uhr. Stefanie erscheint, die Jungs bleiben verschwunden. Ich stecke meine Tochter samt Ente, Krokodil und Schiffchen in die Wanne, da ist sie gut aufgehoben.

Halb acht. Die Knaben sind noch immer nicht da. Steffi kommt triefend an, bis auf das Gesicht ist sie sauber. Also noch mal zurück in die Wanne, abtrocknen, Schlafanzug an, Butterbrot nebst Apfel und ab ins Bett.

Acht Uhr. Sven marschiert kleinlaut die Treppe herauf. »Entschuldige, ich habe nicht auf die Uhr gesehen.« Konnte er auch nicht, er hatte keine mit. Die liegt auf der Terrasse.

»Wo ist Sascha?«

»Ist der noch nicht da?«

»Nein.«

»Ich such' ihn mal.«

Sven trabt wieder los, kommt nicht mehr zurück. Um halb neun mache ich mich selbst auf die Suche und finde die beiden bei Kroihers im Schweinestall.

»Guck mal, Mami, sind die Ferkel nicht süß? Die sind gestern erst geboren worden.«

Ich will keine Ferkel sehen, ich will überhaupt nichts mehr sehen, ich will endlich mal ein bißchen Ruhe haben! Die Knaben wittern Unheil, flitzen los, gehen freiwillig duschen, erklären, keinen Hunger mehr zu haben und sind endlich in ihren Zimmern verschwunden.

Kurz nach neun. Feierabend. Eigentlich sollte ich jetzt auch mal etwas essen. Brot ist alle. Na ja, Knäckebrot ist auch nahrhaft. Und was jetzt? Kurzer Blick ins Fernsehprogramm. Im ersten Programm fängt gerade ein amerikanischer Krimi an; der andere Kanal sendet ein Problemstück. Probleme habe ich selber, zusätzliche brauche ich nicht.

Ich könnte Regina anrufen, mich für den Brief bedanken. Ihre Mutter ist dran. Regina ist nicht zu Hause, und wie es mir denn geht? Fünf Minuten unverbindliches Blabla.

Halb zehn. Warum soll ich nicht ins Bett gehen und noch ein bißchen lesen? Den Schiwago habe ich Ostern angefangen, ich bin immer noch auf Seite 211. Aber vorher schnell duschen, jetzt wird die Brause ja wohl in Ordnung sein. Das Bad schwimmt. Die Herren Söhne... Ist mir egal, morgen ist auch noch ein Tag!

Und wenn Rolf am Abend zurückkommt, wird er mir bestimmt wieder wortreich erzählen, wie anstrengend die letzten beiden Tage für ihn waren und wie gut ich es dagegen habe. Nur das bißchen Haushalt...

7

»Immer während der Tagesschau!« knurrte das Familienoberhaupt, als kurz nach acht das Telefon klingelte. Sven erhob sich aus seiner horizontalen Lage vom Teppich, schlurfte zur Tür und nahm mit einem gemurmelten »Komme ja schon« den Hörer ab.

»Es ist Onkel Felix, und er sagt, es ist sehr wichtig!«

»Dann hat er wieder irgendwas erfunden!« Rolf stemmte sich aus dem Sessel hoch und ging zum Telefon. Nach drei Minuten war er zurück.

»Die kommen morgen«, verkündete er lakonisch.

»Etwa alle?«

»Alle!«

»Für wie lange?«

»Nur für einen Tag, dann wollen sie weiter nach Italien. Felix hat eine Campingausrüstung gekauft, und die will er bei uns im Garten erst mal ausprobieren, bevor er sich damit in die Öffentlichkeit wagt. Ein neues Auto hat er auch.«

»Der scheint ja mal was erfunden zu haben, womit er Geld verdienen kann«, mutmaßte Sven, »nicht so was Blödes wie die Gurkenmaschine.«

Besagte Gurkenmaschine hatte mir Felix als Hochzeitsgeschenk überreicht mit dem Hinweis, es handele sich um ein handgearbeitetes Original und sei dementsprechend kostbar. Der Apparat hatte die Größe und auch ungefähr die Form eines riesigen Fleischwolfes und diente dem Zweck, Gurken zu hobeln. Vorausgesetzt, sie waren kerzengerade gewachsen und nicht dicker als höchstens 7 cm. Man steckte die Gurke in eine Art Trichter, drehte an einer Kurbel, die öfter mal abfiel, und unten kamen dann Scheiben verschiedener Stärke heraus. Außerdem war in Kauf zu nehmen, daß ein Drittel der Gurke entweder auf der Strecke blieb oder von Hand weiterverarbeitet werden mußte. Das eine Verfahren war zu teuer, das andere zu umständlich. Also kaufte ich mir einen handelsüblichen Gurkenhobel und verstaute das Monstrum irgendwo im Keller. Immer dann, wenn Felix seinen Besuch ankündigte, wurde es aus der Versenkung geholt, ich schrubbte die Patina monatelanger Dunkelhaft ab und stellte es mitten in die Küche, wo sein Erfinder es jedesmal liebevoll bewunderte.

»Da kannst du mal sehen, was gute Handarbeit ist«, bekam ich regelmäßig zu hören, »überhaupt keine Verschleißerscheinungen!« Na ja, kein Wunder!

Aber vielleicht sollte ich erst einmal erklären, wer Felix überhaupt ist. Mit vollständigem Namen heißt er Felix Waldemar Böttcher und ist ein Jugendfreund von Rolf. Die beiden hatten sich auf der Kunstakademie kennengelernt, wo sie so lange perspektivisches Zeichnen lernten, bis Rolf seine Liebe zum Journalismus entdeckte und absprang. Felix zeichnete noch eine Weile weiter, weil ihm nichts Besseres einfiel, aber als sein Professor ihm eines Tages eröffnete: »Hören Se auf damit, werden Se lieber Zahnarzt!«, packte auch Felix seine Stifte ein und verließ die Stätte der Musen, von denen ihn offensichtlich keine einzige geküßt hatte. Zahnarzt wollte er aber auch nicht werden, also wurde er Buchbinder. Im übrigen ist er ein Meister seines Fachs. Einige seiner Werke sind in unserem Bücherschrank zu bewundern. Ihr Inhalt ist weit weniger wertvoll als ihr Einband.

Sein Meisterstück hat Felix geschaffen, als ihm einmal Rolfs zerfledderter Reisepaß in die Hände fiel. Damals hatten diese Dinger nur einen einfachen hellgrünen Pappdeckel, und wer seinen Paß häufig brauchte und darüber hinaus ein Gegner irgendwelcher schützender Hüllen war, hatte nach ziemlich kurzer Zeit fliegende Blätter in der Brieftasche. Diese fliegenden Blätter konfiszierte Felix und brachte sie zwei Tage später in weinrotes Saffianleder gehüllt wieder zurück. Die Vorderseite des Passes zierte in Goldprägung der Name des Eigentümers.

Leider gab es jedesmal Schwierigkeiten beim Grenzübertritt. Die etwas verblüfften Beamten, denen ein deutscher Paß in dieser Form noch nie vorgelegt worden war, vermuteten hinter der Luxusausgabe entweder eine Fälschung, was ziemlich zeitraubende Untersuchungs- und Aufklärungsarbeiten erforderte, oder einen Diplomatenstatus, was entschieden vorteilhafter war. Diplomaten werden nicht kontrolliert, und die Zigaretten waren damals in der Schweiz weit billiger als bei uns.

Manchmal hörten wir monatelang nichts von Felix, aber er war immer dann zur Stelle, wenn man ihn brauchte. Er wurde unser Trauzeuge, er half bei den ersten drei Umzügen – vom vierten an verhinderten die zunehmenden Entfernungen seine Mitwirkung –, er wurde Svens Patenonkel, war Saschas Verbündeter bei allen möglichen Dummheiten und wollte sogar Steffi adoptieren, weil er der Meinung war, ich eigne mich nicht zur Erziehung von Mädchen. Im übrigen war er überzeugter Junggeselle mit einem ausgeprägten Hang zur Sparsamkeit. Seine Freundinnen wählte er weniger nach dem Äußeren als vielmehr nach ihren hauswirtschaftlichen Fähigkeiten aus. Waren seine Strümpfe wieder einmal alle sauber und seine Hemdenknöpfe ordnungsgemäß mit Fäden statt mit Alleskleber befestigt, erklärte er seiner jeweiligen Wohltäterin ziemlich unverblümt, man passe wohl doch nicht so richtig zusammen und eine schnelle Trennung sei das vernünftigste.

Diese Methode klappte jahrelang, und so waren wir ziemlich überrascht, als plötzlich eines schönen Tages morgens um vier das Telefon klingelte und Felix verkündete, er habe soeben geheiratet. »Meine Güte, muß der Kerl blau sein!« war Rolfs Kommentar, nachdem er den Hörer wiederaufgelegt hatte. Aber hier irrte der Meister. Er wußte nur nicht, daß sein Freund ein paar Wochen zuvor in die Staaten gereist war, dort ein kürzlich aus Deutschland eingewandertes Mädchen kennengelernt, sich Hals über Kopf verliebt und seine Angebetete in einem kleinen Provinznest abends um zehn Uhr geheiratet hatte. Übrigens auch in Amerika eine durchaus nicht übliche Zeit für eine Trauung!

Allen gegenteiligen Prognosen zum Trotz wurde die Ehe ausgesprochen glücklich, was nicht zuletzt die inzwischen drei und vier Jahre alten Sprößlinge Max und Moritz beweisen. Felix erfindet zwar immer noch irgendwelche vermeintlich zeit- und arbeitssparende Geräte, nur beschränkt sich sein Tatendrang jetzt auf seine private Sphäre, und ich brauche seine Schöpfungen nicht mehr auszuprobieren. Ich weiß nur, daß er seit Jahren an einem System bastelt, das Babywindeln überflüssig machen soll. Vielleicht liegt hierin der Grund, daß sein Sohn Moritz noch nicht ›stubenrein‹ ist!

Am Spätnachmittag des nächsten Tages keuchte ein abenteuerliches Gefährt den Hügel herauf, hustete kurz und blieb auf halber Höhe stehen. Heraus sprang ein bärtiger Mann, griff sich zwei herumliegende Feldsteine und klemmte sie schnell unter die beiden Hinterräder. Es war Felix! (Jetzt hatte sich dieser Mensch doch tatsächlich einen Vollbart wachsen lassen!)

»Die Handbremse ist im Eimer«, erklärte er sein merkwürdiges Tun, bevor er mich liebevoll umarmte. »Wie gefällt dir meine neue Kutsche?« Damit wies er auf sein Vehikel, das ganz offensichtlich irgendwann einmal ein VW gewesen war, durch diverse An- und Umbauten aber mehr wie ein Mittelding zwischen Amphibienfahrzeug und Karusselauto aussah. Gekrönt wurde das Ganze von einem gefährlich schwankenden Aufbau auf dem Dach. Zu allem Überfluß war dieser rollende Blechhaufen in verschiedenen Farbtönen lakkiert, wobei auf der einen Seite Grün, auf der anderen Blau dominierten.

»Was meinst du, was das für widersprüchliche Zeugenaussagen gibt!« begründete Felix seine fahrende Litfaßsäule. Er verfügt noch aus früheren Jahren über einschlägige Erfahrungen.

Inzwischen hatte sich auch die übrige Familie aus dem vollgestopften Fahrzeug befreit. Marianne sah ziemlich mitgenommen aus, Max und Moritz guckten mißtrauisch, wollten nicht guten Tag sagen, wollten nicht das schöne Händchen geben, wollten keinen Diener machen, quengelten.

»Die sind hundemüde«, sagte Marianne. Minuten später hingen die müden Knaben mit schokoladeverschmierten Händen an meinen weißen Hosen. Die hatte ich gerade erst angezogen. Der Gäste wegen!

Sven und Sascha kamen den Berg heraufgestürmt. Sie hatten schon den ganzen Nachmittag über auf der Lauer gelegen und sich dann entschlossen, dem Besuch entgegenzugehen.

»Warum habt ihr denn nicht angehalten?« fragte Sven empört, »ihr habt uns doch gesehen!«

»Konnte ich nicht, dann wäre die Karre nicht mehr angesprungen. Irgendwas stimmt mit der Batterie nicht. Gibt es hier eine Werkstatt?«

»Nee, nicht mal Benzin.« Sascha besah sich mit kugelrunden Augen das Fahrzeug, bevor er ungläubig fragte: »Sag mal, Onkel Felix, ist *das* da dein neues Auto?«

»Wie hast du die Mühle überhaupt durch den TÜV gekriegt?« wollte Sven wissen.

»Na ja, fabrikneu ist es natürlich nicht, aber zum TÜV muß ich erst nächstes Jahr. Und es funktionierte alles tadellos. Bis gestern«, fügte er etwas kleinlaut hinzu.

Später beim Kaffeetrinken – Max und Moritz hatten wir erst einmal ins Bett gesteckt – erzählte Felix Einzelheiten über die offenbar recht strapaziöse Reise. Danach waren sie programmgemäß um acht Uhr in Düsseldorf gestartet, nach halbstündiger Autobahnfahrt in einen Stau gekommen und endlos lange im Schneckentempo dahingekrochen. »Irgendwann hatte ich die Nase voll und bin bei der nächsten Ausfahrt runter«, erzählte er weiter. »Wir haben dann in einer Dorfkneipe etwas gegessen und sind anschließend über die Landstraße weitergefahren. Plötzlich lief der Wagen nicht mehr richtig, er kam einfach nicht auf Touren.«

»Weil dieses Kamel mit angezogener Handbremse losgefahren ist!« unterbrach Marianne, »und als er es endlich merkte, war das Ding natürlich hin!«

Nach einem weiteren Halt (»Sag mal, müssen eure Kinder auch dauernd auf die Toilette? Ich glaube fast, Max ist blasenkrank!«) sprang der Wagen nicht mehr an. Hilfsbereite Mitmenschen schleppten das Vehikel bis zur nächsten Tankstelle, wo der Tankwart empfahl, das ganze Auto am besten auf einen Schrottplatz zu fahren und lediglich das Radio als bleibende Erinnerung zu behalten, das zweifellos das einzig Funktionierende an dem ganzen Gefährt sei. Ein entsprechendes Trinkgeld und eine gewisse Hochachtung vor der Courage des Wagenbesitzers brachten den Tankwart schließlich dazu, sein ganzes Können einzusetzen. Er schaffte es auch, das Auto wieder in Gang zu bringen, aber »fahren Sie nach Möglichkeit bis zu Ihrem Ziel durch, ich glaube nicht, daß der Wagen noch mal von allein anspringt!«

»Jedenfalls haben wir es bis hierher geschafft!« endete Felix zuversichtlich. »Ich bringe das Auto morgen in eine Werkstatt, und dann werden wir auch bis in die Schweiz und noch weiter kommen!«

Nach drei Stück Buttercremetorte, vier Tassen Kaffee und einem doppelstöckigen Cognac war er bereit, nummehr seine Umgebung in Augenschein zu nehmen.

»Wo steckt Rolf? Ich hatte ihn eigentlich beim Empfangskomitee erwartet.«

»Keine Ahnung, er wollte schon vor zwei Stunden hier sein.«

»Immer das gleiche Lied. Pünktlichkeit scheint er bei dir auch nicht gelernt zu haben. Weißt du noch, wie er sogar zu seiner eigenen Hochzeit zu spät gekommen ist?«

Und ob ich das noch wußte! Um elf Uhr sollte die standesamtliche Trauung sein, zehn vor elf wanderte ich nervös von einem Fenster zum anderen, während die zahlreich versammelte Verwandtschaft schon überlegte, wie man den Skandal vertuschen könnte und ob es noch früh genug sei, das Essen abzubestellen. Reifen quietschten, Felix jagte die Treppe herauf und zog mich am Arm wieder hinunter. »Komm bloß schnell, ich habe Rolf vor einer Viertelstunde erst aus dem Bett geklingelt. Der war gestern abend blau wie ein Veilchen und hat total verschlafen!« Herrenparty! Abschied vom Junggesellenleben!

Felix stopfte mich ins Auto und steuerte in Richtung Innenstadt. »Ich muß noch die Blumen abholen«, begründete er die vermeintlich falsche Route.

Vor dem Blumenladen gab es keinen Parkplatz, dafür haufenweise Halteverbotsschilder.

»Es hilft nichts, du mußt dir das Gemüse selber holen. Ich fahre inzwischen einmal um den Block und sammle dich dann wieder auf.«

So kam es, daß ich mir nicht nur meinen Brautstrauß selbst abholen, sondern darüber hinaus auch noch bezahlen mußte.

Mein Bräutigam lief in Strümpfen herum, suchte Manschettenknöpfe, Brieftasche, Schuhcreme. Ich putzte die Schuhe, Felix opferte seine eigenen Manschettenknöpfe, die flatternden Hemdsärmel bändigten wir mit Hilfe einer Büroheftmaschine, und mit halbstündiger Verspätung landeten wir doch noch auf dem Rathaus. Gerade rechtzeitig, um den Standesbeamten an der Rückkehr in sein Büro zu hindern. Vorher mußten wir allerdings den zweiten Trauzeugen herbeischaffen, der inzwischen eine öffentliche Telefonzelle blockierte und der Reihe nach sämtliche in Betracht kommenden Nummern anrief, um nach dem verschwundenen Brautpaar zu fahnden.

Nach diesem Auftakt ist es eigentlich kein Wunder, wenn unsere ganze Ehe mehr oder weniger turbulent verläuft.

Felix hatte sich entschlossen, die Montage seines Zeltes auf morgen zu verschieben und eine Nacht im Gästezimmer zu verbringen. Da unser Mädchenzimmer verwaist geblieben war, verfügten wir über diesen ungewohnten Luxus, und besonders ich war froh darüber, weil es mir jetzt erspart blieb, Möbel zu rücken und Bettzeug zu schleppen, wenn mal jemand auf der Couch kampieren mußte. Abgesehen davon, daß der Betreffende die Körpergröße eines Pygmäen und den Umfang einer Fahnenstange haben mußte. Sven und Sascha waren allerdings enttäuscht, denn sie fieberten vor Arbeitseifer und hatten schon den gesamten Inhalt unseres Werkzeugschrankes in den Garten befördert, einschließlich Bandsäge und Spitzhacke, die ein Bauarbeiter mal vergessen hatte. Aber schließlich sahen sie ein, daß die beginnende Dunkelheit das ganze Unternehmen erschweren würde.

»Können wir nicht morgen schwänzen?« bettelte Sascha. »Jetzt so kurz nach den Ferien ist in der Schule doch sowieso noch nichts los.«

Die Ferien waren seit drei Wochen vorbei, aber die hochsommerlichen Temperaturen hielten an, und Sascha betrachtete die täglichen Schulstunden ohnehin nur als lästige Unterbrechung seiner Freizeit. Hausaufgaben machte er so gut wie nie, und wenn doch, dann abends oder im Schulbus. Entsprechend sahen sie aus. »Die nächsten Zeugnisse gibt es im Februar, und das ist noch lange hin!« war sein ständiger Kommentar, wenn ich wieder einmal an sein Pflichtgefühl appellierte.

Wir saßen alle auf der Terrasse und starrten in die untergehende Sonne, von der Marianne behauptete, sie sähe traumhaft schön aus (ich fand sie auch nicht anders als sonst, aber vermutlich hatte ich inzwischen den Blick für Naturschönheiten verloren, weil wir zu viel davon hatten), als Rolf durch den Garten kam. In einer Hand trug er einen Handkoffer, in der anderen zwei Einkaufstüten, unter den linken Arm hatte er mehrere Leitzordner geklemmt und unter den rechten ein Weißbrot.

»Ich möchte euch nur darauf aufmerksam machen, daß die allgemeine Straßenverkehrsordnung auch für ländliche Bereiche gilt! Man stellt sein Auto nicht mitten auf der Straße ab und versperrt anderen die Zufahrt!«

Felix' verröcheltes Vehikel hatten wir total vergessen! Jetzt konnten wir es nicht einmal mehr den Berg heraufziehen, weil es breit und behäbig auf der Fahrbahn stand und bestenfalls noch einem Radfahrer Platz bot. Also ließen wir es zurückrollen und schoben es so lange an die Seite, bis es mit zwei Rädern im Graben hing. Das Aus- und Abladen verschoben wir ebenfalls auf den nächsten Tag, nachdem ich Felix versichert hatte, daß es in Heidenberg nur ehrliche Menschen gebe. Jedenfalls hatte sich noch nie jemand an unseren vergessenen Fahrrädern, Rollschuhen, Regenmänteln, Ginflaschen und Couchkissen vergriffen. Einmal hatte ich sogar den Sonntagsbraten auf der Terrasse liegenlassen, und selbst der war nur zur Hälfte von einer Katze aufgefressen worden.

Am nächsten Morgen deckte ich schlechtgelaunt und unausgeschlafen den Frühstückstisch. Wir hatten Max und Moritz abends in Stefanies Zimmer gesteckt, bekamen aber bis Mitternacht keine Ruhe. Als der Kaufladen zum zweiten Mal umkippte, wurden die Zwillinge wach und brüllten los, und damit war es mit der Nachtruhe endgültig vorbei. Bis in das untere Stockwerk war der Krach offenbar nicht gedrungen oder aber Felix und Marianne schliefen den Schlaf der Mir-ist-jetzt-allesegal-Fatalisten, jedenfalls erschienen sie erst, als die Kinder schon in der Schule waren und Rolf am Telefon hing, um die Reparaturwerkstatt in Aufeld zu alarmieren. Steffi hatte das Kommando über Max und Moritz übernommen und stromerte mit ihnen im Dorf herum, wo sie ihnen von Kroihers Schweinestall bis zu Kleinschmitts Jauchegrube alles Sehenswerte zeigte.

Nach dem Frühstück räumten die Männer das Auto aus und schleppten das ganze Gepäck in den Garten. Danach waren sie bis zum Mittagessen total erschöpft und hatten gerade noch genug Kraft, um die vorgekühlten Bierflaschen zu köpfen. Nebenbei studierten sie die Gebrauchsanweisung für den Aufbau des Steilwandzeltes.

Nun sind Gebrauchsanweisungen, noch dazu, wenn sie mit Zeichnungen und Buchstaben verunziert sind, für mich schon immer unlösbare Rätsel gewesen. Mein Durchblick reicht gerade noch aus, das gestrichelte Dreieck auf einer Nudelpackung zu erkennen, das ich mit dem Daumen eindrücken soll. Und dann platzt die Packung doch ganz woanders auf. Als Teenager wollte ich einmal mit einer Freundin ein Faltboot zusammenbauen, aber mal hatten wir zu viele Hölzchen, beim nächsten Versuch reichten sie nicht, ein paar gingen auch kaputt, und als wir schließlich alle Einzelteile irgendwie aneinandergesetzt hatten, sah das Boot wie ein Backtrog aus und ging auch sofort unter.

Ich habe vor jedem Fernsehtechniker mehr Hochachtung als vor einem Arzt mit drei Doktortiteln. Lateinische Namen kann schließlich jeder auswendig lernen, aber sich in einem seitenlangen Schaltplan auszukennen und A 178 dann auch noch im Fernsehapparat als stecknadelkopfgroßes Pünktchen wiederzufinden, empfinde ich als Höchstleistung menschlicher Intelligenz. Jedenfalls lehnte ich jede Meinungsäußerung ab, als sich die Zeltbauer nicht einigen konnten, ob mit dem großen D römisch IV nun das Vorzelt oder nur eine Seitenwand bezeichnet war. Schließlich falteten sie das Papier zusammen, meinten, es gehe auch ohne und holten neues Bier.

Nach dem Mittagessen hielten sie zunächst ein ausgiebiges Schläfchen, denn bekanntlich soll man nach einer Mahlzeit etwas ruhen. Außerdem hatte die Werkstatt angerufen und mitgeteilt, daß die Reparatur 1. völlig unmöglich, 2. sehr zeitraubend und 3. nur mit nicht vorhandenen Ersatzteilen durchzuführen sei. Letztere müßten erst besorgt werden, was mindestens zwei Tage dauern würde. Also schliefen Felix und Marianne auch in der nächsten Nacht im Gästezimmer, während Max und Moritz bei Sven und Sascha untergebracht wurden. Diesmal durften wir alle eine halbe Stunde länger schlafen, dann fiel Max von der Campingliege.

Am vierten Tag endlich – es war ein Sonntag, und die Werkstatt hatte mitgeteilt, daß das Auto am Montag wieder fahrbereit sein würde – wurde mit dem Aufbau des Zeltes begonnen. Nun waren auch genügend jugendliche Zuschauer gekommen, die Vorstellung konnte also beginnen. Marianne und ich hatten von vornherein jede Mitwirkung abgelehnt mit der Ausrede, uns ums Essen kümmern zu müssen. In Wahrheit hatten wir nicht die geringste Lust, wie verhinderte Pfadfinder im Garten herumzurutschen und irgendwelche Stricke um irgendwelche Haken zu wickeln.

Die Zwillinge waren auch begeistert. Sie drückten sich ihre Näschen an dem Gitterzaun platt und hatten endlich mal genügend Unterhaltung.

Sven, der einzige praktisch Veranlagte in unserer Familie, hatte ziemlich schnell das Zeltknäuel entwirrt und verglich die vorhandenen Haken mit den Schlaufen, die überall an den Stoffrändern befestigt waren. »Da fehlt aber eine Menge Häringe«, stellte er fest.

»Bas behlt?« Felix hatte den Mund voller Nägel und die Hände voller Aluminiumstangen.

»Häringe! Notfalls kann man Vierkanthaken nehmen, aber wenn es windig wird, halten die nicht lange.«

»Was sind Heringe?«

»Häringe mit ä«, erklärte Sven geduldig. »Das sind Zelthaken, die man in den Boden schlägt.«

»Aha! Und die fehlen?«

»Ich habe jedenfalls nur vier Stück gefunden.«

»Dann müssen wir eben welche kaufen. Ich habe sowieso das Gefühl, hier fehlt noch einiges. Da hinten ist ein Loch im Zelt. Kann man das mit Fahrradflickzeug reparieren?«

»Weiß ich nicht, aber unseres ist alle. Kauf genügend von dem Zeug, das ganze Zelt sieht ziemlich mürbe aus.«

»Ich habe es aber von einem guten Kunden gekauft, und der hat behauptet, er habe nur einmal drei Wochen lang damit gezeltet.«

»Und weil es ihm so viel Spaß gemacht hat, schläft er in diesem Jahr lieber wieder in einem Hotel, nicht wahr?« Rolf grinste.

»Der schläft in überhaupt keinem Hotel, der sitzt. Hat irgendein krummes Ding mit Steuergeldern gedreht und ist trotzdem pleite gegangen.«

»Das Zelt stammt wohl aus der Konkursmasse?«

»Quatsch, das habe ich schon vorher gekauft.«

»Und du hast es noch nie aufgebaut?«

»Wo denn, auf dem Balkon vielleicht?«

Bis zum Abend war es den vier Zeltbauern einschließlich mehrerer Hilfarbeiter aus dem Zuschauerkreis gelungen, die Wände aufzurichten und mit Hilfe von Wäscheleinen, die an Büschen und am Mäusekäfig festgebunden wurden, halbwegs zu stabilisieren. Der Reißverschluß vom Dach klemmte, aber »das liegt sicherlich daran, weil das ganze Zelt etwas schief steht«, beruhigte Felix. »Der Boden ist ja auch ziemlich uneben.«

Marianne befaßte sich inzwischen mit einem schwärzlichen Gegenstand, von dem ihr Mann behauptet hatte, es sei der Campingkocher. Sie drehte das Ding mehrmals herum, besah es sich von allen Seiten und fragte mich ratlos: »Weißt du, wo hier oben ist?«

Sven kam.

»Kannst du damit umgehen?«

Er konnte. Er brachte sogar etwas Weißes an, das irgendwo in dieses schwarze Monstrum geschoben und dann angezündet wurde. Erst zischte es, eine Stichflamme schoß empor, und dann brachten wir den Kocher zum Explodieren in den Garten. Er gurgelte noch eine Weile friedlich vor sich hin und zerfiel dann in seine Bestandteile.

»Ich habe das Gefühl, ein normaler Hotelaufenthalt wäre uns billiger gekommen«, seufzte Marianne, als sie auf die schon ziemlich lange Einkaufsliste ›Campingkocher‹ schrieb.

Am nächsten Tag fuhr ich mit ihr nach Heilbronn, wo wir alle einschlägigen Geschäfte abklapperten und den Kofferraum mit kleinen und großen Paketen füllten.

»Wie wollt ihr das ganze Zeug denn bloß in euren Wagen kriegen? Der war doch schon vorher krachend voll«, fragte ich Marianne, als wir endlich den letzten

Einkauf, eine Angel, untergebracht hatten. »Was soll das Ding hier überhaupt?«

»Felix will sparen und das Mittagessen selber angeln!«

»Kann er das denn?«

»Keine Ahnung, versucht hat er es noch nie. Aber wenn er sich einen Hering aus der Dose holt, bildet er sich schon ein, er sei Weltmeister im Angeln. Ich bin mit einem Irren verheiratet!«

Wir gingen erst einmal ausgiebig Kaffee trinken, bevor wir langsam und vorsichtig wieder nach Hause fuhren. Rolf hatte mir in einem Anflug von Großmut seinen Wagen zur Verfügung gestellt – vielleicht hatte er auch befürchtet, Hannibal sei den Gefahren der Großstadt nicht mehr gewachsen und würde vorzeitig seinen Geist aufgeben –, jedenfalls wußte ich genau, daß mein Gatte sofort nach unserer Rückkehr seine heilige Kuh inspizieren und nach Kratzern absuchen würde.

Neben dem Hauseingang stand die wieder zum Leben erweckte ›Litfaßsäule‹, die ich gar nicht so schrecklich bunt in Erinnerung gehabt hatte. Felix strahlte mit dem frischgewaschenen Auto um die Wette. »Es läuft wieder wie eine Eins!« versicherte er uns und schlug zärtlich auf den Kotflügel. Darauf sprang die linke Tür auf.

Bis zum Einbruch der Dunkelheit hatte Sven die provisorischen Vierkanthaken gegen vorschriftsmäßige Häringe ausgewechselt und mit Saschas Hilfe das Zelt so weit aufgerichtet, daß es nur noch ein ganz kleines bißchen schief stand. Dann war Felix samt Luftmatratze, Schlafsack, Karbidlampe und der noch halbvollen Wodkaflasche in sein Freiluftheim gezogen.

»Ich bleibe heute nacht hier draußen. Einmal muß man sich ja daran gewöhnen.«

Marianne zog es vor, die Annehmlichkeiten der Zivilisation noch ein letztes Mal zu genießen und im Gästezimmer zu schlafen, während Max und Moritz schon vor zwei Tagen beschlossen hatten, lieber nicht weiter zu verreisen, sondern bei uns zu bleiben.

Nach dem Abendessen saßen wir noch lange auf der Terrasse und tranken Ananasbowle. Felix hatte sich zwar schon zur Nachtruhe zurückgezogen, tauchte aber noch einmal auf, um sich Mückensalbe zu holen, und war dann geblieben, weil »ich bei eurem Gequassel doch nicht einschlafen kann«. Wir schwelgten in nostalgischen Erinnerungen, und besonders Marianne hörte mit ständig länger werdendem Gesicht zu, denn die meisten der jetzt aufgewärmten Episoden hatten sich vor Felix' folgenschwerer Amerikareise abgespielt.

Mir war schon seit ein paar Minuten aufgefallen, daß Rolf sein Gegenüber nachdenklich ansah, und deshalb war ich gar nicht überrascht, als er plötzlich herausplatzte: »Jetzt ist es mir endlich eingefallen! Weißt du, Felix, mit wem du Ähnlichkeit hast? Ein früherer Nachbar von uns hatte in seinem Vorgarten einen Gartenzwerg, der sah genauso aus wie du.«

Ganz unrecht hatte er wirklich nicht. Der Vollbart hatte sich bei näherer Betrachtung als Bartkranz entpuppt, wie ihn alte Segelschiffkapitäne zu tragen pflegen, und außerdem hatte sich Felix zum Schutz gegen die Abendkühle eine rote Pudelmütze auf sein schon schütteres Haupthaar gestülpt. In Verbindung mit dem leicht glasigen Blick – die Bowle war fast alle –, war eine gewisse Ähnlichkeit mit Gartenzwergen tatsächlich vorhanden.

Felix zeigte sich keineswegs beleidigt. »Gartenzwerge sind des Deutschen liebstes Kind, und ich empfinde deinen Vergleich als durchaus schmeichelhaft.

Übrigens habe ich mir den Bart erst vor ein paar Tagen stutzen lassen. Vorher war er viel länger. Gottfried wollte mich sogar als Reserve-Christus nach Oberammergau schicken!«

»Gottfried? Gibt es denn den immer noch?«

»Aber sicher, was glaubst du denn, wer zu Hause den Laden schmeißt?«

Ich erinnere mich noch ganz genau an das spindeldürre Bürschchen, das vor Jahren mal in Felix' Werkstatt herumwieselte und mir als »das ist Gottfried Pfannkuchen, mein neuer Lehrling« vorgestellt wurde. Später fragte ich Felix: »Warum nennst du den armen Kerl Pfannkuchen? An dem ist doch nun wirklich gar nichts Rundes.« – »Den nenne ich nicht so, der heißt tatsächlich Pfannkuchen mit Nachnamen.«

Gottfried Pfannkuchen war nicht nur Lehrling, sondern bald Mädchen für alles. Er kaufte ein, spülte Geschirr, und wenn sein Herr und Meister nach durchzechter Nacht seinen Kater spazierenführte, besorgte Gottfried Rollmöpse und kühlte seinem Brotherrn mittels einer mit Eis gefüllten Wärmflasche die Stirn. Nebenbei erlernte er das Gewerbe eines Buchbinders so gründlich, daß er später eine glänzende Prüfung ablegte.

Gottfried war ohne Vater aufgewachsen, mit seiner Mutter verstand er sich nicht besonders gut, und so ging er bald nur noch nach Hause, um sich frische Wäsche zu holen. Neben der eigentlichen Werkstatt lag eine kleine Kammer mit einem winzigen Oberlicht, in der die Putzfrau ihre Utensilien und Felix seine leeren Flaschen verstaute. Diese Kammer wurde geräumt, mit einem Feldbett, einem Stuhl und vier Kleiderhaken versehen – mehr ging beim besten Willen nicht hinein –, und oft genug verbrachte Gottfried dort seine

Nächte. Er erblickte in Felix wohl so eine Art Vaterersatz. Jedenfalls ertrug er es klaglos, als der ihm eines Tages unter Zuhilfenahme eines Kochtopfs die Haare schnitt. Die so entstandene Frisur war zumindest recht eigenwillig! Gottfried existierte also immer noch, und wenn Felix ihm so einfach seinen ganzen Laden überließ, mußte er in seinem einstigen Lehrling einen würdigen Vertreter sehen.

Als die Mücken anfingen, uns aufzufressen, gingen wir hinein, das heißt natürlich nur wir verweichlichten Zivilisationsgeschädigten, zu denen auch Rolf gehörte. Er hatte die Einladung, im Zelt zu schlafen, mit dem Hinweis abgelehnt, er sei über das Wandervogelalter hinaus. Felix kroch in sein Zelt, zog ostentativ den Reißverschluß zu, der immer noch klemmte, und zeigte uns damit, was er von uns angekränkelten Naturverächtern hielt.

In der Nacht wachte ich plötzlich von einem ungewohnten Geräusch auf. Regen! Der erste seit Wochen! Es war auch nur ein kurzes Gewitter mit einem wolkenbruchartigen Regenguß, aber der genügte, um den Freiluftfanatiker auf die Terrasse stürzen und verzweifelt an die verschlossene Glastür klopfen zu lassen.

»Wer wird sich denn von so einem kleinen Schauer in die Flucht schlagen lassen?« sagte ich, als ich das zitternde Häuflein Elend ins Trockene ließ. »In Italien scheint auch nicht immer die Sonne.«

»Ach, laß mich doch in Ruhe«, knurrte Felix und goß sich einen doppelstöckigen Cognac ein. »Das Zelt ist löchrig wie ein Sieb, überall regnet es rein, die Luftmatratze hat ein Loch, ich habe sie schon zweimal aufpumpen müssen, und dann kam auch noch der Regen in wahren Sturzbächen unten ins Zelt. Alles schwimmt drin herum, die Lampe ist umgekippt, und die Taschenlampe funktioniert nicht. Dabei ist sie nagelneu. Kann ich hier drin schlafen?«

Am nächsten Morgen sahen wir die Bescherung. Das Zelt war so ziemlich in sich zusammengefallen (dabei waren die paar Windböen doch wirklich nicht so schlimm gewesen), und zwei Zeltstangen waren total verbogen. Außerdem war es innen und außen klatschnaß.

»Wer kann denn auch ahnen, daß es ausgerechnet in dieser Nacht regnet, sonst hätte ich doch einen Abflußgraben um das Zelt gezogen«, entschuldigte sich Sven. »Das mußt du dir merken, Onkel Felix, sonst säufst du beim nächsten Regen wieder ab.«

Jedenfalls wurde die Weiterreise nochmals um einen Tag verschoben, wir bauten das Zelt zum Trocknen wieder auf. Felix besorgte Imprägnierspray und nebelte seine Behausung mehrmals ein. Nachts schlief er wieder im Gästezimmer. Vorher hatte er zum sechsten oder siebenten Male seine Taschenlampe untersucht, die, wenn man ihre Größe berücksichtigte, die Leuchtkraft eines 1000-Volt-Scheinwerfers haben mußte.

»Verstehe ich einfach nicht. Im Laden funktionierte das tadellos.« Er drückte erneut auf den Schalter.

Sven nahm ihm die Lampe aus der Hand, schraubte sie auf und grinste. »Ich würde es mal mit Batterien versuchen!«

Um acht Uhr wollte Familie Böttcher zur Weiterreise starten. Um zehn Uhr band Felix den letzten Koffer auf dem Autodach fest, um halb elf hatten wir endlich Max gefunden, der nicht mitfahren wollte und sich versteckt hielt, um elf Uhr war er wieder halbwegs sauber, und kurz danach winkten wir mit Handtüchern dem gefährlich schaukelnden Auto nach. Wenzel-Berta, die gerade die Betten abzog, schwenkte ein Laken.

»Is ja man eine ulkige Familie, aber so welche muß es auch geben, wäre ja man sonst langweilig.«

Vierundzwanzig Stunden später klingelte das Telefon. Nachdem Felix alle ihm bekannten Flüche in mehreren Sprachen von sich gegeben hatte, berichtete er, daß sie jetzt in Schaffhausen festsäßen. Das Auto sei endgültig kaputt, das Zelt nachts zweimal zusammengebrochen, Marianne und die Kinder würden gleich mit dem Zug nach Hause fahren, und ob Rolf ihn nicht abholen könnte. »Ich kann doch den ganzen Krempel nicht mit der Bahn transportieren.«

Rolf fuhr also nach Schaffhausen, lud seinen gestrandeten Freund nebst Zelt, Angel und 27 Kartons ins Auto und karrte ihn zurück nach Heidenberg. Hier genoß Felix noch drei Tage lang Sonne, Gin und Landluft, dann schenkte er das Zelt den Jungs, tauschte in Heilbronn die erst kürzlich erworbenen Artikel gegen Fußballschuhe, Elektrorasierer und Fachliteratur über Camping ein, stellte Angel und 11 Kartons in den Keller (sie stehen heute noch da) und fuhr nach Hause.

Den Rest der Ferien verbrachten die Böttchers in einer kinderfreundlichen Familienpension im Sauerland.

8

Unsere Kinder sind fast alle im Winter geboren, was die Gestaltung der traditionellen Geburtstagspartys zwangsläufig einschränkt. Nur Sascha hat Glück. Sein Geburtstag ist am 12. September, und seine Chancen, daß der Himmel ein Einsehen hat und die Sonne scheinen läßt, stehen zumindest 50:50. In jenem Jahr waren sie relativ gut, wußten wir doch schon gar nicht mehr, wie Regen überhaupt aussieht. Das Spektakel würde also voraussichtlich im Freien stattfinden können.

Saschas neunter Geburtstag fiel auf einen Samstag. Wir konnten also damit rechnen, daß alle geladenen Gäste erscheinen und nicht teilweise von ihren Eltern zu Erntearbeiten aufs Feld abkommandiert werden würden. Auch Landwirte machen mal Pause!

Genaugenommen begannen die Geburtstagsvorbereitungen schon drei Wochen vor dem eigentlichen Termin, als mir Sascha die Rohfassung der Gästeliste vorlegte. Danach wollte er die gesamte männliche Dorfjugend zwischen 7 und 13 Jahren einladen, etwa zwei Drittel seiner Klassenkameraden sowie ein halbes Dutzend Mädchen, allesamt permanente Anwärter für Fleißzettel. Ich strich zunächst alle Namen aus, die ich noch niemals gehört hatte. Das war ungefähr die Hälfte und immer noch zu wenig. Dann reduzierte ich die Kandidaten so lange, bis neun übrigblieben. Das erschien mir akzeptabel. Sascha war anderer Meinung. Er kämpfte um jeden Gast mit einer Verbissenheit, als gelte es, Schiffbrüchige vor dem sicheren Tod des Ertrinkens zu retten. Schließlich einigten wir uns auf zwölf. Mit Sven und Sascha würden es also 14 Kinder sein, das ging gerade noch. Stefanie hatte ich von vornherein ausgeklammert. Seit sie sich bei einem Kindergeburtstag von Sven aus nie geklärten Gründen den Fuß verstaucht hatte und tagelang herumhinken mußte, zog sie es vor, an den turbulenten Gesellschaften ihrer Brüder nur noch als Zuschauerin teilzunehmen. Außerdem hatte ich die nicht unberechtigte Hoffnung, Sascha würde sich vielleicht in der noch verbleibenden Zeit mit einigen seiner vorgesehenen Gäste überwerfen und sie kurzerhand wieder ausladen. So etwas war schon öfter vorgekommen. Dieses Glück hatte ich jedoch in diesem Jahre nicht. Entweder war Sascha besonders friedfertig, was ich bezweifle, oder seine Kameraden bogen beginnende Streitigkeiten früh genug ab, um die schon in Aussicht gestellten Einladungen nicht zu gefährden.

Die Mädchenriege hatte ich meinem Sohn ausgeredet mit der Begründung, in seinem fortgeschrittenen Alter bleibe man zweckmäßigerweise unter sich, Mädchen würden da nur stören. Sascha fand das schließlich auch.

Eine Woche vor dem bedeutungsvollen Tag setzte er sich hin und bemalte Briefkarten. Den dazugehörigen Text überließ er mir. »Du kannst das viel besser, und mit der Schreibmaschine sieht es auch schöner aus!« Er versah die Karten später lediglich mit seinem Autogramm. Anschließend gab er keine Ruhe, bis ich Hannibal aus der Garage geholt und Sascha nach Aufeld gekarrt hatte, wo er eigenhändig die Briefe frankierte und in den Kasten warf. Meinen Vorschlag, er könne die Einladungen doch am nächsten Tag in der Schule verteilen, lehnte er ab. »Mit Briefmarke drauf sieht es doch viel wichtiger aus, und dann nehmen die Mütter das auch ernst!«

Kindergeburtstage wurden in Heidenberg im allgemeinen nicht besonders gefeiert. Das Geburtstagskind bekam ein Geschenk, natürlich auch einen Kuchen, und nachmittags kamen vielleicht Oma oder Onkel und Tante. Das war's dann auch schon. Als Stefanie doch einmal eingeladen wurde, kam sie nach einer Stunde schon wieder zurück und erzählte empört: »Das war ja vielleicht doof. Wir haben Kaffee gekriegt und Kekse und Salzstangen, und dann hat sich Ulrikes Mutter an die Nähmaschine gesetzt und uns auf die Straße zum Spielen geschickt.« Anscheinend hielt man Steffis Verschwinden für durchaus normal, jedenfalls ist sie nicht zurückgeholt worden.

Nächster Punkt: Wieviel und welche Torten würden dem Herrn Sohn denn genehm sein? Er entschied sich für Buttercremetorte, Quarktorte, Schwarzwälder Kirschtorte und ›noch was mit Obst obendrauf‹. Bis auf den letzten Wunsch also alles Kunstwerke, die mir regelmäßig mißlingen. Die Buttercreme gerinnt meist, die Quarktorte ist mir bisher immer zusammengefallen, und die Schwarzwälder Kirschtorte schmeckt jedesmal anders. Backen ist nun mal nicht meine Stärke.

»Kann es nicht etwas Einfacheres sein?«

Wenzel-Berta, die erst fassungslos den heruntergeleierten Wünschen des künftigen Gastgebers gefolgt war und dann mein langes Gesicht instinktiv richtig deutete, beruhigte mich. »Kaufen Se man alles ein, ich back' Ihnen das Zeug schon zusammen!« Gelegentliche Kostproben von ihren Kuchen hatten mich immer neidisch werden lassen. So etwas würde ich nie hinkriegen!

Also fuhr ich am nächsten Donnerstag nach Heilbronn und besorgte von Schokoladensirup bis zu roter Gelatine alles, was Wenzel-Berta auf einer halbmeterlangen Einkaufsliste notiert hatte. Darunter auch Breschtling. Ich hatte keine Ahnung, was das ist, buchstabierte das unaussprechliche Wort vom Zettel ab und bekam eine Packung tiefgefrorene Erdbeeren ausgehändigt. Wenzel-Berta war also auch schon vom schwäbischen Dialekt infiziert!

Abends kam ich mit vollem Kofferraum und leerem Geldbeutel wieder nach Hause, lieferte meine Ausbeute bei ihr ab, entband sie für den kommenden Tag aller sonstigen Pflichten und widmete mich den weiteren Vorbereitungen.

Zum Abendessen sollte es Würstchen vom Grill geben. Rolf fand, das sei Männersache, und diesen Teil der Festgestaltung wolle er übernehmen. Zu diesem Zweck hatte er sich schon eine schwarzweiß karierte Schürze mit der Aufschrift ›Küchenchef‹ gekauft.

Blieb noch die Getränkefrage zu klären. Kakao lehnte Sascha ab. »So'n Babygesöff kann ich doch niemandem mehr anbieten. Koch lieber richtigen Kaffee!« Darunter verstand er Malzkaffee mit einem kleinen Zusatz von Kaffee-Extrakt. »Und für zwischendurch kaufst du am besten Apfelsaft, Traubensaft und roten Johannisbeersaft und...«

»Kommt überhaupt nicht in Frage, Sprudel genügt!« Saschas Konsumfreudigkeit stand ohnehin in krassem Widerspruch zu meinem Monatsetat, und ich sah es schon kommen, daß wir uns vom Zwanzigsten an überwiegend von Kartoffeln ernähren würden, die ich von Wenzel-Berta vorläufig noch gratis bekam.

Bei uns hatte es sich eingebürgert, daß das jeweilige Geburtstagskind sein Mittagessen selbst zusammenstellen darf. Sascha wünschte sich »das Fleisch mit dem blauen Namen und dem Käse drin.«

»Bitte, was?«

»Das haben wir doch neulich bei der Hochzeit von Tante Jutta gegessen.«

Du liebe Zeit, der Knabe meinte Cordon bleu! Das hatte ich erstens noch nie selbst gemacht, zweitens war es viel zu teuer und überhaupt »habe ich dazu morgen gar keine Zeit!« erklärte ich meinem Sohn. Der sah das ein und wollte dann Spaghetti mit Tomatensoße.

Der ereignisreiche Tag war endlich da! Strahlend blauer Himmel, der stündlich abgehörte Wetterbericht versprach konstant anhaltendes Sommerwetter, das Thermometer kletterte am frühen Vormittag schon auf 22 Grad... es konnte also gar nichts schiefgehen!

Sascha krakeelte seit halb sechs durch das Haus und erschien eine Viertelstunde später mit vorwurfsvoller Miene im Schlafzimmer: »Wollt ihr denn nicht endlich aufstehen? Wir kommen noch zu spät zur Schule!«

Es folgten die üblichen Gratulationen mit anschließender Besichtigung des Gabentisches.

Die heißersehnte Cowboy-Ausrüstung fand Saschas volle Zustimmung. Er bemängelte lediglich das Fehlen eines Lassos, gab sich aber mit der zugesicherten Nachlieferung zufrieden. Die diversen Kleidungsstücke würdigte er keines Blickes. Etwas mußte man schließlich anziehen, und daß man ihm die ohnehin notwendigen Sachen als Geburtstagsgeschenke präsentierte, fand er überflüssig. Die beiden Bücher interessierten ihn auch herzlich wenig. Lesen mußte er in der Schule genug, und seine Freizeitlektüre beschränkte sich auf Comic-Hefte, deren tiefsinnige Sprechblasentexte wie ›Auf ihn mit Gebrüll!‹ oder ›Kicher-kicher‹ seinen geistigen Ansprüchen momentan nicht völlig genügten.

Da war das brieftaschengroße Transistorradio doch etwas ganz anderes! (Sascha ließ es dann auch so lange laufen, bis die Batterien leer waren; Geld für neue hatte er natürlich nicht mehr, und so verschwand es erst einmal in der Versenkung. Soweit ich mich erinnere, hat er es später gegen eine Fahrradhupe mit Dreiklangton eingetauscht).

Nachdem ich das Geburtstagskind mit Mühe und Not davon abgehalten hatte, in faschingsmäßiger Wildwestverkleidung zur Schule zu gehen, verschwanden die beiden Knaben.

Wenzel-Berta erschien mit Leiterwagen, darauf vier Torten. Eine davon, in Größe und Form den amerikanischen Hochzeitskuchen nicht unähnlich, kam außerplanmäßig und war als Geschenk für Sascha gedacht. Die Herrlichkeiten verschwanden erst einmal im schnell ausgeräumten Kühlschrank.

Rolf wurde in Marsch gesetzt, mußte vom Metzger die vorbestellten Würstchen, vom Bäcker die Brötchen und vom ›Löwen‹ den Sprudel holen. Die Sahne hatte ich vergessen, deshalb durfte er noch mal umkehren. Seine Laune sank, die Außentemperaturen stiegen!

Ich stand unterdessen auf der Leiter und versuchte, Nägel in die Terrassenwände zu schlagen. Wenn man zwei linke Hände hat, geht so etwas natürlich im wahrsten Sinne des Wortes schief. Eine halbe Packung Stahlstifte hatte ich schon krummgeklopft. Rolf murmelte etwas von »keine Ahnung haben« und »auf eine Fuge treffen« und löste mich ab. Dann schrie er nach Heftpflastern. Die Nägel waren noch immer nicht drin! Wenzel-Berta holte ihren Angetrauten. Eugen nahm die Sache in die Hand, und etwas später saßen die Nägel bombenfest (wir haben sie auch nie wieder rausgekriegt!). Wir spannten eine Wäscheleine kreuz und quer über die Terrasse und hängten Papierschlangen daran auf. Ich hatte für diese Arbeit eine gute halbe Stunde kalkuliert. Nach zwei Stunden waren wir noch immer nicht fertig!

Wenzel-Berta pustete inzwischen mit der Fußballpumpe Luftballons auf, die wollten wir zwischen die Luftschlangen hängen. Als ich den vierten befestigte, platzte der erste. Der zweite knallte auch, der dritte schrumpfte zu einer Birne mit Sorgenfalten zusammen. Die Hitze! Also hängten wir die Ballons in die Büsche im Garten, wo es Schatten gab, aber da wurden sie auch zusehends kleiner und sahen zum Schluß aus wie schlecht versteckte Ostereier. Rolf suchte Plätze für die Lampions, die später die abendliche Szenerie beleuchten sollten, fand keine, hängte sie schließlich an die Wäschespinne. Eugen begutachtete das Ergebnis, marschierte los und kam mit langen Bambusstangen wieder. »Die sind von den Bohnen. Aber die habe ich schon raus!« Mit vereinten Kräften wurden die Stangen in den Boden gerammt – mein schöner Rasen! – und waren ideale Laternenpfähle.

Mittagspause! Sven bekleckerte sich mit Tomatensoße, Steffi kam zu spät, und Sascha hatte plötzlich keinen Appetit mehr auf Spaghetti – es wurde eine rundherum gemütliche Mahlzeit. Nach dem Essen holten die Jungs die Tische, die wir uns im ›Löwen‹ geliehen hatten. Ich war schon tagelang mit dem Zentimetermaß herumgelaufen, hatte die Quadratmeter unserer eigenen Tische mit der Zahl der erwarteten Gäste multipliziert und war schließlich zu dem Ergebnis gekommen, daß der Platz auch bei minimalsten Raumansprüchen nicht reichen würde. Und ich kannte den Bewegungsdrang von Zehnjährigen! Außerdem hätten die Kinder auf verschiedenen Ebenen essen müssen.

»Bringt noch ein paar Stühle mit!« rief ich meinen Sprößlingen hinterher, denn bis zum letzten Küchenhocker waren sämtliche Sitzgelegenheiten verplant.

Die Tische kamen, die Stühle auch, und da man heutzutage keine meterlangen Tafeltücher mehr zur Hochzeit bekommt, behalfen wir uns mit Bettlaken. Außerdem hatte ich Partygeschirr aus Pappe gekauft, einmal, um den Abwasch zu sparen, zum anderen, weil mein normales Geschirr bei Kinderfesten regelmäßig um diverse Teile dezimiert worden war. Die jugendlichen Gäste waren begeistert und benutzten später ihre leeren Becher als Wurfgeschosse. Ich kam mir vor wie in einem antiautoritären Kinderladen!

Aber noch war es nicht soweit. Rolf hatte Tischkarten gezeichnet, die Sascha nun mit der Miene eines Oberhofmeisters von fürstlichen Gnaden verteilte. Die Tischordnung wurde immer wieder geändert. Rücksprachen mit Sven, der auch seine Wünsche anmeldete, machten neuerliche Umgruppierungen notwendig, und als die ersten Kinder kamen, lief Sascha noch immer mit einigen Karten in der Hand herum.

Frau Kroiher, deren drei Buben zu den Gästen gehörten und die deshalb einem außergewöhnlich ruhigen Nachmittag entgegensah, brachte mir einen gefüllten Streuselkuchen. »I hab mir denkt, Sie habet au so scho genug zum Schaffe, und i hab ja au scho backt, da hab ich äbe oin Kuchen mehr in die Ofen neig'schobe!« Sie bewunderte unsere Festtafel, kommentierte die Luftschlangendekoration mit »ha no, aber au so ebbes!« und zog wieder ab. Wir waren fertig, die Gäste konnten kommen!

Aber erst kamen die Spaziergänger. Im allgemeinen verirrte sich ziemlich selten jemand auf unseren Hügel. Nur an Wochenenden beobachteten wir häufiger die

Einwohner Heidenbergs, die ihren Sonntagsspaziergang mit einem kleinen Rundgang um unser Grundstück abschlossen, vielleicht in der Hoffnung, endlich einmal Näheres über die ›Neuen da oben‹ zu erfahren. Offenbar hatte sich herumgesprochen, daß bei uns irgend etwas im Gange war, jedenfalls hatten wir noch nie so viel Spaziergänger registriert wie heute. Sie kamen die Straße herauf, kreuzten todesmutig das Brennesselfeld, bogen in den rückwärtigen Hohlweg ein und wanderten langsam wieder zurück. Dabei hatten sie ausreichend Gelegenheit, die farbenfreudig dekorierte Terrasse zu besichtigen und sich über die ›spinnerten Leut‹ zu wundern.

Man zerbrach sich in Heidenberg noch immer den Kopf, womit Rolf eigentlich sein Geld verdiente. Die anfänglich verbrämten, später sehr direkten Fragen nach dem Beruf meines Mannes hatte ich kurz und bündig mit »er ist selbständig« abgetan, aber das genügte offenbar nicht. Und was heißt überhaupt selbständig? Ein normaler Gewerbetreibender hatte eine Schreiner- oder Reparaturwerkstatt oder doch mindestens ein Ladengeschäft, ging morgens aus dem Haus und kam abends wieder. Rolf dagegen war oft tagelang daheim, dann wieder eine Woche unterwegs – irgendwas konnte da doch nicht stimmen! Wenzel-Berta, die man natürlich ausfragte, konnte keine befriedigende Auskunft geben, weil sie sich unter der Bezeichnung Werbeberater nichts vorzustellen vermochte. Und selbst Sascha, der sonst nie um Antworten verlegen ist, beschwerte sich einmal bei seinem Vater: »Anständige Väter sind Maurer oder Landwirte oder wenigstens Kaufmannsangestellte, bloß du hast so einen komischen Beruf. Werbeberater! Was is'n das schon? Ich weiß nie, was ich sagen soll, wenn mich jemand fragt.«

Genaugenommen wußte ich das auch nicht. Als ich Rolf kennenlernte, war er Chefredakteur einer Jugendzeitung. Als wir heirateten, gehörte er dem Redaktionsstab einer Tageszeitung an. Während der sommerlichen Saure-Gurken-Zeit, wenn regelmäßig das Ungeheuer von Loch Ness fröhliche Auferstehung feiert und sogar ein entflogener Papagei als Schlagzeile herhalten muß, beorderte man meinen mir frisch angetrauten Gatten auf die friesischen Inseln, um einen ausführlichen Bericht über Seebäder zu schreiben. Der Anzeigenleiter gab ihm noch einen guten Rat mit auf den Weg: »Sieh mal zu, daß du den Kurdirektoren ein paar Inserate aus dem Kreuz leierst. Von den Provisionen kannst du zumindest deinen Schnaps bezahlen!«

Als damalige Flitterwöchnerin erschienen mir die Gefahren, die meinem noch allzu ungeübten Ehemann in Gestalt von braungebrannten Blondinen drohten, zu groß. Ich fuhr mit. Natürlich nicht auf Spesen!

Während Rolf in den Kurverwaltungen eifrig Informationsmaterial sammelte – es dauerte manchmal ziemlich lange, und die weiblichen Bürokräfte sahen nicht gerade aus wie Mauerblümchen –, inspizierte ich Hotels und Pensionen nach potentiellen Anzeigenkunden. Dort setzten wir uns abends an die Hausbar, irgendwann gesellte sich der jeweilige Besitzer zu uns, und der Rest war Routine. Rolf würde es auch schaffen, Eskimos die sprichwörtlichen Kühlschränke zu verkaufen, um wieviel einfacher war es also für ihn, Hotelbesitzer von der Notwendigkeit einer Anzeigenwerbung zu überzeugen. Mit ein paar Strichen skizzierte er das betreffende Gebäude, entwarf den in Public-Relations manchmal noch ungeübten Interessenten Texte in klassischem Werbedeutsch, und zum Schluß trennten wir uns in dem allseitigen Bewußtsein, ein gutes Geschäft gemacht zu haben. Die Getränke gingen auf Kosten des Hauses!

Das Ende der Seebäderreise sah so aus: Ich bastelte einen seitenlangen Artikel über die Freuden eines Nordseeurlaubs zusammen, schrieb über Sonnenuntergänge, gesundheitsfördernde Wattwanderungen und jodhaltige Seeluft, während Rolf seine Annoncenaufträge sortierte. Nach Hause zurückgekehrt, jubelte die Anzeigenabteilung, die Redaktion war dagegen der Meinung, die permanente Sonnenbestrahlung müsse sich nachteilig auf die journalistischen Fähigkeiten meines Mannes ausgewirkt haben.

Kurze Zeit nach diesem Abstecher in die Werbebranche besuchte uns ein Bekannter. Er gehört zu den glücklichen Menschen, die so viel Geld haben, daß sie sich den Kopf darüber zerbrechen müssen, was sie damit machen könnten. Er machte etwas anderes als andere. Er kaufte ein ehemaliges Schlößchen an einem österreichischen See und ließ es zu einem Internat für die Töchter der oberen Zehntausend umbauen. Zwar hatte der gute Mann keine Ahnung, wie so ein Internat geführt werden muß, aber wenigstens kannte er einen Architekten, der zunächst einmal die Bauarbeiten in die Hand genommen hatte. Das notwendige Personal würde sich später wohl auch finden lassen. Größere Sorge bereitete ihm jetzt der vorgesehene Prospekt. Was nützt ein noch so schönes Internat, wenn die Zöglinge fehlen?

Nun gibt es genug Fotografen, die gegen entsprechendes Honorar alles ablichten, was von ihnen verlangt wird. Schwieriger ist es schon, etwas zu fotografieren, das gar nicht da ist! Das Schloß wurde derzeitig noch von Maurerkolonnen bevölkert, die auch noch eine ganze Weile dort ihr Unwesen treiben würden, von den vorgesehenen 22 Zimmern waren erst drei fertig, die Kaminhalle besaß bisher nur den Kamin und sonst nichts, und im Park standen statt der späteren Gartenmöbel im Augenblick noch Zementmischer. In einem Vierteljahr sollte zwar alles fix und fertig sein, aber dann mußten nach Ansicht des Bauherrn auch gleich die ersten Pensionärinnen einziehen. Schließlich war er kein Philanthrop, sondern Geschäftsmann. Rolf sei doch Hobby-Fotograf, und ob er nicht eine Idee hätte.

Natürlich hatte er eine. Wer läßt sich schon einen kostenlosen Urlaub entgehen, wenn man als Gegenleistung lediglich ein bißchen fotografieren muß. Außerdem sollte die Frau Gemahlin selbstverständlich mitkommen.

Als wir zum ersten Mal mit dem künftigen Töchterheim konfrontiert wurden, erhielt Rolfs Optimismus einen erheblichen Dämpfer.

Aber bekanntlich wächst der Mensch mit seinen Aufgaben. Ein Maler tapezierte im Schnellverfahren die drei fertigen Räume, ein Möbelgeschäft, dem ein größerer Auftrag in Aussicht gestellt wurde, lieferte leihweise das Mobiliar für ein Jungmädchenzimmer sowie ein Dutzend Klubsessel für die Kaminhalle. Nackte Holzpfeiler, die noch auf ihre Furniere warteten, wurden mit meterhohen Blattpflanzen drapiert, statt der fehlenden Bilder kamen Teppichbrücken (25,– DM pro Stück im Warenhaus!) an die Wände ... und wenn man nun das Ganze im richtigen Blickwinkel fotografierte, die Möbel immer wieder umstellte und aus den fertigen Fotos die vorteilhaftesten Bildausschnitte vergrößerte, täuschte das Endprodukt ein komfortabel und geschmackvoll eingerichtetes Haus vor.

Nun ist ein Mädcheninternat ohne Mädchen nur eine

halbe Sache. In der nahe gelegenen Stadt gab es ein Gymnasium, in dem Gymnasium gab es Mädchen! Nachdem wir den Direktor von unseren absolut lauteren Motiven überzeugt hatten, durften wir in der Prima nach freiwilligen Fotomodellen suchen. Wir fanden 17. Mehr Mädchen gab es nicht in der Klasse. Zu guter Letzt hüllte man mich in ein seriöseres Gewand, als meine Jeans es waren, in denen ich dort ewig herumlief, drückte mir eine Schallplatte in die Hand und ließ mich in der Kaminhalle im Kreise der Primanerinnen als musikliebende Respektperson agieren. Im Prospekt stand so etwas Ähnliches wie: Unsere Erzieherinnen sind jung genug, um auch Freundinnen ihrer Schützlinge zu sein.

Der fertige Prospekt, zu dem Rolf dann auch noch den Text schrieb, wurde ein voller Erfolg. Es kamen mehr Anmeldungen, als Plätze vorhanden waren, und vor lauter Begeisterung stellte der dankbare Auftraggeber unserer damals noch gar nicht existenten Tochter einen Freiplatz in seiner Nobelherberge in Aussicht. Wir wollten in fünfzehn Jahren darauf zurückkommen!

Diesen Prospekt bekam ein Möbelfabrikant zu Gesicht, den Rolf über die allgemeine Auftragslage zu interviewen hatte. Die Auftragslage sei gut, man habe gerade ein neues Programm in die Fertigung aufgenommen, und ob Rolf nicht vielleicht hierfür auch einen Prospekt...

Rolf entdeckte, daß ihm diese Arbeit entschieden mehr Spaß machte als die Zeilenschinderei bei der Presse, sagte Zeitung und Redaktion ade und widmet sich seitdem der Propagierung von Konsumartikeln. Er fotografierte Pelzmäntel und Wohnwagen, Schaufelbagger und Modeschmuck, schrieb Werbetexte für Dosenwurst und Kopfschmerztabletten, und auf Wunsch lieferte er auch die graphische Gestaltung irgendwelcher Reklameträger. Da das Kind im Mann gelegentlich spielen will, vergrub er sich hin und wieder in seinem Arbeitszimmer – nunmehr Studio genannt – und bastelte mit Pappe, Klebstoff und Plastik Modelle von Warenaufstellern und Displays zusammen, die den Hausfrauen später in jedem Lebensmittelgeschäft begegnen und sie zum Kauf von Eiernudeln oder Ölsardinen animieren sollen. Einmal war's auch ein Aufsteller für Schokolade, und da die Herstellerfirma als Muster keine Attrappen, sondern ihre echten Erzeugnisse zur Verfügung gestellt hatte, waren die Kinder von diesem Auftrag ganz begeistert.

Bis heute ist es noch keinem Werbemenschen gelungen, die Vielfalt der einzelnen Fähigkeiten, über die so ein vermeintliches Allerweltsgenie verfügen sollte, in einer allgemein verständlichen Berufsbezeichnung unterzubringen. So packt man alles in den Oberbegriff ›Werbeberater‹, und wem das zu simpel klingt, der nennt sich Art Director oder Designer.

Hinter unserem Namen stand im Telefonbuch jedenfalls Werbeberater, und weil man sich darunter nichts Genaues vorstellen konnte und wir darüber hinaus fünf Kinder hatten, was auch noch ungewöhnlich war, hielt man uns zwar für etwas unseriös, aber die Heidenberger waren trotzdem der Meinung, »es sind arg nette Leut«.

Eigentlich wollte ich ja von Saschas Geburtstag erzählen: Der Beginn des Festaktes war für 15 Uhr vorgesehen. Eine halbe Stunde vorher waren bis auf einen Nachzügler sämtliche Gäste versammelt. Manche erkannte ich gar nicht wieder. Mit blankgewienerten Gesichtern und blütenweißen Hemden waren sie mir vorher nie begegnet. Im übrigen waren es zwei mehr als vorgesehen.

Ein Knabe hatte seinen vierjährigen Bruder mitgebracht, auf den er während der Abwesenheit seiner Eltern aufpassen mußte, der andere war ›nur mal so zum Gucken‹ mitgekommen. Natürlich durfte er bleiben, wenn ich ihn auch in Ermangelung eines Stuhls auf eine leere Bierkiste setzen mußte. Der kleine Außenseiter wurde Stefanie anvertraut, die ihn so mit Kuchen vollstopfte, daß der arme Kerl, wie mir anderntags berichtet wurde, »die ganze Nacht kotzt hat!«

Wir warteten also nur noch auf Gerhard, der schließlich den Hohlweg entlanggestapft kam, im Garten seine dreckigen Cordhosen in die lehmbespritzten Gummistiefel stopfte, sich dreimal durch die Haare fuhr, befriedigt feststellte, »ihr hend ja doch noch nicht ang'fange« und den einen noch leeren Stuhl ansteuerte.

»I komm grad vom Feld und hab denkt, i bin zu spät!«

Mein dezenter Hinweis, doch schnell nach Hause zu gehen und sich ein bißchen luftiger anzuziehen, hatte nicht den gewünschten Erfolg. »I ziag mei Hemd aus, und mit denne Stiefel kann ich auf der Terrass' ja nichts dreckig mache!«

Saschas Methode war brutaler. »Entweder ziehst du altes Ferkel (anstandshalber unterschlage ich die Originalversion) dich anständig an, oder du fliegst raus!«

Gerhard verschwand und tauchte nach verdächtig langer Zeit wieder auf, von oben bis unten geschrubbt, mit nassen Haaren und im Sonntagsstaat. Auf seiner linken Wange zeichneten sich noch Fingerspuren ab. Anscheinend hatte Frau Söhner ihrem Sohn handgreiflich klargemacht, was sie von seinen Manieren hielt!

Sascha hatte inzwischen seine Geschenke ausgepackt. Bekanntlich sind echte Schwaben sparsam, und deshalb schenkt man praktisch. Saschas nunmehriger Vorrat an Radiergummis, Buntstiften, Kugelschreibern und Anspitzern würde voraussichtlich bis zum Ende der Schulzeit reichen, Hefte hatte er jetzt auch genug, und von den sechs Quartettspielen waren zwei doppelt. Die fast jedem Päckchen beigelegten Schokoladetafeln wurden vorsortiert. Aus Mokka machte sich Sascha nichts, die legte er zur Seite als spätere Tauschobjekte; Vollmilch-Nuß und Krokant kamen zum alsbaldigen Verzehr auf einen anderen Stapel, und die Tafel Halbbitterschokolade schenkte er großzügig seiner Schwester. Stefanie mochte sie aber auch nicht und gab das angeknabberte Stück später an Wenzel-Berta weiter.

In feierlicher Prozession trugen wir die Torten auf. Die erwartete Begeisterung blieb aus.

»Quarktorte schmeckt mir nicht.«

»Sind das da Aprikosen? Dann esse ich das nicht.«

»Den Kuchen da hinten kenne ich, den hat mei Mutter backt!«

»Hen Sie koi Apfeltorte?«

Verwöhnte Bagage! Da steht man nun stundenlang und komponiert die schönsten Kunstwerke, und das ist dann der Dank! Vor lauter Ärger hatte ich total vergessen, daß ja diesmal Wenzel-Berta die Schöpferin dieser verschmähten Köstlichkeiten war. Sie selbst nahm das weniger tragisch. »Lassen Se man. Die tun immer erst meckern, und dann essen sie doch!«

Sascha zündete seine neun Kerzen an, dann blies er sie schnell wieder aus. Sie hatten sich in der Hitze verbogen und zeigten melancholisch mit dem Docht nach unten. Immerhin hatten wir knapp 30 Grad im Schatten. Also keine Illumination! War vielleicht auch besser so. Die ersten Papierservietten segelten, zu Flugzeugen gefaltet, bereits über den Tisch.

Endlich war die Kaffeeschlacht geschlagen. Ungefähr drei komplette Torten waren übriggeblieben, und obwohl ich Wenzel-Berta eine große Portion mitgab, ernährten wir uns in den folgenden Tagen überwiegend von Kuchen, bis wir keinen mehr sehen konnten.

Was jetzt? Ich hatte zwar zusammen mit Sven und Sascha in langen Beratungen ein Unterhaltungsprogramm aufgestellt, ahnte aber schon, daß ich damit keinen Erfolg haben würde. Die Knaben sprühten vor Unternehmungsgeist. Topfschlagen wurde aber noch akzeptiert. Dabei konnte man ja etwas gewinnen. Ein paar Jungs kannten das Spiel noch nicht einmal, und einer von ihnen drückte mir das soeben eroberte Matchboxauto mit bedauernder Miene wieder in die Hand.

»Gefällt es dir nicht?« fragte ich, »vielleicht kannst du es gegen ein anderes tauschen.«

»Freilich g'fallt's mir, derf ich denn das behalte?«

»Mensch, das ist doch so eine Art Gastgeschenk«, klärte Sascha seinen Freund auf. »So was gab es doch schon bei den alten Römern.« Seitdem Sascha ›Asterix‹ las, waren ihm die Sitten unserer Vorfahren durchaus geläufig.

Die Knaben beschlossen, Räuber und Gendarm zu spielen. Von mir aus, dann war ich sie wenigstens für eine Weile los! Die ausgelosten Räuber bekamen rote Bändchen um den Oberarm – Reste vom letzten Weihnachtsfest – und verschwanden. Die Gendarmen stärkten sich inzwischen mit Sprudel und trabten zehn Minuten später ebenfalls ab.

Himmlische Ruhe!

Eine Stunde verging. Die nächste Stunde verging.

Ab und zu tauchte mal ein jugendlicher Ordnungshüter mit seinem eingefangenen Räuber auf – hauptsächlich zwecks Nahrungsaufnahme –, dann wurde der Räuber amnestiert und rannte wieder los, während der inzwischen schon etwas träge gewordene Gendarm gemütlich hinterherstiefelte.

Rolf fing an, seinen Würstchenstand aufzubauen. Die Kinder kamen nicht. Die ersten Würstchen rochen schon angebrannt. Die Kinder kamen noch immer nicht. Wenzel-Berta und ich aßen die Würstchen. Die Kinder waren noch nicht da.

Endlich tauchte die Vorhut auf, angeführt von Sascha, der aussah, als hätte er Kohlen geschippt. Dann folgte der Rest. Der hatte ihm anscheinend beim Schippen geholfen. Kurze Reinigung unter dem Gartenschlauch, dann mit Gebrüll auf die Würstchen.

Richtige Schwaben sind mehr für Handfestes. Sie gehen nicht wie normale Sterbliche nach einem Einkaufsbummel oder einem Kinobesuch in eine Konditorei, nein, sie ›veschpern‹. Darunter versteht man eine handfeste Zwischenmahlzeit mit Brot, hausgemachter Leberwurst, Gselchtem, manchmal auch Sauerkraut, auf jeden Fall aber mit Wein. Kein Wunder also, daß sich unsere Gäste auf die Würstchen stürzten und Nachschub verlangten. Sven wurde in den ›Löwen‹ geschickt, vielleicht hatte Frau Häberle noch stille Reserven. Sie hatte. Aber sie reichten nicht. Wenzel-Berta schmierte Brote und belegte sie mit allem, was sie in Kühlschrank und Keller fand, einschließlich Thunfisch und Gulasch in Dosen. Die Sprudelvorräte waren alle, jetzt mußte ich doch an den Apfelsaft heran.

»Hend Sie au Moscht?«

Nein, Most hatte ich nicht, fand das für Zehnjährige auch absolut ungeeignet.

»Ha, i trink aber immer Moscht!«

Sollte er doch. Hier gab es jedenfalls keinen.

Inzwischen war es stockdunkel geworden, und ich fand, daß man nun allmählich zum Schluß kommen sollte. Die Knaben fanden das nicht. Sie spielten Verstecken und demontierten zum Suchen die Lampions. Rolf verwandelte sich durch Ablegen seiner Schürze wieder vom Küchenchef in den Vater, sprach ein Machtwort und sammelte die Aufelder Kinder um sich. Gemeinsam marschierte er mit ihnen zum Wagen, und ehe sie richtig begriffen hatten, was das für ein neues Spiel war, saßen sie drin und wurden nach Hause gefahren.

Jetzt hatte ich nur noch Jung-Heidenberg da. Aber diese Herren waren der einhelligen Meinung, sie hätten es ja nicht weit und könnten ruhig noch eine Weile bleiben.

Ich war entschieden dagegen. Schließlich drückte ich jedem einen Lampion in die Hand und schlug ihnen vor, einen Fackelzug zu bilden, durch das Dorf zu marschieren und sich dann zu zerstreuen. Die ersten beiden Anregungen befolgten sie. Dann kamen sie geschlossen zurück, neue Kerzen zu holen.

Jetzt wurde es Rolf zu bunt. Er griff sich die fünf größten Schreihälse, stopfte sie ins Auto, lud sie bei ihren Eltern ab, kehrte um, holte den Rest und fuhr ihn ebenfalls nach Hause. Das Fest war zu Ende.

Noch Tage später war die Party *das* Gesprächsthema bei der Jugend in und um Heidenberg, und ich habe mir den heimlichen Groll diverser Mütter eingehandelt, weil deren Sprößlinge künftig auch so einen Geburtstag feiern wollten wie ›dem Sascha seinen‹.

9

Wer in einem Dorf lebt, sollte tunlichst körperlich auf der Höhe sein (und es ist vorteilhaft, wenn er geistig nicht allzusehr auf der Höhe ist). Den nächsten Arzt gab es in der Stadt, aber der war selten zu erreichen, weil er entweder bei einer Hausgeburt helfen mußte oder auf einem entfernten Bauernhof Großvaters Hand aus der Häckselmaschine befreite oder weil er ganz einfach seine Praxis wegen Abrechnung zumachte. Dann fuhr er zum Angeln.

Dafür öffnete er jeden Mittwochvormittag seine Außenstelle in Aufeld, das heißt, er bezog ein Stübchen im Obergeschoß des Kolonialwarenladens, entnahm der mitgebrachten Taschc Rezeptblock, Kugelschreiber und Blutdruckmesser, breitete alles auf dem Schreibtisch aus und hielt Sprechstunde. Ich wurde allerdings nie den Verdacht los, daß es sich hierbei um eine Art Werbeveranstaltung handelte, um den Patientenstamm zu vergrößern. Als ich einmal mit Stefanie hinkam, die über Halsschmerzen geklagt hatte, schaute er ihr kurz in den Mund und erklärte: »Das ist nur eine kleine Entzündung, aber kommen Sie morgen lieber in meine Praxis.« Ähnliche Ratschläge erhielten auch die meisten anderen Patienten, es sei denn, sie brauchten nur ein neues Rezept. Das erhielten sie sofort, denn derlei Schreibarbeiten pflegen bekanntlich die reibungslose Massenabfertigung eines normalen Praxisalltags zu behindern.

So blieb ich lieber bei meiner bewährten Methode und rief in Krankheitsfällen zunächst einmal Jost an.

Der ist auch Arzt, wohnt leider nicht in erreichbarer Nähe und erteilt bei guten Freunden auf Wunsch Ferndiagnose.

»Hör mal, was soll ich machen, Stefanie hat Fieber.«

»Wie hoch?«

»Weiß ich nicht, ich kann das Thermometer nicht finden.«

»Tut ihr etwas weh?«

»Keine Ahnung, gesagt hat sie nichts.«

»Himmeldonnerwetter, wie soll ich denn nach diesen detaillierten Auskünften eine Diagnose stellen. Fällt dir denn überhaupt nichts Außergewöhnliches auf?«

»Sie hat Schlitzaugen wie Mao und rote Flecken am Körper.«

»So ähnlich wie Mückenstiche?«

»Nein, eher wie Sonnenbrand.«

»Dann sind es wahrscheinlich Röteln.«

»Und was macht man da?«

»Gar nichts. Laß sie im Bett. Und noch etwas: Hol vorsichtshalber einen Arzt!«

Dann gab es in der Stadt noch einen Zahnarzt, der sich Dentist nannte, schon ziemlich alt war und von den modernen Errungenschaften der Zahnmedizin offenbar noch nie etwas gehört hatte. Seine Praxiseinrichtung stammte aus der Gründerzeit, genau wie das Schild an der Eingangstür. Die Emaille war halb abgeblättert, und die noch vorhandenen altmodischen Frakturbuchstaben konnte kaum jemand entziffern. Nur der Zusatz ›alle Kassen‹ war nachträglich angebracht worden und deutlich lesbar. Sven ging einmal hin, weil ihm unten links ein Backenzahn weh tat. Als er zurückkam, tat ihm der Zahn immer noch weh, dafür fehlte unten rechts einer, der bis dahin nicht weh getan hatte. Künftig fuhren wir zu einem Zahnarzt nach Heilbronn.

Fällige Friseurbesuche wurden auch problematisch. Die Jungs vermißten sie allerdings gar nicht, sie drückten sich nach Möglichkeit davor und liefen schon damals mit schulterlangem Haar herum, obwohl das erst später modern wurde. Stefanie hatte sowieso lange Haare, da kam es auf ein paar Zentimeter mehr oder weniger nicht an, und was ihr ins Gesicht hing, schnitt ich selber ab. Die Zwillinge brauchten noch keinen Friseur, und Rolf ließ sich jedesmal woanders die Haare schneiden, schließlich war er der einzige, der regelmäßig in zivilisierte Gebiete kam. Die Leidtragende war, wie üblich, ich.

Nun gab es in Aufeld sogar einen recht ordentlichen Friseur, aber der hatte unlängst einen Hauptgewinn im Lotto gemacht und verlangte nur noch halbe Preise. Daraufhin wuchs seine Kundschaft auf das Dreifache an, und man mußte sich vorher anmelden. Also probierte ich die Do-it-yourself-Methode, aber das Ergebnis befriedigte lediglich die Kinder, die jedesmal in Freudengeheul ausbrachen, wenn ich die Lockenwickler entfernt hatte. »Heute siehst du aus wie Struwwelpeter«, jubelten sie, oder »hast du dich mit der Drahtbürste gekämmt?« Als Rolf mir eines Tages vorschlug, meine Haare zu einem Dutt zusammenzudrehen und im Nacken festzustecken, weil ich das wohl am ehesten fertigbringen würde, sattelte ich Hannibal, fuhr nach Heilbronn und ließ meine ganze Haarpracht auf Streichholzlänge kürzen. Das hielt dann eine Weile vor.

Wir hatten schon immer einen großen Bekanntenkreis, aber *wie* groß der war, stellte sich erst heraus, als wir bereits einige Wochen in Heidenberg lebten und sich der neuerliche Wohnungswechsel herumgesprochen hatte.

Nun habe ich recht gern Gäste, vor allem, wenn es solche sind, die auch mal zum Abtrockentuch greifen oder mithelfen, Brötchen zu schmieren. Die meisten unserer damaligen Besucher erschienen allerdings nur in der Küche, um einen Korkenzieher zu holen oder zu fragen, wo das Sonnenöl steht. Das waren aber überwiegend Rolfs Gäste. Er pflegt sich von Gelegenheitsbekanntschaften immer mit den Worten zu verabschieden: »Wenn Sie in unsere Gegend kommen, dann besuchen Sie uns doch mal.« Manchmal erkannte er sie gar nicht wieder und war überrascht, wenn ihm ein jovial aussehender Mann mit Glatze auf die Schulter schlug und freudestrahlend ausrief: »Na, alter Junge, Sie hätten wohl nicht geglaubt, daß Sie den lieben Kurt so schnell wiedersehen, nicht wahr?« Der liebe Kurt entpuppte sich dann als Gastwirt aus Bochum, bei dem Rolf irgendwann einmal genächtigt hatte.

Am schlimmsten aber sind jene Besucher, die ihre eigenen Wohnungen nur zum Schlafen benutzen und an den arbeitsfreien Wochenenden ihre sogenannten Freunde heimsuchen. Ich stelle mir immer vor, daß sie eine Liste mit den einschlägigen Adressen haben und jedesmal Häkchen machen, damit nicht einer zu oft an die Reihe kommt. Diese Art Gäste erscheint in der Regel sonntags zwischen zehn und elf, wenn man im Bademantel oder unrasiert und mit Lockenwickel im Haar beim verspäteten Frühstück sitzt. »Laßt euch nur nicht stören, wir wollten nur mal schnell guten Tag sagen, weil wir gerade in der Nähe waren.«

Wir – das sind Ehefrau, zwei bis drei Kinder und manchmal noch Mutter oder Schwiegermutter, die sich auf die Terrasse setzen, die himmlische Ruhe, den herrlichen Garten und den ausgezeichneten Wein genießen, während man selbst mit fliegenden Händen Garderobe und Frisur in Ordnung bringt und sich überlegt, ob man das Mittagessen eventuell mit Nudeln verlängern kann.

Oder es kamen alleinstehende Damen, die wir kennengelernt hatten, als sie noch nicht alleinstehend waren. Diese Besucherinnen mochte ich nun überhaupt nicht. Erstens sahen sie immer aus, als seien sie einem Modejournal entstiegen, zweitens wollten sie nicht nur mein Sonnenöl benutzen, sondern auch noch meine Badeanzüge (»ich habe leider keinen dabei«) und meine Dusche, und drittens tranken sie unentwegt Alkohol, so daß wir sie abends nicht mehr ans Steuer lassen und ihnen Asyl gewähren durften.

Dann waren mir schon jene Besucher lieber, die sich telefonisch anmeldeten (»Wir kommen morgen mal bei euch vorbei, ja?«), wie Heuschrecken bei uns einfielen und alles Eßbare ratzekahl wegfraßen, weil Landluft so hungrig macht.

Anfangs fand Rolf die ständig wechselnden Gästescharen ganz lustig, zumal sich seine Aufgabe darin erschöpfte, Flaschen zu öffnen und die Unterhaltung zu bestreiten. Ich stand unterdessen in der Küche, spülte Gläser, kochte Kaffee, toastete Weißbrot, spülte Tassen, schmierte Brote, spülte Teller und träumte vom Leben auf einer einsamen Insel, die nur per Hubschrauber zu erreichen ist. Wenn wir dann so zwischen 22 Uhr und Mitternacht dem letzten Besucher hinterhergewinkt hatten (»Ihr habt es doch wirklich herrlich hier, so weit ab von allem Lärm und aller Hektik!«) und ich Rolf um seinen Anteil an den noch verbleibenden Aufräumungsarbeiten bat, schützte er stets dringende anderweitige Tätigkeiten vor und verschwand meist ins Bett!

Schließlich wurden uns diese ständigen Invasionen doch zu viel, und wir ergriffen Gegenmaßnahmen. Meldeten sich Gäste telefonisch an, dann hatten wir für den kommenden Tag selbst etwas vor; kamen sie unverhofft, dann wollten wir leider gerade selber wegfahren, und waren sie noch nie in Heidenberg gewesen, dann sorgten wir dafür, daß sie uns erst gar nicht fanden. Wir hatten inzwischen festgestellt, daß es für Ortsfremde ziemlich schwierig war, unser Haus auszumachen. Wer nicht über detaillierte Angaben verfügte, fuhr garantiert an der kleinen Auffahrt, die zu unserem Hügel führte, vorbei, drehte am Ortsausgang wieder um und parkte vor dem ›Löwen‹, um Genaueres zu erfragen. Also instruierten wir Frau Häberle, jeden Besucher abzuwimmeln, es sei denn, sie bekäme Gegenorder. Wenn nun jemand nach dem Lindenweg Nr. 1 fragte, bekam er etwa diese Antwort: »So, zu denne da drobe wollet Sie? Ha, da habet Sie aber koi Glück, die han ich grad vor oiner Viertelstund mit dem Auto fortfahre g'sehn!« Hin und wieder kam es aber auch vor, daß die jeweiligen Besucher nicht aufgaben. Wenn sie schon nicht die Bewohner antreffen würden, dann wollten sie wenigstens ihr neues Heim sehen, suchten auf eigene Faust weiter und überraschten die angeblich abwesende Familie beim Kaffeeklatsch im Garten. Nicht immer fiel uns eine passende Ausrede ein!

Für Stadtmenschen scheint die Tatsache, daß man auf dem Dorf wohnt, gleichbedeutend zu sein mit der Vorstellung, man habe wenig oder gar nichts mehr zu tun, sei ständig zu Hause (das stimmt allerdings) und sehne sich nach Abwechslung (das stimmt auch). Trotzdem lernte ich ziemlich schnell, Telefonanrufen zu mißtrauen, die etwa so begannen: »Du bist doch morgen sicherlich daheim, und da dachte ich, ob du vielleicht...« Derartige Einleitungen bedeuteten, daß einem fremder Leute Kinder aufgehalst werden sollten.

Ich mag Kinder sehr und gönne es ihnen, wenn sie sich einmal richtig austoben können, nur müssen sie das nicht unbedingt zwischen meinen Rosen tun, wenn sie zwanzig Meter weiter ein ganzes Stoppelfeld zum Fußballspielen haben. Und warum müssen sie auf meine Wäschespinne klettern, wenn rundherum Bäume stehen mit dicken Ästen, die fast bis zum Boden reichen? Warum müssen sie bei mir erst durch Regenpfützen, dann durch Bauschutt und anschließend über meine Teppichböden stiefeln, während sie zu Hause die Wohnung nur auf Strümpfen betreten dürfen? Als ich so einen Dreckspatzen einmal energisch zur Rede stellte, bekam ich die Antwort: »Meine Mutti hat gesagt, hier brauche ich mich nicht vorzusehen, weil auf dem Dorf sowieso alles schmutzig ist!« Ha, dann sollte die Mutti mal lieber unter ihre eigenen Schränke gukken. Als mir neulich bei ihr ein Ring heruntergefallen war, habe ich ihn vor lauter Staubflocken kaum wiedergefunden!

Aber nicht nur wir Erwachsene hatten Gäste, auch unsere Kinder litten nicht gerade unter Kontaktarmut, und besonders Sascha schleppte unentwegt neue Freunde an, die sich nur dadurch unterschieden, daß manche ein bißchen weniger schmutzige Knie hatten als andere. Alle waren gefräßig, und ich habe später nie wieder solche Unmengen von Plätzchen gebacken (und gekauft!) wie in jener Zeit. Im übrigen wählte Sascha seine Freunde nach ständig wechselnden Gesichtspunkten aus, wenn man von den Fleißzettelanwärtern absieht, die er mit gleichbleibender Intensität hofierte. Als er sich entschlossen hatte, Feuerwehrmann zu werden, freundete er sich mit einem Knaben an, dessen Vater die Aufelder Freiwillige Feuerwehr befehligte. Dann entschied er sich, seinen Lebensunterhalt später als Rennfahrer zu verdienen und wandte seine Gunst einem Klassenkameraden zu, der einen Rallye-erfahrenen Onkel hatte. Danach kam eine Zeit, während der Sascha Kriminalbeamter werden wollte und intensive Freundschaft mit einem zwei Jahre jüngeren Knirps schloß, weil dessen Mutter bei der Polizei arbeitete. Es stellte sich heraus, daß sie überwiegend Strafmandate für Parksünder tippte und weder über eine Pistole verfügte noch jemals Bankräuber überwältigt hatte, so daß Sascha sehr schnell das Interesse verlor.

Eigentlich hatte er während unserer Heidenberger Zeit nur einen einzigen ›richtigen‹ Freund, und das war Oliver. Er brachte ihn eines Tages mit nach Hause; als erstes fielen mir die sauberen Knie auf. Danach erst sein Hund! Ich bin als Kind von einem Schäferhund gebissen worden und habe seitdem einen gehörigen Respekt vor allen Hunden, die größer sind als Zwergpudel. Rex war nicht nur ein Schäferhund, er war auch ein besonders großes Exemplar dieser Rasse und trug einen Maulkorb.

»Der ist auf den Mann dressiert, aber wenn ich dabei bin, tut er Ihnen nichts«, versicherte mir Oliver. Ich war mir da nie so ganz sicher, denn Rex beobachtete mich unentwegt, und als ich einmal Olivers Teller wegnahm, um ihn nachzufüllen, knurrte das niedliche Tier und fletschte die Zähne. Anfangs erschien Oliver nie ohne seinen vierbeinigen Begleitschutz, später, als er dauerndes Heimatrecht bei uns genoß, ließ er ihn zu Hause.

Olivers Eltern waren geschieden; sein Vater, bei dem er lebte, besaß in Stuttgart eine Bar und war nachts fast nie zu Hause, was die Existenz von Rex rechtfertigte. Tagsüber schlief der Vater, wobei ihm des öfteren sehr attraktive Damen zur Seite lagen. »Die wollen mich dann immer abküssen und fragen mich, ob ich denn nicht wieder eine neue Mutter haben möchte, diese Schnallen!« empörte sich Oliver. Ich weiß heute noch nicht, was es mit dem Ausdruck auf sich hat, vermute aber, daß es nicht gerade ein Kompliment bedeutet.

Jedenfalls war Oliver fast täglich bei uns, obwohl wir keinen Swimming-pool besaßen und keine Hollywoodschaukel, Dinge also, um die Sascha seinen Freund glühend beneidete. Als ich einmal beim Elternabend in der Schule Olivers Vater kennengelernt hatte und am nächsten Morgen erzählte, daß ich ihn sehr sympathisch fände, platzte Sascha heraus: »Siehste, *den* hättest du heiraten müssen, dann hätte ich jetzt auch einen eigenen Fernseher im Zimmer und eine elektrische Eisenbahn!«

Sven ist in der Auswahl seiner Freunde entschieden zurückhaltender als sein Bruder. Er findet zwar immer schnell Anschluß, aber es dauert lange, bis er richtig warm wird, und noch länger, bis er einen echten Freund gefunden hat. Den gibt er dann allerdings auch nicht so schnell wieder auf.

In Heidenberg fand er einen. Der hieß Sebastian, trug eine Brille, war lang und dürr und ausgesprochen maulfaul. Gesprächig wurde er nur dann, wenn er über Pflanzen und Tiere reden konnte. Folglich hatte er in Sven den richtigen Gesprächspartner, der sich ohnehin verkannt fühlte, weil sich niemand sonst in der Familie für zerlegte Spinnen und einbalsamierte Mistkäfer begeistern konnte. Sebastian besaß ein noch größeres Mikroskop als Sven, hatte noch mehr Fachbücher und betrieb die Insektenforschung schon seit einigen Jahren, während Sven sich erst seit kurzer Zeit intensiv damit beschäftigte. Außerdem pflegte Sven seine erlegte Beute auf Stecknadeln zu spießen und auf Papptafeln zu befestigen, während Sebastian sein Viehzeug in Spiritus konservierte. Ständig schleppte er Marmeladengläser mit irgendwelchem Gewürm an, das die beiden Forscher stundenlang sezierten, einfärbten oder sonstwie bearbeiteten. Schließlich erklärte Sascha, wenn das ganze Eingemachte nicht bis zum nächsten Morgen verschwunden sei, würde er die Gläser in die Mülltonnen werfen. Darauf packten die Amateurentomologen ihre Insektenleichen und Mikroskope zusammen, luden den ganzen Kram auf einen Leiterwagen und karrten ihn zu Sebastian, wo sie ihre Forschungen so lange fortsetzten, bis sie auch dort hinausflogen.

Das war dann wohl auch der Zeitpunkt, an dem sie beschlossen, eine Hamsterzucht zu beginnen. Sie legten ihr Taschengeld zusammen, kauften ein Hamsterweibchen, das sie folgerichtig Elsa tauften, erstanden Hamsterwatte und irgendein Kräftigungsmittel für werdende Hamstermütter, steckten alles zusammen in Lohengrins Käfig und bezogen davor Posten. Nun bin ich über das Liebesleben von Goldhamstern nicht genügend informiert, aber *mich* würden ständige Zuschauer stören. Die Hamster störte das offenbar auch, jedenfalls tat sich gar nichts. Die Begründer der künftigen Hamstergeneration nahmen nicht die geringste Notiz voneinander, und ich war darüber eigentlich ganz froh, denn eine Vergrößerung unseres Zoos hielt ich für überflüssig. Neben den beiden Hamstern beherbergten wir seinerzeit noch folgende Haustiere:

1. Die Schildkröte Amanda, Hinterlassenschaft eines Ehepaares, das nach Kanada auswanderte und die

Einfuhrbestimmungen für Schildkröten nicht kannte.
2. Die getigerte Katze Frau Schmitt, so genannt, weil sie angeblich genauso hochnäsig auf ihre Umwelt herabsah wie Rolfs ehemalige Zimmerwirtin.
3. Den Wellensittich Tachchen, der so getauft wurde, weil er nie ein anderes Wort gelernt hat, obwohl man mir beim Kauf versichert hatte, er gehöre zu einer gelehrigen und redefreudigen Abart.
4. Ungefähr 25 bis 30 Goldfische. Eine genaue Zahl ließ sich nie ermitteln, weil Sven neue Fische nach ihrer Schönheit kaufte und nicht nach ihrem sozialen Verhalten. Immer waren irgendwelche Kannibalen darunter, aber wir haben nie herausgefunden, welche der vielen Guppys, Skalare und was da sonst noch herumschwamm, ihre Artgenossen auffraßen. Aber wenigstens brauchten wir uns keine Sorgen wegen einer etwaigen Bevölkerungsexplosion im Aquarium zu machen.

Dann gab es auch noch vorübergehend vierbeinige Mitbewohner wie zum Beispiel eine kleine verhungerte Katze, die wir auf einem Spaziergang gefunden und mitgenommen hatten. Ich päppelte sie mühsam auf, aber als ihre Augen wieder klar waren und ihr Fell endlich glänzte, verschwand sie und tauchte nie wieder auf. Einmal brachte Stefanie ein winziges Hundebaby mit, das sie im Straßengraben aufgelesen hatte. Es war noch zu klein oder vielleicht auch zu schwach zum Trinken, jedenfalls mußten wir es mit einer Pipette füttern; später bekam es Säuglingsnahrung. Nach ein paar Wochen hatte es bereits die Größe eines kleinen Schafes, und als Sven in dieser Promenadenmischung die typischen Merkmale eines Bernhardiners zu erkennen glaubte, schenkte ich den inzwischen sehr kräftigen

Findling einem Bauern, dessen Hofhund gerade überfahren worden war. Aus der Ferne beobachtete ich jetzt, wie das einstige Hundebaby zu einem Riesenhund heranwuchs. Als es eines Tages die Größe eines Kalbes erreicht hatte, rechnete ich nach, wieviel Geld ich dank meiner weisen Voraussicht gespart hatte. Hundefutter ist teuer!

Die nachlassende Aufmerksamkeit ihrer Besitzer schien die Goldhamster animiert zu haben, sich nun doch miteinander zu befassen. Jedenfalls lagen eines Tages fünf nackte raupenähnliche Lebewesen in dem Wollnest, ganz offensichtlich Hamsternachwuchs. Am nächsten Morgen waren sie tot. Allgemeine Ratlosigkeit. Ich rief eine Tierhandlung an und erfuhr, daß man tunlichst das Hamstermännchen entfernt, wenn es seine Pflicht getan hat. Aber wie sollte man um Himmels willen feststellen, wann das war? Außerdem bezweifelte ich entschieden, daß Elsa noch einmal intime Beziehungen zu ihrem kannibalischen Gatten aufnehmen würde. Wer lebt schon gern mit einem Massenmörder zusammen? Doch Elsa schien weder mütterliche Gefühle noch ethische Grundsätze zu haben, und die kriminelle Veranlagung ihres Partners störte sie auch nicht, denn Sven, der sie täglich auf die Küchenwaage setzte, stellte bald eine rapide Gewichtszunahme fest, schmiß Lohengrin aus dem ehelichen Hamsterschlafzimmer, verordnete ihm Isolierhaft und wartete ab. Tatsächlich gebar Elsa neue Raupen, diesmal nur vier, aber die überlebten und wuchsen zu niedlichen Hamsterkindern heran. Darunter war ein fast weißes, das Sven Schneewittchen nannte, obwohl es sich einwandfrei um ein Männchen handelte.

Als Lohengrin bald darauf starb und Elsa ihm kurze Zeit später in den Hamsterhimmel folgte, wurde

Schneewittchen der nächste Ahnherr der Dynastie, denn Sven gab seine Hamsterzucht erst auf, als so ziemlich jedes Kind in Heidenberg einen Abkömmling besaß und er keine weiteren Abnehmer mehr fand.

Stefanie war eigentlich die einzige, die uns nicht ständig Kinder ins Haus schleppte und als neue Freundinnen vorstellte. Sie trieb sich ohnehin lieber bei anderen Leuten herum, vorzugsweise solchen, zu deren Hauswesen auch Ställe mit brüllenden, krähenden und quiekenden Insassen gehörten. Zu Hause erschien sie fast nur noch zum Schlafen und Essen, meistens nur zum Schlafen. Als ich es leid war, jeden Tag mindestens eine Hose zu waschen und jede Woche mindestens zwei neue Hosen zu kaufen, bekam sie Krachlederne, die nach kurzer Zeit zwar in allen Farben glänzten, aber wenigstens nicht kaputtgingen.

Dann fand sie doch eine Freundin, nämlich Rita. Rita war blaß und dünn und trug am rechten Bein eine Metallstütze. Ihre Mutter erzählte mir, daß Rita ein deformiertes Hüftgelenk habe und diese Stütze noch ungefähr zwei Jahre lang benutzen müsse. Nur so bestehe Aussicht auf Heilung. Als Rita eingeschult wurde, merkte man tatsächlich nichts mehr von ihrem Gehfehler; heute ist sie ein bildhübsches Mädchen und eine gute Sportlerin.

Damals, als Steffi sie zum erstenmal mit nach Hause brachte, war sie ein gehemmtes und verschüchtertes kleines Ding, das sich kaum über die Schwelle traute und krampfhaft Steffis Hand festhielt. Die Dorfkinder spielten nicht mit ihr, denn sie konnte ja nicht richtig laufen, nicht Rollschuhfahren, nicht schwimmen, nicht Fußballspielen, ja, nicht einmal radeln. Folglich war sie ›a wenig bleed‹, und mit Blöden will man nichts zu tun haben.

In Stefanie erwachten Beschützerinstinkte. Einmal prügelte sie sich mit einem viel älteren Mädchen herum, weil es Rita gehänselt hatte, ein anderes Mal warf sie einem Jungen einen dicken Lehmbrocken an den Kopf und drohte ihm weitere Vergeltungsmaßnahmen seitens ihrer Brüder an, »wenn du noch mal die arme Rita hinschubst!« Die arme Rita taute zusehends auf, gewann an Selbstbewußtsein, und wenn Steffi bei ihr war, ließ sie sich sogar auf kleinere Scharmützel mit Gleichaltrigen ein.

Stefanie wiederum lernte, auf ihre neue Freundin Rücksicht zu nehmen, zähmte ihren Abenteuerdrang und kam jetzt manchmal sogar halbwegs sauber nach Hause. Außerdem bekam sie Spaß an Spielen, die sie vorher abgelehnt hatte. Puppen fand sie zwar immer noch doof, aber etwas anderes war es, für Puppen zu kochen. Rita besaß einen elektrischen Kochherd, auf dem sie gemeinsam alles zusammenbrodelten, was mir Steffi vorher aus der Küche geklaut hatte. Schlimm wurde es nur, wenn ich das Endprodukt kosten und bewerten mußte. Ich kann mich noch an die köstliche Suppe erinnern, die aus Kaviar (es war nur deutscher, aber immerhin!), Haferflocken, Büchsenmilch und tiefgefrorenem Dill bestand. Viel größere Fortschritte haben Stefanies Kochkünste bis heute noch nicht gemacht, aber sie würde jetzt wenigstens nicht mehr den Zucker vergessen!

Neben den offiziellen und von allen Familienmitgliedern tolerierten Tieren gab es noch eine ganze Menge unerwünschtes Viehzeug. So suchten wir einmal vier Tage lang ein Heimchen, das irgendwo im Haus hockte und uns mit seinem ununterbrochenen Zirpen langsam wahnsinnig machte. Gefunden haben wir es nicht, wahrscheinlich hatte es hinter einem Schrank gesessen, den wir auch mit vereinten Kräften nicht wegrükken konnten.

Dann wieder hatte sich in den Keller ein Maulwurf verirrt, dem ich mit Handfeger und Kehrblech zu Leibe rückte, weil ich ihn im Halbdunkel für ein Häufchen Gartenerde hielt. Mein durchdringendes Geschrei, als sich die Erde plötzlich bewegte, muß höchste Alarmstufe signalisiert haben, denn noch niemals hatten sich die überall verstreuten Familienmitglieder so schnell zusammengefunden. Sascha hatte sich sogar mit einem Skistock bewaffnet, um den Einbrecher, oder wen immer er anzutreffen erwartet hatte, in die Flucht zu schlagen.

Einmal gab es eine Ameiseninvasion. Als die Vorhut in der Küche auftauchte, nahm ich das nicht weiter tragisch, außerdem waren diese Tiere kleiner als 1 cm und fielen somit noch nicht der Ausrottung anheim. Dann wurden es mehr, ich fegte sie auf den kleinen Küchenbalkon und von dort in den Garten. Es kamen neue. Ob es dieselben waren, wußte ich nicht, jedenfalls deckte ich die Lebensmittel ab und besprühte die Ameisen mit Insektenspray. Das kannten sie noch nicht und fanden es herrlich. Ich schrie nach Sven. Der betrachtete die krabbelnden Eindringlinge mit wissenschaftlichem Interesse, behauptete, ›so welche‹ noch nie gesehen zu haben und verschwand nach draußen. Kurz darauf holte er mich, und gemeinsam bestaunten wir eine Ameisenkarawane, die in eine Mauerritze marschierte, um dann irgendwo in der Küche wieder aufzutauchen, vermutlich hinter dem Einbauschrank. Sven streute draußen Zucker, um die Kolonnenspitze in eine neue Richtung zu lenken, ich streute drinnen, um die bereits eingedrungenen Truppen an einer Stelle zu sammeln. Sven verbrauchte zwei Pfund Zucker, dann hatte er die beginnende Invasion abgewendet und die Aggressoren in das Brennesselfeld getrieben. Ich brauchte nur eine Tasse voll Zucker, aber ein paar Eßlöffel voll Petroleum, dann hatte ich die Küche zurückerobert.

An einem besonders heißen Abend – Rolf war nicht zu Hause, und die Knaben lagen deshalb noch vor dem Fernseher und sahen sich irgendeinen blutrünstigen Western an – saß ich in meinem Sessel, versuchte, in das Geschehen auf dem Bildschirm einen Sinn zu kriegen, gab es auf und döste vor mich hin. Plötzlich bildete ich mir ein, auf der Couchlehne eine Maus zu sehen. Blödsinn, wo sollte die denn herkommen? Anscheinend war ich ein bißchen eingeschlafen. Ich gab mir also einen Ruck, sah noch einmal genauer hin, und natürlich war keine Maus da. Ein paar Augenblicke später huschte etwas unter einem Sessel hervor und verschwand hinter dem kleinen Regal. Es war wirklich eine Maus!

Nun sind Mäuse die einzigen Tiere der Gattung Ungeziefer, die mich nicht hysterisch werden lassen; hätte es sich um eine Blindschleiche oder einen Regenwurm mittlerer Größe gehandelt, wäre ich schon längst schreiend aus dem Zimmer geflohen. Trotzdem sollte man Mäuse lieber nicht als Hausbewohner akzeptieren.

»Ich habe eben eine Maus gesehen«, erklärte ich deshalb meinen Söhnen.

»Glaube ich nicht«, sagte Sascha.

»Wo denn?« fragte Sven.

»Jetzt sitzt sie hinter dem Regal.«

»Der Film ist gleich zu Ende, dann sehen wir mal nach«, beschieden mich meine Nachkommen.

Die Maus hatte offensichtlich Langeweile. Sie kam wieder aus ihrem Versteck hervor, spazierte gemächlich zur Bücherwand und verschwand dahinter. Immerhin hatten die Jungs sie jetzt auch gesehen. Der filmische Höhepunkt war ohnehin erreicht, der Sheriff hatte seine Widersacher programmgemäß erschossen und mußte nur noch die Heldin küssen, was die Knaben zur Zeit noch reichlich blöd fanden, und so wandten sie ihre uneingeschränkte Aufmerksamkeit der Maus zu.

»Wenn die hinter den Büchern bleibt, kriegen wir sie nie!« stellte Sascha fest.

Damit hatte er recht. Die Bücherwand war fünf Meter lang und etliche Zentner schwer.

»Wir räuchern sie aus!« schlug Sven vor.

»Wie denn?«

»Wir verstopfen die Ritzen an den Seiten und blasen Rauch hinein!«

Das haben wir dann auch tatsächlich gemacht, ohne im geringsten daran zu denken, daß die Bücherwand nach vorn hin offen ist und der Rauch jederzeit abziehen konnte. So kauerten wir alle drei auf dem Boden, zogen abwechselnd an einer Zigarette und bliesen den Rauch durch Strohhalme hinter das sorgfältig abgedichtete Bücherregal. Die Knaben husteten, die Maus lachte (wahrscheinlich!). Sie saß nämlich schon längst im Papierkorb. Wir wurden erst durch das Geraschel aufmerksam, nachdem wir unsere Räucheraktion abgebrochen hatten. Sven schnappte sich den Korb, lief damit ins Bad und kippte seinen Inhalt kurzerhand in die Badewanne. Da hockte nun das Untier, klein, niedlich und sah uns mit verängstigten Knopfaugen an.

»Was jetzt?« fragte ich.

»Ich lass' sie wieder laufen«, entschied Sven, griff die

Maus, steckte sie in die Hosentasche, wo sie jämmerlich quiekte, spazierte in den Garten und setzte sie hinter dem Zaun aus. Vielleicht hat sie aus Dankbarkeit ihre Verwandtschaft dahingehend instruiert, unser Grundstück zu verschonen, jedenfalls haben wir bei uns kein einziges Mauseloch gefunden, während die anderen Dorfbewohner über die Wühlmausplage stöhnten.

Merke: Es lohnt sich manchmal, auch Tieren gegenüber menschlich zu sein!

10

Der Herbst kam, und mit ihm kam der Regen. Dahlien und Astern – soweit sie nicht schon vertrocknet waren – leuchteten in allen Farben, und ich bestellte die wöchentlichen Mineralwasser-Lieferungen ab; das so lange entbehrte Naß floß nun wieder in dickem Strahl aus sämtlichen Hähnen. Notfalls hätten wir es aber auch aus dem kleinen Keller holen können, der stand nämlich unter Wasser.

Als erstes kaufte ich für sämtliche Familienmitglieder kniehohe Gummistiefel. Die Zufahrtsstraße zu unserem Haus – während der letzten Wochen hart wie Beton – hatte sich infolge des Dauerregens in einen Morast verwandelt und jeden Verkehr zum Erliegen gebracht. Hannibal verschwand für Tage in der Garage, nachdem ich zweimal mit ihm steckengeblieben war und mich hilfesuchend an Herrn Fabrici wenden mußte, damit er seinen Traktor holte und Hannibal wieder aufs Trockene zog. Als Rolf mit seinem Wagen das gleiche Mißgeschick passierte, stürmte er am nächsten Tag die Gemeindeverwaltung und forderte Abhilfe. Schließlich bezahle er Steuern und könne deshalb erwarten, daß sein Haus auch ohne die Zuhilfenahme von Schwimmflossen und Schlauchboot zu erreichen sei. Man sicherte ihm provisorische Maßnahmen zu, erklärte aber gleichzeitig, ein regulärer Ausbau der Straße sei erst dann vorgesehen, wenn auch die übrigen Grundstücke bebaut worden seien.

Nun waren tatsächlich mal ein paar Männer aufgekreuzt, die mit Zollstock und Theodolith durch die Unkrautwüste gestapft waren und rot-weiße Stäbe in den Boden gerammt hatten. Dann waren sie unter Hinterlassung der Stangen wieder verschwunden. Wochen später beobachtete ich einen Heidenberger Mitbürger, wie er zwei Stangen aus dem Boden zog, sie abschätzend betrachtete und schließlich mitnahm. Die dritte Stange kassierte Sascha ab, der gerade als Winnetou durch die Gegend tobte und einen Speer brauchte; die übrigen Stäbe blieben danach auch nicht lange stehen. Vermißt wurden sie übrigens nie!

Zwei Tage nach Rolfs Beschwerde rollte ein mit Splitt beladener Lkw vor, kippte seine Last mitten auf den Weg und fuhr wieder ab. Gegen Abend tauchte Karlchen mit einer Schaufel auf und verteilte den Splitt, ungefähr 25 Steinchen pro Quadratmeter. Der nächste Platzregen spülte die ganze Herrlichkeit weg, womit der ursprüngliche Zustand der Straße wiederhergestellt war. Aber dann kam bald der erste Frost, und wir hatten ganz andere Sorgen.

Mit dem Regenwasser begann auch die alljährliche Erkältungswelle. Meine Großmutter hatte immer behauptet, ein Schnupfen sei durchaus heilsam, weil er alle Krankheitskeime aus dem Körper spüle, und sie hatte es immer abgelehnt, irgendwelche Medikamente zu nehmen. Deshalb verordnete ich auch unseren Kindern bei Schnupfen Papiertaschentücher statt Pillen und schickte sie an die frische Luft.

Nicht so Rolf! Bekanntlich ist ein Männerschnupfen schlimmer als Krebs, und Rolf bildet da keine Ausnahme. Wenn er dreimal niest, stürzt er zur Hausapotheke und schluckt alles, was ihm opportun erscheint; muß er darüber hinaus auch noch ein paarmal husten, diagnostiziert er beginnende Lungenentzündung, packt sich ins Bett und tyrannisiert die Familie.

Jetzt war es wieder einmal soweit. Der Ärmste hatte nicht nur dreimal geniest, sondern sogar fünfmal, ein heftiges Räuspern hatte er als Hustenanfall bezeichnet, und als das Fieberthermometer dann auch noch genau 37 Grad anzeigte, beschloß er, ernsthaft krank zu sein. Er trug mir auf, sämtliche Termine abzusagen, Heizkissen und Wolldecke zu holen, seine Mutter von seinem bevorstehenden Ableben zu unterrichten und nicht zu vergessen, die fällige Stromrechnung zu bezahlen. Dann etablierte er sich samt Zigaretten, die er unter Aufbietung der letzten Kräfte immer noch rauchen konnte, und der Cognacflasche, deren Inhalt er zum Desinfizieren der Atemwege brauchte, auf der Couch im Wohnzimmer. Meinen Vorschlag, sich doch lieber ins Bett zu legen, lehnte er ab. Vermutlich befürchtete er, in dem etwas abgelegenen Schlafzimmer in Vergessenheit zu geraten und nicht in regelmäßigen Abständen bedauert zu werden.

Ich rief Jost an und bat um Rat, den ich auch prompt bekam: »Mach ihm einen steifen Grog und wirf zwei Schlaftabletten rein!«

»Warum? Braucht er Ruhe?«

»Er nicht, aber du!«

Eines Tages wurde ich im Morgengrauen durch ein merkwürdiges Geräusch geweckt, das wie ein Gewehrschuß geklungen hatte. Kurz darauf knallte es wieder. Ich weckte Rolf, der, da er auch durch ein mittelschweres Erdbeben nicht wachzubekommen ist, ungerührt weiterschlief, und erging mich in aufgeregten Vermutungen über die Ursache der Schießerei.

Seine Reaktion war ziemlich ernüchternd: »Hast du schon mal was von Fehlzündungen gehört?«

Doch, das hatte ich. Bei Hannibal geschah so etwas

öfter, meist mitten in der Stadt, wo sofort alle Leute stehenblieben und mich strafend musterten.

»Das war keine Fehlzündung, das war ein Schuß!«

»Unsinn, wer soll denn hier schießen?« Damit drehte sich mein fantasieloser Gatte auf die andere Seite und schlief wieder ein. Da knallte es erneut, und schon war ich raus aus dem Bett und am Fenster. Nichts zu sehen! Nur eine Katze strich am Zaun vorbei und verschwand im Gebüsch. Aber von hier sah man ja ohnehin nur in die Brennesseln; wenn ich ins Eßzimmer gehen würde, könnte ich vielleicht mehr entdecken. Ich zog meinen Bademantel an und öffnete leise die Tür.

Plötzlich hörte ich Geräusche an der Haustür. Polizei? Oder vielleicht Einbrecher, die erwischt worden waren und sich nun in unserem freistehenden Haus verbarrikadieren wollen? Himmel, warum mußten wir auch unbedingt mitten in die Wildnis ziehen!

Dann hörte ich Saschas Stimme: »Ich habe dir ja gleich gesagt, daß du spinnst. Von wegen Schüsse! Ich habe jedenfalls nichts mitgekriegt.«

Also hatte ich doch recht gehabt, denn Sven war offenbar auch durch die Knallerei aufgewacht! Ich lief die Treppe hinunter und entdeckte meine beiden verschlafenen Helden, die bibbernd vor Kälte in der offenen Tür standen. In diesem Augenblick knallte es wieder.

»Is'n Gewehrschuß«, erklärte Sven fachmännisch. Als fleißiger Konsument von Wildwest- und Karl-May-Filmen war er durchaus in der Lage, Gewehrschüsse von Pistolenschüssen akustisch zu unterscheiden.

»Jetzt hab' ich's auch gehört!« Sascha wollte aus dem Haus stürmen, ich konnte ihn gerade noch am Schlafanzug festhalten.

»Hiergeblieben! Es fehlte gerade noch, daß du so einem Wahnsinnigen vor die Flinte läufst!«

Eine ganze Weile standen wir noch am Wohnzimmerfenster, das den besten Ausblick auf den möglichen Amokläufer bieten würde, aber es geschah überhaupt nichts. Weder rollte ein Polizeikommando an, noch entdeckten wir maskierte Bankräuber, auf die speziell Sascha wartete, und die Dorfbewohner schienen von der ganzen Schießerei völlig unbeeindruckt geblieben zu sein. Nirgends war eine Menschenseele zu sehen. Wir gingen also auch wieder in die Betten.

An diesem Morgen wartete ich fieberhaft auf Wenzel-Berta. Frau Häberle, die bestimmt schon Einzelheiten wußte, hatte ich verpaßt, die Zeitung steckte bereits im Briefkasten.

Endlich kam Wenzel-Berta. Meine Aufregung konnte sie überhaupt nicht verstehen.

»Schießen? Hier? Wo denn?«

»Die Schüsse kamen irgendwo aus den Weinbergen.«

Da zog ein verstehendes Grinsen über ihr Gesicht. »Ach so, was Sie meinen, is man bloß der Wengertschütz.«

»Der was?«

»Der Wein-berg-schüt-ze!«

Und dann erfuhr ich, daß kurz vor der Weinlese, wenn die Trauben schon nahezu ausgereift sind, ein Mann mit Luftgewehr durch die Gegend streift und die Vögel aufscheucht.

In Heidenberg war Karlchen mit dieser Aufgabe betraut worden, aber weil er außerdem noch den Schulbus fahren mußte, hatten die Vögel wenigstens zu ganz bestimmten Zeiten Ruhe und die Möglichkeit, ihre verpaßten Mahlzeiten nachzuholen. Allerdings erzählte Sven mir später, daß Karlchen auch im Bus ständig bewaffnet war und beim Anblick eines besonders großen

Vogelschwarms jedesmal abrupt auf die Bremse trat, um völlig unwaidmännisch vom Auto aus zu schießen. Sascha beneidete ihn glühend um seinen Posten und beschloß vorübergehend, später einmal ›Wengertschütz‹ zu werden.

Herbstzeit bedeutet Pilzzeit, und Pilzzeit bedeutet stundenlange Spaziergänge durch die umliegenden Wälder, aber nicht etwa schön bequem auf den Wegen, nein, immer quer durchs Unterholz auf der Jagd nach Maronen – notfalls auf allen vieren. Oder auf Zehenspitzen über morastige Wiesen und glitschige Abhänge hinunter, denn dort wachsen Reizker. Steinpilze findet man oft zwischen trockenen Gräsern, die aber auch Spinnen und Schnecken beherbergen, jene von mir ganz besonders verabscheuten Tierarten. Nein, ich kann dem Pilzesammeln keinen besonderen Reiz abgewinnen.

Anders Rolf. Der ist mitten im Harz aufgewachsen und kannte bereits alle einschlägigen Pilzarten, bevor er ihre Namen buchstabieren konnte. So fühlte er sich bemüßigt, mir, die ich in Berlin großgeworden bin, seine umfangreichen Kenntnisse zu vermitteln.

In den ersten beiden Ehejahren bin ich noch getreu dem Motto ›wo du hingehst, da will auch ich hingehen‹ begeistert mit in den Wald gezogen, aber mit der gleichen Begeisterung pilgerte ich im Kielwasser meines kunstbeflissenen Gatten auch durch Museen und Ausstellungen. (Ich glaube, es hat damals in Düsseldorf und Umgebung keine Tonscherbe und keinen Saurierknochen gegeben, den ich nicht besichtigt habe, von den Gemäldesammlungen aus fünf Jahrhunderten ganz zu schweigen.) Später hat sich dieser Enthusiasmus weitgehend gelegt, und ich war froh, wenn ich

Sven vorschieben konnte, um diesen zwar sehr lehrreichen, aber auch ziemlich ermüdenden Exkursionen zu entgehen. Im zarten Babyalter interessierte sich Sven nicht für Vasen von Picasso, sondern wollte pünktlich seine Flasche haben!

Nur die herbstlichen Pilzwanderungen haben nie aufgehört. Als Sven noch nicht laufen konnte, wurde er kurzerhand mitten auf eine Wiese gesetzt, während seine Eltern in Sichtweite durch die Gegend streiften und Pilze suchten; später stapfte er bereitwillig mit. Bei Sascha wiederholte sich das gleiche Spiel, nur zeigte der genau wie ich wenig Lust, querbeet zu laufen, und setzte sich auf jeden dritten Baumstumpf mit der Begründung, er müsse sich jetzt ›ausruhen‹. Auch Stefanie hat als Kleinkind die Herbstmonate vorwiegend im Wald verbracht.

In und um Heidenberg gab es genügend Wald, und als Rolf in unserem Garten die ersten Morcheln entdeckte, erklärte er die Pilzsaison für eröffnet und zog in jeder freien Minute mit Spankorb und Küchenmesser los. Besonders die Wochenenden standen im Zeichen der Pilze, und ob wir anderen wollten oder nicht, wir mußten mit. Spaziergänge fördern die Durchblutung, und Waldluft ist sehr gesund!

Nun ist es mit dem Pilzesammeln so ähnlich wie mit dem Roulettspielen: Hat man erst einmal angefangen, dann kann man nicht mehr aufhören! An manchen Tagen brachten wir zehn Pfund und mehr mit nach Hause. Pilze schmecken gut, aber man kann sie nicht ständig essen. Wir taten es trotzdem. Es gab Pilzragout, Pilzpastete, Pilzsuppe, Pilze auf Toast, Fleisch mit Pilzen und Pilzomelette. Es gab so lange Pilze, bis Sven eines Tages während des Mittagessens seinen Löffel in den Teller warf (wir aßen gerade Gemüsesuppe mit Pilzen) und erklärte: »Ich kann das Zeug nicht mehr sehen!«

Die Ausbeute der nächsten Waldwanderung bekam Wenzel-Berta. Die war begeistert und nahm auch noch die nächsten vier Körbe dankbar entgegen. Den fünften lehnte sie ab mit der Entschuldigung, »der Eugen will nu nich mehr immer Pilze«. Dann kam mir der Gedanke, daß ich mich jetzt endlich einmal bei meinen Nachbarn für die in so reichem Maße gespendeten Salat- und Kohlköpfe revanchieren könnte, und kreuzte mit der nächsten Pilzladung bei Frau Kroiher auf. Die musterte meine Gabe mißtrauisch.

»Hend Sie das da selbst g'sammlet?«

»Ja, natürlich, die sind ganz frisch.«

»Sind Sie mir net bös, aber das esset wir net.«

»Mögen Sie keine Pilze?«

»Ha freilich, aber i nehm nur gekaufte. Und im Winter halt welche aus der Dose.«

Weder mein Hinweis, daß wir schon seit zwölf Jahren Pilze sammeln und essen und immer noch leben, noch meine Bemerkung, auch gekaufte Pilze müsse letzten Endes irgend jemand gepflückt haben, nützten etwas. Ich wurde meine Ausbeute nicht los. Die anderen Dorfbewohner reagierten ähnlich. Alle aßen gerne Pilze, aber keiner wollte sie haben.

Also fingen wir an, die Dinger zu trocknen. Sie wurden auf Zwirnsfäden gezogen und in die Fenster gehängt. Dann kam ich auf die Idee, Pilze einzufrieren. Als wir sie später auftauten und zubereiteten, schmeckten sie wie gekochte Mullbinden. Wenzel-Berta meinte, man könne ja welche einwecken. Wir taten auch das, nur offenbar völlig unvorschriftsmäßig. Jedenfalls behauptete Rolf ein paar Wochen darauf, im Keller müsse irgendwo eine Ratte verwesen, anders könne er sich den sehr intensiven Geruch nicht erklären. Sven wurde auf die Suche nach der Ratte geschickt, fand keine, meinte aber, die eingemachten Pilze stänken erbärmlich. Kein Wunder, sämtliche Gläser waren aufgegangen.

Und dann passierte die Geschichte mit den Gallenröhrlingen! Rolf hatte bei einem seiner sonntäglichen Pirschgänge durch das Unterholz einen Herrn kennengelernt, der gleich ihm Pilzliebhaber war, und mit dem er fortan des öfteren durch die Wälder streifte, weil Frau und Kinder in zunehmendem Maße die Begleitung verweigerten.

Nach einer dieser Exkursionen kam er freudestrahlend nach Hause und kippte einen Berg junger Steinpilze auf den Tisch. »Die müssen über Nacht gewachsen sein, noch kein einziger ist wurmstichig!« Und weil gerade das Gulasch auf dem Herd brodelte, und weil wir schon seit drei Tagen keine Pilze mehr gegessen hatten, kam die ganze Ausbeute sofort in den Topf. Die Fertigstellung des Essens überließ ich Rolf. (Nach seiner Ansicht kann außer ihm niemand Pilze richtig zubereiten, aber da er sie selber putzt und sogar die dazugehörigen Zwiebeln schält, überlasse ich ihm in solchen Fällen die Küche ohne Protest.)

»Probier mal, ich finde, es schmeckt heute besonders pikant.«

Der Küchenchef überreichte mir einen Teelöffel. Ich probierte und japste nach Luft. Das Zeug war gallenbitter!

»Hast du etwas Angostura reingekippt?«

»Nein, wieso? Ich habe nur ein bißchen Sojasoße genommen.«

Nun muß ich erwähnen, daß Rolf offenbar falsch programmierte Geschmacksnerven hat, die Empfindung für ›bitter‹ ist nicht vorhanden. Er ißt bittere Mandeln genauso gerne wie Orangenmarmelade, Magen-Liköre, die ich nicht herunterbringe, bezeichnet er als delikat, und Campari trinkt er grundsätzlich pur. Vermutlich könnte ich ihm Arsen ins Essen schütten, er würde selbst das nicht merken.

Sven tauchte in der Küche auf, bekam ebenfalls einen Löffel in die Hand gedrückt, probierte, spuckte alles wieder aus.

»Pfui Teufel, das ist ja reines Opium!« (Woher weiß der Bengel, wie Opium schmeckt?)

Rolf wurde unsicher und kostete selbst noch einmal. »Na ja, ein ganz kleines bißchen bitter schmeckt es ja«, räumte er ein, »aber deshalb braucht ihr nicht gleich so zu übertreiben. An den Pilzen kann es auf keinen Fall liegen, die waren einwandfrei. Du hast sie ja selbst gesehen.« Meine Kenntnisse in der Pilzkunde waren im Laufe der Jahre so weit fortgeschritten, daß mein Urteil anerkannt wurde.

In diesem Augenblick klingelte das Telefon. Ich nahm den Hörer ab. Es meldete sich ganz aufgeregt der mir noch unbekannte Pilzliebhaber, der an diesem Morgen ebenfalls die schönen jungen Steinpilze gesammelt hatte.

»Haben Sie die Pilze schon probiert? Wenn nicht, lassen Sie's lieber bleiben, wir müssen da etwas Falsches erwischt haben. Das Zeug ist ganz bitter!«

Im Pilzbuch fanden wir des Rätsels Lösung. Wörtlich hieß es da: ›Der Gallenröhrling sieht, besonders bei jungen Exemplaren, dem wohlschmeckenden Steinpilz täuschend ähnlich. Er ist nicht giftig, aber infolge seines bitteren Geschmacks ungenießbar.‹

Zum Mittagessen gab es Ravioli aus der Dose!

Rolf ist genau wie achtundneunzig Prozent aller Männer der Ansicht, daß Frauen hinter dem Steuer eines Autos nichts zu suchen haben. Sie eignen sich bestenfalls zur Beifahrerin und dürfen gelegentlich die beschlagenen Innenscheiben abwischen und während der Fahrt nachsehen, was unter dem linken Rücksitz so unvorschriftsmäßig klappert. Mir sprach er sogar die Fähigkeit ab, Karten zu lesen. Ich hatte ihn einmal in Unkenntnis der Tatsache, daß auf Straßenkarten die Autobahn als rote Doppellinie eingezeichnet ist, zu einer Eisenbahnstrecke gelotst und dabei die gesuchte Autobahnauffahrt völlig ignoriert. Kein Wunder also, daß mein erster Versuch, Rolf die Bewilligung für Fahrstunden abzuringen, auf Ablehnung stieß. »Ich kann mir vorläufig kein neues Auto leisten, wenn du das alte zu Schrott fährst, und außerdem brauchen dich die Kinder noch!« (Man beachte die Reihenfolge!)

Dann bezogen wir unser erstes halbländliches Domizil, und damit begannen auch die abendlichen Autofahrten zum Stuttgarter Hauptpostamt.

Rolf kann immer nur dann methodisch und intensiv arbeiten, wenn er unter Zeitdruck steht, und Unterlagen, die schon längst beim Auftraggeber sein müßten, erst halbfertig sind. Dann folgen die üblichen Telefongespräche mit der Bitte um Fristverlängerung, und sind die Sachen endlich komplett, ist es schon wieder zu spät. Letzte Rettung: Der Kram muß sofort zur Post und dem Empfänger per Eilboten zugestellt werden. Als Rolf sich wieder einmal zu nächtlicher Stunde hinter das Steuer klemmte, um einen Eilbrief aufzugeben, meinte er so ganz nebenbei: »Eigentlich wäre es gar nicht so schlecht, wenn du auch fahren könntest!«

Am folgenden Tag meldete ich mich bei einer Fahrschule an, und acht Wochen später hatte ich meinen

Führerschein. Mein Selbstbewußtsein erhielt aber einen erheblichen Dämpfer, als ich die erste Alleinfahrt unternahm. Noch nie war mir eine Straße so schmal erschienen und ein entgegenkommendes Auto so breit! Ich landete prompt im Straßengraben und beulte den rechten Kotflügel ein. Darauf erhielt ich zunächst einmal Fahrverbot.

Kurze Zeit später zogen wir in den Schwarzwald. Dort waren die Geschäfte bequem zu Fuß zu erreichen, und sogar bis zur Post brauchte man nur fünf Minuten. Fahren durfte ich höchstens mal auf Landstraßen dritter Ordnung, auf denen kein Verkehr herrschte und mir höchstens Fußgänger entgegenkamen. Es gab allerdings Ausnahmen: Waren wir irgendwo eingeladen, bekam ich schon vorher die Order, nur Sprudel und Orangensaft zu trinken, da ich später den Heimtransport übernehmen müßte.

Als wir nach Heidenberg zogen, hatte meine Fahrpraxis immerhin schon gewisse Fortschritte gemacht. Ich trat nicht mehr automatisch auf die Bremse, wenn mir ein Lastwagen entgegenkam, ich fuhr langsam im zweiten Gang daran vorbei.

Dann bekam ich Hannibal. Mit ihm konnte ich fahren, wann ich wollte (und wenn *er* wollte), und allmählich wurde ich eine ganz passable Fahrerin.

Dies als Vorgeschichte zu der folgenden Episode.

Im November kam Wenzel-Berta eines Tages wie üblich kurz nach acht die Treppe herauf, musterte meinen noch nicht salonfähigen Aufzug – ich hatte wieder mal keine Zeit gefunden, mich anzuziehen – und meinte dann erstaunt: »Ich denke, Sie sind man schon längst weg zu der Impferei.«

Himmel, das hatte ich total vergessen. Heute fand ja die Pockenschutzimpfung für Kleinkinder statt, und weil im hiesigen Gemeindehaus die Heizung nicht funktionierte, hatte man das ganze Unternehmen kurzerhand nach Aufeld verlegt und den großen Saal vom ›Goldenen Hahn‹ zur Impfstation deklariert. Draußen regnete es Bindfäden, Rolf war nicht da, und Hannibal stand wegen eines noch nicht genau diagnostizierten Wehwehchens in der Reparaturwerkstatt.

Normalerweise hätte ich mich jetzt an eine motorisierte Leidensgefährtin gewandt, die auch mit ihrem Baby zu dem Massenauftrieb nach Aufeld mußte, aber dazu war es inzwischen zu spät geworden. Im dörflichen Einerlei bedeutet sogar etwas so Banales wie eine Schutzimpfung eine gewisse Abwechslung, und ich konnte sicher sein, daß alle vorgeladenen Mütter samt Kindern bereits seit einer halben Stunde im ›Goldenen Hahn‹ saßen und auf den Beginn des Spektakels warteten.

»Könnte uns Ihr Mann nicht schnell rüberfahren?« Eugen war seit einem halben Jahr pensioniert und in Notfällen zu Chauffeurdiensten gern bereit.

»Das geht nich, weil der is ja nich da. Der is heute früh mit dem Kleinschmitt nach Heilbronn gefahren, weil da is Kälbermarkt, und der Otto will welche kaufen, und da is der Eugen mit, weil der versteht ja was von Rindvieh, und der Otto nich. Der is bloß eins!«

Pech gehabt, wäre ja auch zu schön gewesen!

»Da fällt mir aber was ein«, begann Wenzel-Berta wieder. »Die sind doch mit dem Kleinschmitt sein Auto weg, und dem Eugen seins steht zu Hause. Fahren Sie doch mit dem! Die Schlüssel sind auch da, weil die hängen immer neben der Kellertreppe.«

»Das geht nicht, ich kann doch nicht einfach den Wagen von Ihrem Mann nehmen.«

»'türlich geht das. Der Eugen würde das bestimmt

machen, weil der sagt immer, dafür, daß Sie 'ne Frau sind, tun Sie ganz ordentlich fahren.«

Welch ein Kompliment aus berufenem Munde! Inzwischen wußte ich längst, daß Eugen während seiner Soldatenzeit dem Fuhrpark des Verpflegungstrosses zugeteilt war und Dauerwurst durch Rußlands Steppen gekarrt hatte.

»Na schön, wenn Sie meinen... aber kommen Sie lieber mit!«

Ich zog mich schnell an, machte die Mäuse ausgehfertig, dann trotteten wir zusammen, jede mit einem Zwilling auf dem Arm, zu Wenzel-Bertas Behausung.

Das grüne Auto stand tatsächlich auf dem kleinen Vorplatz, die Wagenschlüssel hingen ordnungsgemäß neben der Treppe, es konnte also losgehen.

Und dann kam die Katastrophe! Ich suchte den Schalthebel, fand keinen, suchte die Lenkradschaltung, fand keine, entdeckte statt dessen einen spazierstockartigen Hebel, der aus dem Armaturenbrett ragte. Das Auto war ein Renault und hatte die neue und mir völlig unbekannte Krückstockschaltung! Aus der Traum! »Mit dem Ding komme ich nicht zurecht, ich habe keine Ahnung, wo die Gänge liegen«, erklärte ich Wenzel-Berta.

Die sah mich erstaunt an. »Warum nich?«

Während ich ihr die verschiedenen Schaltungssysteme zu erklären versuchte, kramte sie im Handschuhfach, zog schließlich ein mehrseitiges Heft heraus. »Ich hab' doch gewußt, daß da so was ist, der Eugen schmeißt nie was weg! Hier steht alles drin.«

Gemeinsam studierten wir die bildlich dargestellten Schaltstufen. Erster Gang: Hebel nach links und dann reinschieben. Zweiter Gang: Hebel herausziehen und links heranziehen. Dritter Gang: Hebel nach rechts, ganz hineinschieben und so weiter. Schien ja gar nicht so schwer zu sein, aber trotzdem... »Nein, hat keinen Zweck, so schnell kann ich mir das nicht einprägen.«

Wenzel-Berta hatte eine Idee: »Sie sagen mir immer, was Sie brauchen, und ich sage Ihnen, wie das geht!«

Das hieß, ich würde ihr angeben, welchen Gang ich einlegen will, und sie würde mir die Schaltbewegungen sagen.

Also gut, probierten wir's. Wenzel-Berta putzte noch einmal ihre Brille und kommandierte: »Nu erst mal rückwärts raus hier. Hebel links und dann ganz nach draußen!« Ich tat wie befohlen, das Auto setzte sich in Bewegung und fuhr brav zurück. Jetzt bremsen, Lenkrad einschlagen, ersten Gang rein. »Wie geht der erste Gang?« – »Hebel rausziehen und nach links ran.«

Das Auto hopste mit einem Satz vorwärts und blieb stehen.

»Das hat nicht gestimmt, zeigen Sie mal her.« Ich besah mir die Schalttafel und stellte fest, daß ich eben den zweiten Gang erwischt hatte. Also noch mal von vorne, Hebel nach links und hineinschieben. Diesmal klappte es, wir tuckerten los und erreichten ohne Zwischenfälle die Landstraße nach Aufeld.

»Jetzt den dritten Gang.«

Wenzel-Berta prüfte ihre Unterlagen, erkundigte sich, ob das »der in der Mitte« sei, kommandierte »Hebel nach links und dann ganz rein«, worauf der Wagen ruckartig abbremste und dann weiterkroch.

»Entschuldigung«, meinte Wenzel-Berta, »ich hab' rechts gemeint und bloß vor Aufregung links gesagt!«

Wir haben es trotzdem geschafft! Dreimal blieb das Auto mitten auf der Straße stehen, ein halbes Dutzend Mal kreischte das gequälte Getriebe in höchsten Tönen, und ich betete im stillen, daß Eugen nicht gerade jetzt nach Hause kommen und seinem stotternden und hüpfenden Laubfrosch begegnen würde.

Die Rückfahrt verlief so ähnlich, zusätzlich untermalt von dem zweistimmigen Gebrüll der Zwillinge, die die Impfprozedur höchst ungnädig aufgenommen und sich noch immer nicht beruhigt hatten.

Schweißgebadet brachte ich den Wagen zehn Zentimeter vor Wenzels Gartenzaun zum Stehen; sollte Eugen sein Auto lieber selbst in den Hof fahren, mir reichte es! Solche Angst wie jetzt hatte ich nicht einmal während der Fahrprüfung gehabt, als ich rückwärts einparken sollte und das erst beim dritten Anlauf schaffte. Ich kann das übrigens heute noch nicht, höchstens dann, wenn vorher ein Möbelwagen dort gestanden hat!

Eugens Zustimmung habe ich mir aber noch nachträglich geholt. Er nahm dankend die Zigarren entgegen und meinte: »War ja man nur gut, daß Sie keine Anfängerin nich sind!«

11

Als in Heidenberg der Winter begann, begriff ich zum ersten Mal etwas von Einsteins Relativitätstheorie. Zweihundert Meter sind relativ wenig, wenn man diese Strecke zu Fuß oder mit dem Fahrrad zurücklegt; zweihundert Meter sind relativ viel, wenn man Schnee schippen muß!

Während noch die ersten Flocken vom Himmel fielen und eine hauchdünne Schneeschicht auf dem Boden bildeten, kramte Sven den Schneeschieber aus der Garage. Es handelte sich hierbei um ein älteres Modell, vorwiegend aus Blech bestehend, das an der angerosteten Stelle auch sofort durchbrach, als es in nähere Berührung mit einem Feldstein kam.

»Ich hole schnell einen neuen«, beruhigte mich Sven, »Frau Häberle hat sie in jeder Größe.«

Eigentlich hätte es mich stutzig machen müssen, daß es ausgerechnet in unserem kleinen Nest eine beachtliche Auswahl an Schneeschiebern gab, während man sonst nicht einmal Nähnadeln oder ähnliche alltägliche Dinge kaufen konnte; allenfalls noch Strohbesen, die man zur samstäglichen Reinigung der Hofeinfahrten benötigte.

Ich wurde aber keineswegs stutzig, ich war im Gegenteil froh, daß ich dieses sperrige Ding nicht erst aus der Stadt herankarren mußte. Im übrigen hörte es bald auf zu schneien, und das neuerworbene Stück verschwand wieder in der Garage.

Ich hasse die kalte Jahreszeit, wenn es morgens noch dunkel ist und man lieber im Bett bleiben würde, statt mit klappernden Zähnen durch die eiskalten Räume zu wandern und erst einmal überall die Heizungen aufzudrehen. Ich mag die tiefhängenden Wolken nicht und nicht die Novembernebel. Ich mag auch nicht die bunten Herbstblätter, weil ich genau weiß, daß sie bald abfallen und kahle Bäume zurücklassen. Eigentlich gefällt mir an dieser Jahreszeit nur eins: Die Gewißheit, nicht mehr im Garten wursteln zu müssen!

Es gibt Leute – und wenn ich recht überlege, kenne ich gar keine anderen –, die mit einer wahren Begeisterung im Garten herumwühlen, stundenlang Unkraut jäten, Büsche setzen und wieder umpflanzen, Ableger ziehen, die sie dann in Marmeladengläsern zu Setzlingen aufpäppeln, und die Rosen kultivieren. Ich gehöre nicht dazu, und ich gebe ehrlich zu, daß ich einen Garten eigentlich nur zu einem Zweck brauche: Mich in einen Liegestuhl zu legen und von der Sonne braten zu lassen! Aber dazu reicht auch ein Balkon!

Weshalb Rolf immer so großen Wert auf einen Garten legte, ist mir nie ganz klar geworden. Seine Arbeit in demselben beschränkte sich überwiegend darauf, abends den Wasserhahn aufzudrehen und mit dem Schlauch alles, was da so wächst, gleichmäßig zu bewässern – Unkraut eingeschlossen. In Heidenberg bekamen auch die benachbarten Brennesseln regelmäßig ihren Teil ab und gediehen besonders in Zaunnähe auffallend üppig. Die etwas mühseligeren Arbeiten wie Unkrautzupfen, welke Pflanzen entfernen, Beete hakken und Rasen schneiden überließ er großzügig uns. Die Knaben aber hatten leider meine Gartenbegeisterung geerbt und zeigten nie auch nur die geringste Bereitwilligkeit, sich gärtnerisch zu betätigen, und ich selbst hatte erstens nun wirklich wenig Zeit und zweitens noch viel weniger Lust dazu. Lediglich um das Rasenmähen kamen wir nicht herum. Von mir aus hätte das Gras ruhig in die Höhe sprießen können, aber dann versteckte sich darin alles mögliche Getier, und nachdem ich zweimal auf eine Biene getreten war, wurde ich mir der Vorteile eines kurzgeschorenen Rasens bewußt. Eine Zeitlang hatten wir die Anschaffung eines Milchschafes erwogen, aber so ein Vieh will auch im Winter etwas fressen. Also kein Schaf, aber dafür einen elektrischen Rasenmäher!

Wenn künftig mal wieder auf einen Schlag sämtliche Sicherungen herausflogen, wußte ich sofort, daß einer meiner Söhne über die Zuleitung gefahren war und sie halbiert hatte. Gegen Ende des Sommers brauchten wir zwei zusätzliche Verlängerungskabel, um die ständig schrumpfende Schnur zu ergänzen. Trotzdem kamen wir nicht mehr bis ganz in die Ecken, und als dort das Gras annähernd Zaunhöhe erreicht hatte, erschien Eugen mit der Sense und holte es sich als Kaninchenfutter.

Aber wenigstens betrieben wir hier keinen Ackerbau mehr, wenn man von ein paar Küchenkräutern absieht. Als wir das erste Haus mit Garten bezogen hatten, war Rolf in einem Anfall von Besitzerstolz in die nächste Gärtnerei gefahren und hatte alles angeschleppt, was er in jener Jahreszeit noch an Setzlingen auftreiben konnte; unter anderem fünfzig Salatpflänzchen, die ausnahmslos angingen, dick und rund und später alle gleichzeitig reif wurden. Unsere Familie bestand damals aus vier Personen, von denen eine noch vorgefertigte Säuglingsnahrung aus Gläsern bekam! Mit den Tomaten, die auch im Oktober größtenteils noch grün waren, hatte Sven die Nachbarskinder beworfen, und die Kohlköpfe waren fast alle von Raupen und Schnecken gefressen worden.

Nach diesen Erfahrungen verzichtete Rolf künftig auf Gemüsekulturen und beschränkte sich auf Blumenzucht, da kann nicht viel schiefgehen.

Jetzt jedenfalls hatten wir den Garten winterfest gemacht, die letzten Kräuter eingefroren, die Rosen abgedeckt, den Rasenmäher eingemottet, und ich hatte Sven gebeten, das Wasser im Garten abzustellen. Er wollte das auch gelegentlich mal tun!

Ein paar Tage später gab es im ganzen Haus kein Wasser mehr, und ich hing wieder einmal am Telefon, um mich bei der Gemeindeverwaltung zu beschweren. Man versicherte mir zwar, die allgemeine Wasserzufuhr sei in Ordnung, versprach aber, beim Wasserwerk einen Suchtrupp anzufordern, der nach dem vermutlichen Rohrbruch fahnden würde. Und dann kam Sven und beichtete, daß er sich vor ein paar Stunden an meine überfällige Anweisung erinnert und die Leitung im Garten abgestellt hatte. Zu diesem Zwecke hatte er dann gleich den Haupthahn zugedreht!

Mitte November fing es dann wirklich an zu schneien. Dicke Flocken kamen vom Himmel, und bald konnten wir vor lauter fallenden Wattebäuschen das Dorf nicht mehr erkennen. Nach zwei Stunden lag der Schnee bereits mehrere Zentimeter hoch. Sven und Sascha benahmen sich wie junge Hunde, tobten in der weißen Herrlichkeit herum und erklärten übereinstimmend, der Winter auf dem Lande sei ganz große Klasse.

Sie hatten recht! In der Stadt kennt man Schnee nur als grauen Matsch, der durch die Schuhsohlen sickert und von mißgelaunten Straßenkehrern am Fahrbahnrand zusammengefegt wird. Ab und zu sieht man auch mal ein dunkelweißes Häufchen, garniert mit leeren Zigarettenpackungen und Kaugummipapier, doch mit Schnee hat das nur noch entfernte Ähnlichkeit.

Hier nun hatten wir richtigen weißen Schnee, der Häubchen auf die Zaunpfähle setzte, mitleidig die kahlen Äste der Bäume zudeckte und einen gleichmäßigen Teppich über Straßen, Felder und faustdicke Steine legte. Wo die Straße endete und die ehemalige Unkrautplantage anfing, merkte ich erst, als ich in den dazwischenliegenden schmalen Graben getreten war. Sieben Eier und eine Flasche Himbeersirup mußte ich durch diesen Ausrutscher als Verlust abbuchen, dafür gab es den geschwollenen Knöchel gratis!

Am ersten Tag prügelten sich die Jungs um den Schneeschieber und wachten eifersüchtig darüber, daß nicht einer etwas mehr Schnee schaufelte als der andere. Am zweiten Tag kaufte ich einen zweiten Schneeschieber, weil wir es mit einem allein nicht mehr schafften. Es schneite ununterbrochen. Hatten die Knaben anfangs noch die ganze Straßenbreite vom Schnee befreit und zusätzlich Trampelpfade rund ums Haus geschaffen, so schippten sie am zweiten Tag nur noch einen knapp bemessenen Durchgang. Am dritten Tag streikten sie.

Rolf, der abends den Wagen nicht in die Garage fahren konnte, weil die Einfahrt zugeschneit war, verspürte einen ungewohnten Drang zu körperlicher Betätigung, griff sich einen Schneeschieber und ging ans Werk. Zwanzig Minuten später war er wieder im Haus und am Telefon. Dabei ging das gar nicht! Eine Leitung war durch die Schneemassen gebrochen. Jetzt konnte er nicht einmal an maßgeblicher Stelle seinen geplanten Protest wegen Mißachtung der Räumpflicht loswerden!

Aber wenigstens hörte es jetzt zu schneien auf. Dafür

kam ein Kälteeinbruch und verwandelte den Pulverschnee in einen Eispanzer. Nun kriegten wir ihn überhaupt nicht mehr weg. Und dort, wo wir ihn weggeschaufelt hatten, bildete sich eine Schlitterbahn, auf der man hätte streuen müssen. Hätte!

In einem ölbeheizten Haus gibt es keine Asche. Der Sand, den wir uns von einer nahegelegenen Baustelle hätten holen können, war von einer Schneeschicht bedeckt und außerdem steinhart gefroren. Frau Häberles Vorrat an Streusalz war längst aufgebraucht. Tagelang glichen unsere auf ein Minimum beschränkten Ausflüge ins Dorf einer Gletschertour, und mir ist es heute noch unbegreiflich, daß sich niemand von uns die Knochen gebrochen hat.

Wir hatten ursprünglich unsere Hoffnung auf den Schneepflug gesetzt, der in mehr oder weniger – überwiegend weniger – regelmäßigen Abständen die Hauptstraße entlangfuhr und die Schneemengen zur Seite schaufelte. Dieser Schneepflug war städtisches Eigentum und wurde nur eingesetzt, um den Verkehr zwischen den einzelnen Dörfern zu ermöglichen. Innerhalb der Ortschaften hatten die Gemeinden für Abhilfe zu sorgen, was in der Praxis bedeutete, daß jeder selbst sehen mußte, wie er mit dem Problem fertig wurde. Rolfs Vorstoß bei der Verwaltung hatte ihm lediglich die Gewißheit erbracht, daß von dort keine Hilfe zu erwarten war. Man hatte unsere Zufahrtsstraße kurzerhand als Privatweg deklariert, da es ja außer uns noch keine weiteren Anlieger gäbe, und für Privatwege sei man nicht zuständig. Unser Hauswirt, der in Stuttgart lebte und sich nie bei uns sehen ließ, wußte auch keinen Rat. Er erklärte am Telefon, der Ausbau der Straße sei ihm seinerzeit zugesichert worden, aber er könne schließlich nichts dafür, wenn die anderen

Grundstücke nicht bebaut würden. Ob sie denn überhaupt schon verkauft seien?

Ende November taute es endlich, aus der Eisbahn wurde wieder ein Sumpf, der beim nächsten Frost die Wagenspuren zu messerscharfen Hindernissen werden ließ. Ab und zu fror auch die Garagentür zu, so daß Rolf sein Auto über Nacht im Freien stehenlassen mußte und am nächsten Morgen fluchend Schnee und Eis von der Karosserie kratzte, während wir anderen mit einer antiquierten Petroleumfunzel die Garagentür wieder auftauten.

Ich hatte inzwischen auch die letzten Reste von Begeisterung für das Landleben verloren! Es gab zwar keine Insekten mehr um diese Jahreszeit – wenn man von den Spinnen absieht, die das ganze Jahr über aus allen möglichen Winkeln in das Haus krochen –, aber unser Wohnzimmer konnten wir immer noch nicht benutzen. Jetzt war es zu kalt! Offensichtlich waren die Fenster nicht richtig abgedichtet, denn obwohl wir rollenweise die garantiert schützenden Klebestreifen verbrauchten, bildeten sich bei entsprechendem Wind kleine Schneeverwehungen auf den Fensterbrettern und anschließend muntere Rinnsale in Richtung Teppichboden. Ich stellte Gefäße auf, und manchmal hörten wir stundenlang ein vielstimmiges Kling-klingkling, wenn es in die Schüsseln tropfte. Bekanntlich kann man schon von *einem* tropfenden Wasserhahn wahnsinnig werden, die Wirkung von einem halben Dutzend ist noch viel durchgreifender. Ab und zu trat auch mal jemand versehentlich in ein Schüsselchen hinein, und schließlich räumte ich die Dinger wieder weg und ließ das Tauwasser auf den Boden tropfen. Das war nicht so laut, und *mein* Teppichbelag war es ja sowieso nicht.

Ich glaube, zu ungefähr dieser Zeit geschah es auch, daß ich Rolf zum erstenmal etwas von ›verwünschte Einöde‹ und ›wenn ich das vorher gewußt hätte‹ murmeln hörte. Ich bemühte mich redlich, das winzige Flämmchen der Unzufriedenheit zu schüren. Für mich stand ohnehin fest, daß ich keinen zweiten Winter in diesem Haus verbringen würde, am besten erst gar nicht einen zweiten Sommer. Ich hatte noch vom letzten genug! Trotzdem sehnte ich mich manchmal nach unserem Treibhaus zurück, das jetzt trotz voll aufgedrehter Heizkörper bestenfalls 16 Grad Innentemperatur aufwies und nur an Tagen mit Sonneneinstrahlung ohne winterfeste Kleidung zu bewohnen war. Manchmal genügte es sogar, wenn wir nur einen Pullover trugen, meistens brauchten wir aber zusätzlich noch eine Jacke.

Ich hatte mich bei der ersten Besichtigung des Hauses schon über den riesigen Öltank gewundert, der einen ganzen Keller ausfüllte und 10000 Liter faßte. Aber da in diesem Haus alles sehr groß bemessen war, mußte es der Tank zwangsläufig auch sein. Wir ließen bei unserem Einzug 3000 Liter Öl anfahren und hatten bis Mitte Oktober so gut wie nichts verbraucht. Dann drehten wir die Heizungen an, und nach drei Wochen zeigte der Ölstandmesser ein Absinken des Heizöls von ungefähr zweihundert Litern an; in den beiden darauffolgenden Wochen verbrauchten wir nur hundert Liter, und in der fünften Woche war der Ofen aus! Die rote Lampe signalisierte Brennerstörung, also wurde ein Heizungsmonteur alarmiert. Der kam, von der frierenden Familie herzlich begrüßt, sogar am Samstagvormittag und diagnostizierte Ölmangel.

»Aber es ist doch noch genügend im Tank«, protestierte ich.

Der Fachmann begehrte einen Zollstock, schob ihn in die Tanköffnung, zog ihn wieder heraus und hielt ihn mir vor die Nase.

»Sehen Sie selbst, das sind knapp vier Zentimeter, also ungefähr 300 Liter, und die werden nicht mehr angesaugt.«

»Aber der Ölstandmesser...«

»Der taugt nichts, kaufen Sie lieber einen vernünftigen!«

Mit diesen Worten wischte sich der Herr Monteur die Hände ab, packte seine Tasche zusammen, schrieb eine Rechnung über ›Kontrolle des Brenners‹ nebst Arbeitszeit und Kilometergeld aus und verschwand.

Rolf rief den Heizöllieferanten in Aufeld an. Der war über das Wochenende verreist. Rolf telefonierte in die Stadt, dort gab es zwei. Beim ersten meldete sich niemand, der zweite erklärte, er könne erst am Montag kommen. Rolf holte sich das Branchen-Telefonbuch und versuchte es in Heilbronn. Der dritte, den er erreichte, und den er unter Zusicherung ewiger Dankbarkeit, ständiger Kundentreue und künftiger Einbeziehung in das Nachtgebet zum sofortigen Kommen bewegen wollte, sagte zu und erschien tatsächlich am Sonntagmorgen. Wir waren inzwischen halb erfroren und vor dem Ableben nur durch Wenzel-Berta bewahrt worden. Sie war mit zwei altersschwachen Heizöfen angerückt, die wir stundenweise in den Zimmern verteilten. Die nächste Stromrechnung war dann auch entsprechend!

Die Heizölrechnung übrigens auch. Und es war längst nicht die letzte. Der angeblich geringe Ölverbrauch erwies sich sehr schnell als Illusion, die wir im wahrsten Sinne des Wortes teuer bezahlen mußten.

Weihnachten nahte, und damit die Zeit, in der ich regelmäßig an Auswanderung denke, möglichst in eine Gegend, wo es Winter und Weihnachten nicht gibt, beispielsweise Burma oder Thailand. Untrügliche Anzeichen der beginnenden Festlichkeiten sind neben den vermehrten Reklamesendungen (weshalb soll ich mir ausgerechnet zu Weihnachten ein 72teiliges Besteck mit Bambusgriffen zulegen?) die tannenzweigverzierten Einladungskarten zu irgendwelchen Weihnachtsfeiern. So ziemlich jede Firma, für die Rolf einmal tätig gewesen war, versicherte ihm schriftlich, daß sie sich freuen würde, ›Sie und Ihre Frau Gemahlin bei unserer kleinen Feier begrüßen zu können‹.

Einmal haben wir solch eine Feier besucht, zwei Stunden in einer ungemütlichen Betriebskantine herumgesessen, während dunkelgekleidete Herren mit Wohlstandsbäuchen gegenseitig ihre Verdienste lobten, hatten als Präsent einen Aschenbecher mit Firmenaufdruck in Empfang genommen und uns vor dem gemütlichen Teil der Veranstaltung gedrückt. Seitdem bin ich gegen Weihnachtsfeiern allergisch! Auch gegen solche, die in kleinem Kreis stattfinden, sehr förmlich beginnen und in weinseliger Verbrüderung enden.

Künftig teilten wir Einladungen in drei Kategorien ein: Erstens ›unwichtige‹, die sofort in den Papierkorb flogen; zweitens ›nicht ganz so wichtige‹, die mit einer gedruckten Karte und den üblichen konventionellen Floskeln beantwortet wurden; drittens ›wichtige‹, auf die wir mit einer formellen Entschuldigung wegen anderweitiger Verpflichtungen reagierten.

Viel sympathischer finde ich die Betriebe, die statt Einladungen Geschenke schicken. Als die Handelsbeziehungen zwischen der DDR und Westdeutschland umfangreicher wurden, hatten wir von drei verschiedenen Firmen original Dresdner Christstollen bekommen. In einem anderen Jahr schienen sich alle Unternehmer verschworen zu haben, ihren Mitarbeitern Likörflaschen zu schenken. Dann wieder waren es Zimmerpflanzen oder Tischfeuerzeuge (wir besitzen nunmehr sieben Stück, fünf davon sind kaputt!). Einmal bekamen wir sogar einen kleinen Elektrobohrer, sinnigerweise von einer Firma, die Fischkonserven herstellt.

Ich weiß nicht, wer die Behauptung aufgestellt hat, die vorweihnachtlichen Wochen seien die geeignete Zeit zur Besinnung. Besinnung worauf? Wem man noch unbedingt ein Päckchen schicken muß? Oder daß man in diesem Jahr nicht wieder vergessen darf, Tante Elisabeth zu gratulieren? (Warum muß sie auch ausgerechnet am 25. Dezember Geburtstag haben?)

Für mich bestehen die Adventswochen nur aus hektischer Betriebsamkeit, und obwohl ich jedes Jahr in der Silvesternacht heilige Eide leiste, das nächste Mal meine vorweihnachtliche Aktivität auf ein Mindestmaß zu beschränken, wird die Plätzchenproduktion jedesmal wieder in vollem Umfang aufgenommen, werden Kuchen gebacken, die kein Mensch ißt, werden Unmengen von Lebensmitteln gekauft, die teilweise zu Ostern noch in der Kühltruhe liegen, werden Geschenke besorgt, die viel zu teuer sind, und entgegen aller guten Vorsätze artet das Weihnachtsfest wieder in einer Freßorgie aus!

Einziger Lichtblick in dieser anstrengenden Zeit ist die Ankunft von Omi. Omi ist Rolfs Mutter und das Ideal einer Schwiegermutter. Sie mischt sich niemals in familiäre Streitigkeiten ein, sie bemängelt weder meine Erziehungsmethoden noch meine manchmal sehr unorthodoxe Haushaltsführung, und sie akzeptiert meine Vorliebe für Hosen mit der gleichen Toleranz, die sie auch für meine gelegentlichen Temperamentsausbrüche aufbringt. Noch niemals habe ich von ihr den Satz gehört, für den ältere Damen berüchtigt sind: »Zu meiner Zeit hätte es *das* nicht gegeben!«

Dabei stammt sie aus den berühmten höheren Kreisen, hat das in ihrer Jugendzeit obligatorische Schweizer Pensionat besucht und bis zur standesgemäßen Heirat mit einem herzoglich-braunschweigischen Staatsbeamten alle Künste erlernt, die man als Dame von Stand beherrschen mußte. In späteren Jahren hat sie dann zwar sehr unstandesgemäß Kartoffeln vom Feld geklaut und mit dem Leiterwagen heimlich organisierte Kohle durch die Straßen gekarrt, aber – wie mir glaubhaft versichert worden ist – niemals ohne Hut auf dem Kopf, weil eine Dame ohne Hut eben nicht korrekt gekleidet ist. Im übrigen raucht sie, liebt Kriminalromane und Platten von Louis Armstrong. Gelegentliche Anzüglichkeiten ihres Sohnes wischt sie mit einem Achselzucken beiseite.

»Filterzigaretten gab es damals noch gar nicht, und von Armstrong hatte noch kein Mensch etwas gehört. Wir mußten auf dem Klavier Brahms und Haydn üben, dabei fand ich die schon immer ziemlich langweilig!«

Omi erscheint meist immer schon zwei Wochen vor Weihnachten und übernimmt stillschweigend die Haushaltsführung, »damit du auch mal ein bißchen Zeit für dich hast!« Wenn ich aufstehe, ist das Frühstück fertig, und Omi hat schon – bereits vollständig angekleidet und frisiert – die Jungs auf Trab gebracht. Die morgendliche Kaffeestunde ist ein Genuß und keine nebensächliche Notwendigkeit mehr, und sogar Sascha erscheint ein paar Wochen lang unaufgefordert mit sauberen Händen am Tisch, seit ihm seine Großmutter einmal statt eines Sets einen Bogen Zeitungspapier unter seinen Teller gelegt hatte mit der Begründung, er würde sonst die Tischdecke schmutzig machen.

Am meisten freue ich mich darüber, daß ich nicht mehr zu kochen brauche! Ich habe es zwar inzwischen gelernt, aber ich kann nicht behaupten, daß ich es sehr gern tue. Mir macht es Spaß, gelegentlich etwas ganz Neues auszuprobieren oder für ein paar gute Freunde etwas zusammenzubrutzeln, aber diese tägliche Verpflichtung, mittags etwas Eßbares auf den Tisch stellen zu müssen, hängt mir manchmal zum Halse heraus. Sascha mag keinen Auflauf, Steffi lehnt alles ab, was Tomaten enthält, Rolf ißt ungern Kartoffeln, und Sven streikt, wenn es Hülsenfrüchte gibt. Und die Zwillinge – damals allerdings noch auf Fertignahrung programmiert – essen keinen Kohl! Jeder Küchenchef würde solche Gäste hinauswerfen, *ich* soll sie alle zufriedenstellen.

Deshalb ärgere ich mich auch immer, wenn im Fernsehen irgendwelche Berühmtheiten interviewt werden und größtenteils behaupten, leidenschaftlich gern zu kochen. Etwas später sieht man sie im Nachmittagskleid mit Tändelschürzchen, wie sie – des Farbeffekts wegen – eine rote Paprikaschote zerschneiden oder Petersilie von den Stengeln zupfen. Die Küche ist makellos sauber und aufgeräumt, auf dem leeren Tisch steht ein großer Blumenstrauß, auf dem Abtropfbrett ein gefüllter Obstkorb, und während die Berühmtheit zwei ohnehin saubere Kaffeetassen unter fließendem Wasser abspült, versichert sie lächelnd, daß sie natürlich auch den ganzen Abwasch erledigt. Dann präsentiert sie das inzwischen fertige Gericht, meist eine sehr farbenfreudige Komposition mit ausländischem Namen, legt die Petersilie an den Plattenrand und meint mit bedauerndem Blick in die Kamera: »Leider habe ich viel zu selten Zeit zum Kochen!«

Omi dagegen kocht wirklich gern. Darüber hinaus ist sie froh, endlich wieder einmal mit größeren Mengen hantieren zu können, denn ›für mich allein lohnt sich die ganze Kocherei ja gar nicht, manchmal esse ich drei Tage lang das gleiche‹. Außerdem berücksichtigt sie auch die ausgefallensten Menüvorschläge und hat Sven tatsächlich einmal den gewünschten Milchreis mit Schokoladensoße serviert.

Das Telegramm ›Ankomme Freitag Heilbronn 17 Uhr‹ löste also helle Begeisterung aus. Sven beschloß, nach der Schule zum Friseur zu gehen, denn wenn Omi auch seine verwaschenen Jeans und die ausgeleierten T-shirts stillschweigend akzeptiert, so hatte sie seine wallende Lockenpracht schon immer bemängelt. »Du siehst aus wie ein Indianer!« hatte sie ihrem Enkel erklärt, »aber wie ein degenerierter!« Sven hatte sich das Wort übersetzen lassen, aber es schien ihn damals nicht sehr beeindruckt zu haben.

Trotzdem stand er am Ankunftstag mit wesentlich kürzeren Haaren als üblich und in seiner zweitbesten Hose auf dem Bahnsteig, bewaffnet mit einem Blumenstrauß und Pfefferminzplätzchen, Omis kalorienreichem Laster. Ich kurvte inzwischen in Bahnhofsnähe herum und suchte einen Parkplatz. Natürlich gab es keinen, also blieb ich mit laufendem Motor im Halteverbot stehen und hoffte nur, daß der Zug keine Verspätung haben würde. Er hatte keine, und bald erschien eine strahlende Omi mit einem riesigen Paket im Arm und neuem Hütchen auf dem Kopf, eskortiert von dem paketbeladenen Sven und einem Gepäckträger, der zwei Koffer schleppte.

»Ich hätte die Geschenke ja auch hier kaufen können«, entschuldigte sie sich, als wir die Koffer und Schachteln endlich untergebracht hatten, »aber in Braunschweig weiß ich, wo ich das Richtige bekomme, und das meiste habe ich sowieso schon im Oktober besorgt, da kann man noch in Ruhe aussuchen!«

Typisch Omi. Einmal hatte sie im Winterschlußverkauf einen herrlichen Kaschmirpullover erstanden, den sie mir elf Monate später unter den Weihnachtsbaum legte. »So etwas wird nie unmodern!«

Die Mitteilung, daß Rolf sie leider nicht hatte abholen können, weil er wieder mal seine Grippe pflegte, nahm sie mit Gleichmut auf. »Kuriert er sich mit Cognac oder Rum?«

Im Gegensatz zu vielen Müttern einziger Söhne sieht Omi in ihrem Abkömmling keineswegs die Krone der Schöpfung, die auf einen Denkmalsockel gehört und von weniger vollkommenen Menschen bewundert werden muß. Sie betrachtet Rolf vielmehr als das, was er wirklich ist: Ein liebenswerter Durchschnittsmann mit vielen guten Eigenschaften und mindestens ebenso vielen Fehlern.

Deshalb musterte sie ihren Einzigen auch ziemlich mitleidlos und schnitt seine gekrächzten Begrüßungsworte kurzerhand ab.

»Wenn du krank bist, gehörst du ins Bett. Wenn du dich nicht ins Bett legen willst, bist du auch nicht krank. Also zieh diesen albernen Fummel aus (gemeint war der Hausmantel) und komm in einem normalen Aufzug wieder!«

Rolf verschwand tatsächlich, flüsterte mir aber vorher noch zu: »Man kommt sich in ihrer Gegenwart immer wie ein Schuljunge vor!«

Übrigens hätte er gar nicht zu flüstern brauchen. Omi hat nämlich ein Leiden, das sie zwar ziemlich erfolgreich kaschiert, aber Verwandte und Freunde wissen natürlich Bescheid. Omi ist schwerhörig und benutzt ein Hörgerät. Dieses ist sehr geschickt in dem Bügel einer modischen Brille verborgen und wird von Batterien gespeist, die in regelmäßigen Abständen ausgewechselt werden müssen. Omi selbst merkt in den seltensten Fällen, wenn ihre Batterie schwächer wird, aber uns fällt ihre zunehmende Schweigsamkeit natürlich auf, und Sascha pflegt in derartigen Fällen mit dem ihm eigenen Takt loszubrüllen: »Omi, dein Hilfsmotor pfeift auf dem letzten Loch!«

Immer dann, wenn Omi ihre fest terminierte Rückreise plötzlich vorzuverlegen wünscht, wissen wir genau, daß ihr mitgebrachter Batterievorrat zur Neige geht. Aber ebenso regelmäßig händigt sie Rolf schließlich mit unwirscher Miene das Rezept aus, mit dem er Nachschub besorgen kann. »Sei nicht so empfindlich, Mutter, Schwerhörigkeit ist doch keine Schande.«

»Ein besonderer Vorzug aber auch nicht!«

Mit Omis Ankunft kehrte allmählich ein bißchen Ruhe in unseren quirligen Haushalt ein, und sogar unser Nachwuchs besann sich auf die ihm früher einmal eingetrichterten Umgangsformen. Sven brachte seine Wünsche wieder in Form einer Bitte vor und nicht mehr im sonst üblichen Befehlston, Sascha strich vorübergehend die Kraftausdrücke aus seinem Vokabular, und Stefanie begehrte plötzlich, Kleider zu tragen. »Omi sagt immer Max zu mir!«

Omi überwachte unermüdlich die Gehversuche der Zwillinge, Omi las Steffi zum 37. Mal das Märchen von den sieben Geißlein vor, Omi bewunderte mit sichtlichem Interesse Svens zoologische Experimente und ließ sich willig den Unterschied zwischen einem Fliegen- und einem Wespenauge erklären. Omi entfernte stillschweigend Tintenflecke aus Saschas Pullovern und festgeklebte Kaugummis aus seinen Hosentaschen, Omi bedauerte mit verständnisvoller Miene ihren total überarbeiteten Sohn, entzog ihm den Whisky und empfahl ihm statt dessen, lieber vor Mitternacht ins Bett zu gehen. Für mich hatte sie auch einen guten Rat: »Fahr doch mal zwei oder drei Wochen lang weg und laß deine Familie allein zurechtkommen. Du wirst dich wundern, wie zuvorkommend du nach deiner Rückkehr behandelt wirst.«

Ich hatte ein bißchen Angst gehabt vor der ersten Begegnung zwischen Omi und Wenzel-Berta, denn zwei verschiedenere Charaktere als die beiden konnte man sich gar nicht denken. Wenzel-Berta, die niemals ein Blatt vor den Mund nahm und ungeniert ihre Meinung äußerte, und Omi, die bei aller Toleranz und ungekünstelter Liebenswürdigkeit doch sehr distinguiert ist und immer eine gewisse Distanz wahrt. Als ich die beiden aber bei einem fachmännischen Disput über Strickmuster erwischte, wußte ich, daß das Eis gebrochen war.

Wenzel-Berta erklärte mir dann auch bei der ersten Gelegenheit: »Ihre Schwiegermutter, das ist 'ne hochfeine Frau.« Und Omi kam zu einem ähnlichen Resultat: »Du weißt gar nicht, was du an Frau Wenzel hast, solche Perlen gibt es doch heute gar nicht mehr.«

Das wußte ich recht gut, und ich hatte mir schon seit Tagen den Kopf zerbrochen, womit ich ihr zu Weihnachten eine Freude machen könnte. Rolf war der Meinung, ein Geldschein sei das Beste. Ich war dagegen. Omi auch.

»Ihr könnt Frau Wenzel nicht so unpersönlich abspeisen, außerdem braucht sie das Geld gar nicht. Schenkt ihr ein kleines Schmuckstück, dann fühlt sie sich nicht als Dienstbote behandelt und hat gleichzeitig ein Andenken an euch.« Omis Vorschlag fand allgemeine Zustimmung, und ich besorgte eine kleine goldene Anstecknadel. Wenzel-Berta zerfloß förmlich vor Rührung.

»Ne, so was Schönes aber auch. Und ganz echt! Nu kann ich endlich das bunte Ding wegschmeißen, was mir meine Schwägerin zur Silberhochzeit geschenkt hat, weil das hat mir nie gefallen, und drei lila Steine fehlen auch schon.«

Omi übernahm auch die restliche Weihnachtsbäckerei. Meine Kenntnisse reichten damals gerade für die Fabrikation von Haferflockenplätzchen und ›Ausstecherles‹, das heißt, ich durfte den Teig vorbereiten, den Rest besorgten die Kinder. Anfangs benutzten sie die dafür vorgesehenen Formen, später bauten sie aus einzelnen Teigstücken fantasievolle Gebilde zusammen, die sie als Schlitten oder Schornsteinfeger deklarierten, und die sich in den seltensten Fällen zusammenhängend vom Blech lösen ließen. Zum Schluß klebten alle Schränke vom Zuckerguß, Mehlspuren zogen sich bis in die hintersten Zimmer, und überall trat man auf Mandeln oder Schokoladenstreusel.

Omi warf deshalb kurzerhand alle Unbeteiligten hinaus, erklärte die Küche zum Sperrgebiet und fabrizierte Köstlichkeiten, die auch noch genauso aussahen wie die Abbildungen in den Kochbüchern. Zum Leidwesen der Zaungäste verschwanden die ganzen Sachen in Blechbüchsen, die Omi jeden Tag an einer anderen Stelle versteckte, so daß die Suchtrupps niemals fündig wurden.

Während die Vorbereitungen für ein nahrhaftes Weihnachtsfest beinahe abgeschlossen waren, focht ich mit Rolf den sich alljährlich wiederholenden Streit um die Geschenke für die Kinder aus. Er ist der Meinung, Weihnachten sei das Fest der Einzelhändler, und er sähe keinen Grund, sich dem allgemeinen Kaufzwang zu unterwerfen. Sein größtes Weihnachtsgeschenk sei einmal eine Dampfmaschine gewesen, und mit der habe er jahrelang gespielt.

»Dann kauf doch eine! Die billigste kostet 89 Mark.«

»Ich bin doch nicht blöd. *Du* würdest das natürlich machen, obwohl du genau weißt, daß Sascha das Ding in drei Tagen kaputtkriegen würde!«

»Immer ich! Wer hat ihm denn letztes Jahr das ferngesteuerte Auto gekauft, das nicht einmal bis Silvester gehalten hat?«

Als wir schließlich das Stadium erreicht hatten, in dem gewöhnlich die Türen knallen, mischte sich Omi ein.

»Warum fahrt ihr nicht zusammen nach Stuttgart und seht euch dort um? Ihr könnt dann an Ort und Stelle weiterstreiten und braucht nicht vorher eure Kräfte zu vergeuden.«

Der Geschenkrummel endete dann auch genauso wie im vergangenen Jahr und in den Jahren davor: Rolf hätte am liebsten die ganzen Spielwarenläden leergekauft, ohne Rücksicht auf Stefanies Abneigung gegen Puppen und Svens Desinteresse an mechanischen Dingen. Als wir kurz vor Geschäftsschluß das letzte Paket im Wagen verstaut hatten, ging der Kofferraumdeckel nicht mehr zu und mußte mit einem Bindfaden verschlossen werden.

Die Feiertage konnten beginnen!

Vorher erwartete uns allerdings noch ein großes kulturelles Ereignis: Die vierte Grundschulklasse in Aufeld plante die Aufführung eines weihnachtlichen Krippenspiels. Die Vorstellung sollte im Gemeindesaal stattfinden, der Eintrittspreis war auf eine Mark pro Person festgesetzt, und um einen entsprechend großen Zuschauerkreis zu garantieren, wirkten selbstverständlich sämtliche 32 Viertkläßler mit.

»Ich habe sogar eine Sprechrolle bekommen!« verkündete Sascha beim Mittagessen.

»Spielst du den Ochsen oder den Esel?« erkundigte sich Sven.

Sascha ignorierte die Beleidigung, weigerte sich allerdings, Einzelheiten über sein bevorstehendes Theaterdebüt mitzuteilen. Den Vorbereitungen nach mußte es sich aber um eine sehr bedeutende Rolle handeln, denn er fehlte bei keiner Probe, und ich durfte ihn zweimal wöchentlich nachmittags nach Aufeld fahren. Manchmal lud ich auch noch die anderen Mitglieder des Heidenberger Ensembles ins Auto, so daß Hannibal in allen Fugen krachte und ich tausend Ängste ausstand, wir könnten einer Verkehrsstreife begegnen.

Eines Tages entdeckte ich Sascha, wie er vor Rolfs geöffnetem Kleiderschrank stand und den Inhalt kritisch musterte.

»Wir brauchen noch Mäntel und Hüte«, erklärte er und zerrte den Popelinemantel vom Bügel.

»Du weißt genau, daß Papi keine Hüte besitzt, und den Mantel hängst du schleunigst zurück. Vor zweitausend Jahren hat man so etwas noch nicht getragen.«

»Aber wenn man ein ganz kleines bißchen Dreck drüberstreut, kann man ihn bestimmt als Hirtenmantel nehmen!« Sascha war absolut nicht davon zu überzeugen, daß Achselklappen und Lederknöpfe nicht ins frühchristliche Zeitalter passen.

»Hast du dann wenigstens ein Nachthemd für Maria?«

»Maria war eine arme Frau und hat keine Perlonhemden getragen. Außerdem hatte sie ein Kleid an. Glaube ich wenigstens«, fügte ich vorsichtshalber hinzu. Meine Bibelkenntnisse sind nicht sehr zuverlässig.

»Sie bekommt ja auch noch eine blaue Übergardine als Umhang, aber irgendwas braucht sie noch für drunter.«

Das Problem wurde dann irgendwie anderweitig gelöst, denn mein Schrank blieb von weiteren Durchsuchungen verschont.

Unnötig, zu erwähnen, daß Saschas Berufswünsche eine neue Richtung bekamen und er sein künftiges Heil nunmehr auf der Bühne sah. »Ich gehe nicht aufs Gymnasium, ich bleibe auf der Hauptschule, dann bin ich mit 14 Jahren fertig und kann Schauspieler werden. Ich werde mindestens so berühmt wie Pierre Brice!«

Ein blonder Winnetou wäre wirklich mal etwas Neues!

Jedenfalls beherrschte Sascha bald den gesamten Text des Krippenspiels und hätte bei dem plötzlichen Ausfall eines Mitspielers jeden beliebigen Part übernehmen können, einschließlich den der Maria. Aber wir wußten noch immer nicht, welche Rolle er nun eigentlich spielte.

»Das soll eine Überraschung werden!«

Endlich war der vierte Adventssonntag da, endlich war das Mittagessen vorbei, und Sascha trieb mich zur Eile an.

»Wir haben um drei Generalprobe!«

»Na und? Du hast noch anderthalb Stunden Zeit.«

»Aber wir müssen uns doch umziehen und schminken und Stühle aufstellen und . . .«

»Schon gut, ich bringe dich rüber!«

Vor der Tür des Gemeindehauses verabschiedete er sich hastig. »Fahr ruhig wieder nach Hause, wir werden nachher von Herrn Kroiher abgeholt.«

Um sechs Uhr war er wieder da, schlang etwas Eßbares in sich hinein, griff sich noch ein paar Äpfel und trabte wieder los. Vorher hatte er uns aber noch ermahnt, nicht zu spät zu kommen, es würde sicher voll werden. »Wir dürfen bloß zwei Plätze reservieren, und ihr wollt doch alle kommen. Also beeilt euch!«

Rolf hatte schon den ganzen Tag nach einer plausiblen Ausrede gesucht, um sich vor dem Theaterbesuch drücken zu können. Zwar hatte er mit viel Liebe und Zeitaufwand die Einladungen entworfen und drucken lassen, aber nach seiner Ansicht hatte er damit genug getan. Seine Anwesenheit bei der Aufführung hielt er für völlig unnötig. Und als Sascha ihm auch noch erzählte, daß eine offizielle Danksagung vor versammeltem Publikum geplant war, hätten ihn keine zehn Pferde mehr in den Gemeindesaal gebracht. So war er heilfroh, als Wenzel-Berta sich erkundigte, ob wir sie mitnehmen könnten. »Aber wenn Se wen für die Mädchen zum Aufpassen brauchen, bleibe ich da, weil im Fernsehen kommt ja auch was Schönes.«

Rolf beteuerte wortreich, daß er gerne als Babysitter zu Hause bleiben würde. Außerdem hätte er noch zu arbeiten. (Haha, *die* Arbeit kenne ich! Ruhestellung auf der Couch, rechts einen Teller mit Weihnachtsgebäck, links ein Glas Wein, Plattenspieler mit Gershwin-Melodien in Reichweite, und auf dem Tisch die noch nicht gelesenen Zeitungen der vergangenen Woche!)

Trotzdem würde Sascha mit vier Claqueuren rechnen können, denn Omi wollte sich die Bühnenpremiere ihres Enkels natürlich auch nicht entgehen lassen und hatte sogar die noch gar nicht ganz verbrauchte

Batterie in ihrem Hörapparat ausgewechselt. Sven stolzierte bereits im Sonntagsstaat herum und fühlte sich sehr unbehaglich, aber Sascha hatte uns festliche Kleidung vorgeschrieben. »Und komm bloß nicht wieder in Hosen!« hatte er mich nachdrücklich ermahnt.

So stand ich also vor dem Kleiderschrank und überlegte, welches Kleid dem feierlichen Anlaß wohl angemessen sei. Ich entschied mich für das schwarze Kostüm, das mir immer einen so seriösen Anstrich verleiht und deshalb offiziellen Gelegenheiten vorbehalten ist wie Beerdigungen und privaten Unterredungen mit Lehrern. Omi kam in Silbergrau, und Wenzel-Berta erschien in dunkelblauem Taft. Wir sahen alle sehr feierlich aus!

Der Gemeindesaal war schon ziemlich voll, total überheizt und stockdunkel. Lediglich der Weihnachtsbaum im Vorraum spendete zaghaftes Kerzenlicht und beleuchtete zwei Herren in schwarzen Anzügen, die am Sicherungskasten herumwerkelten. Die zusätzlich montierten Scheinwerfer hatten das Stromnetz zusammenbrechen lassen. Zum Glück befanden sich die beiden ansässigen Elektriker schon unter den Zuschauern, und nach einer halben Stunde brannten zumindest die Scheinwerfer wieder. Die Saalbeleuchtung hatte man vorsichtshalber abgeschaltet.

Links von der Bühne stand ein zweiter Weihnachtsbaum, rechts davon hatte man die vier Oleanderbäume aufgestellt, die sonst bei Hochzeiten das Kirchenportal schmücken. Die Feuerwehrkapelle schmetterte Marschmusik, aber als es wieder hell wurde und die Noten endlich zu erkennen waren, gingen die Musiker zu Weihnachtsliedern über.

Sascha hatte kurzerhand vier Plätze in Beschlag genommen – zwei davon standen eigentlich Olivers Angehörigen zu, aber die kamen ohnehin nicht –, und Herr Dankwart geleitete uns persönlich zur dritten Reihe, nachdem er bedauernd zur Kenntnis genommen hatte, daß Rolf wegen des unverhofften Besuchs eines Geschäftsfreundes leider hatte zu Haus bleiben müssen.

Die Kapelle schwieg noch. Im Gänsemarsch erschienen dann weißgekleidete Mädchen mit Blockflöten, angeführt von Fräulein Priesnitz, die ein Akkordeon schleppte. Man formierte sich im Halbkreis, dann wurde ›Vom Himmel hoch . . .‹ intoniert. Danach betrat ein himmelblau gekleideter Engel die Bühne, knickste und begann ein Weihnachtsgedicht. Nach der dritten Zeile stockte der Engel, blickte hilfesuchend zu Fräulein Priesnitz, bekam gezischte Regieanweisungen und begann noch einmal von vorne. Diesmal klappte es bis zur fünften Zeile, dann verhaspelte sich der Engel wieder, schniefte ganz unengelhaft und rannte schluchzend hinter den Vorhang. Die Damenkapelle flötete noch einmal etwas Weihnachtliches und marschierte wieder ab.

Nun erschien Herr Dankwart, begrüßte die zahlreich Versammelten, bedankte sich bei den vielen ungenannten Helfern, die in verschiedenster Weise zum Gelingen des Abends beigetragen hatten (Rolf hätte ruhig mitkommen können!), und gab die Bühne frei.

Das Krippenspiel begann mit dem Einzug von Maria und Josef in Bethlehem und endete mit dem angekündigten Kindermord und der Flucht der Heiligen Familie. Herr Dankwart hatte den Text selber geschrieben, und zwar in Versform. Eine Prosafassung wäre vielleicht besser gewesen, dann hätten einige Mitwirkende sicher ihren Part nicht so eintönig heruntergeleiert.

Aber die Begeisterung, mit der die Schauspieler agierten, machte gelegentliche Holperreime wett.

Das Stück war bereits zur Hälfte vorbei, und wir warteten immer noch auf Saschas Auftritt. Sven vermutete seinen Bruder in dem wattebärtigen Oberhirten, aber der war mindestens 15 cm größer als Sascha. Wenzel-Berta tippte auf den ›Schwarzen von die Könige‹, aber das war unzweifelhaft Oliver, den erkannte ich an seiner teuren Armbanduhr.

»Da kommt doch gleich noch ein Verkündigungsengel«, flüsterte die bibelfeste Omi, »vielleicht ist er das!«

»Die Engel werden alle von Mädchen gespielt«, flüsterte ich zurück.

Jetzt war das Stück fast zu Ende, und noch immer hatte ich meinen Sohn nicht entdeckt. Eigentlich konnte es nur einer der Hirten sein. Aber Sascha hatte uns versichert, er habe eine Sprechrolle, und die meisten Hirten waren stumm. Es sprachen nur drei, und die in unverfälschtem Schwäbisch.

Maria und Josef bereiteten schon ihre Flucht vor, der Esel in Gestalt eines grauverhangenen Schaukelpferdes wurde hereingeführt, das Jesuskind quäkte unprogrammgemäß ›Mama‹, als es in die Puppentragetasche gelegt wurde, und begleitet von den Abschiedsrufen der neun Personen ›Volk von Bethlehem‹ verließ die Heilige Familie die Bühne. Das Volk blieb zurück, sah sich hilfesuchend an, blickte in die Kulisse, räusperte sich, wartete. Plötzlich Radau hinter der Bühne, ein schwerer Gegenstand krachte gegen eine unsichtbare Tür, Füßescharren, dann Saschas unverwechselbare helle Kinderstimme: »Machet auf! Machet auf! Oder ihr seid des Todes!« Aufatmend antwortete das Volk: »Das sind Soldaten des Herodes!«

Und dann fiel der Vorhang!

Ich sehe noch heute die vorwurfsvollen Blicke der Umsitzenden, als ich mitten in den Beifallssturm hinein zu lachen anfing, aber ich konnte einfach nicht anders! *Das* also war Saschas Theaterdebüt und seine Sprechrolle, die er vier Wochen lang geübt und die seine ständige Anwesenheit bei den Proben erforderlich gemacht hatte.

Unseren späteren Neckereien begegnete der künftige Bühnenstar mit stoischem Gleichmut: »Die Rolle war wichtig! Man mußte eine laute Stimme haben, und den Krach habe ich doch auch noch gemacht. Schließlich war ich ja eine ganze Legion Soldaten!«

Rolf wollte sich in diesem Jahr einen Kindheitswunsch erfüllen: Einen fünf Meter hohen Weihnachtsbaum! Unsere Behausung ließ das Aufstellen eines derartigen Riesengewächses zwar zu, die Frage war nur, woher bekommt man eine so hohe Tanne? Der Christbaumverkauf in Heidenberg hatte bereits stattgefunden – am letzten Freitag zwischen 14 und 16 Uhr –, das dort vorhandene Angebot meinen Gatten jedoch nicht befriedigen können. Dafür entwickelte er eine für diese Jahreszeit ungewohnte Vorliebe für Waldspaziergänge, die mit Beendigung der Pilzzeit aufgehört hatten und normalerweise erst im kommenden Herbst wieder beginnen würden. Statt Korb und Küchenmesser nahm er aber jetzt einen Zollstock mit. Mir schwante Fürchterliches! Zu Roseggers Zeiten mag es ja noch üblich gewesen sein, das Christbäumchen selbst im Walde zu schlagen, heutzutage nennt man so etwas Waldfrevel oder sogar Diebstahl, aber bisher war Rolf bei der Polizei noch nicht aktenkundig. Meine Bitten, doch an Frau und Kinder zu denken und nicht auch noch eine kriminelle Laufbahn einzuschlagen, ignorierte er.

»Glaubst du denn wirklich, da rennt nachts der Förster herum und macht Jagd auf mögliche Christbaumdiebe? Schlimmstenfalls begegne ich jemandem, der auch einen Baum klaut!«

Die Schande, unseren Ernährer zu Weihnachten im Gefängnis besuchen zu müssen, blieb uns erspart. Zwei Stunden, nachdem er mit seinem zehnjährigen Komplizen sowie Schlitten, Säge, 50 Meter Bindfaden und einer Taschenflasche mit flüssigem Proviant verschwunden war, tauchte er gegen Mitternacht wieder auf. Gemeinsam wuchteten wir den Riesenbaum auf die Terrasse. Dann behandelten wir die zerkratzten Hände und Arme mit Hautcreme.

Am nächsten Morgen wickelten wir das Prachtstück aus seiner Bindfadenumhüllung, stellten es probeweise ins Wohnzimmer und hatten zum erstenmal den Eindruck eines ausreichend möblierten Raumes. Unsere Wohnzimmermöbel, die sonst immer ziemlich zusammengepfercht gestanden hatten, verloren sich hier, obwohl wir sie schon mit meterhohen Topfgewächsen, kleinen Regalen, Bodenvasen und ähnlichen Gegenständen ergänzt hatten. Letzte Errungenschaft war ein ehemals grüner Überseekoffer, den ich in tagelanger Handarbeit weiß lackiert und mit einem roten Sitzkissen versehen hatte. Er wurde uns in kurzer Zeit unentbehrlich, weil wir bei plötzlichen Überfällen unangemeldeter Besucher alles hineinstopfen konnten, was herumlag. Seine Aufnahmefähigkeit war unbegrenzt, er schluckte von Spielzeugautos über Bügelwäsche bis zu angeknabberten Mäusekeksen und unbezahlten Rechnungen nahezu alles. Jetzt mußten wir ihn aber sogar zur Seite rücken, damit der Weihnachtsbaum Platz hatte.

Omi betrachtete das Mammutgewächs nachdenklich

vom Fuß bis zur dreigeteilten Spitze und meinte dann: »Hoffentlich habt ihr genug Christbaumschmuck.«

»In diesem Jahr nehmen wir nur Kerzen, Silberkugeln und Lametta«, ordnete Rolf an, »der Zirkusaufputz wird nicht wieder hingehängt!« Darunter verstand er die meterlangen Buntpapierketten und Strohsterne, die noch aus Svens und Saschas Kindergartenzeit stammten und auf deren Wunsch jedes Jahr wieder verwendet werden mußten. Früher hatten wir auch Wachskerzen benutzt, aber seitdem Sascha im zarten Alter von 15 Monaten unseren damaligen Weihnachtsbaum umgeworfen und beinahe einen Zimmerbrand verursacht hatte, waren wir zu elektrischer Beleuchtung übergegangen. Jetzt waren die Zwillinge in dem gefährlichen Alter, und außerdem hatte ich die letzte Prämie für die Hausratversicherung noch nicht bezahlt.

»Auf jeden Fall brauchen wir noch mindestens eine Lichterkette, am besten zwei«, erklärte Sven, der schon die Weihnachtskiste inspiziert hatte. »Von den silbernen Kugeln haben wir noch sieben ganze und zwei mit Löchern an der Seite, die anderen sind alle bunt. Das Lametta reicht auch nicht.«

Rolf holte also seinen bereits zur weihnachtlichen Ruhe gebetteten Wagen wieder aus der Garage und fuhr los – Christtagsfreude holen!

Sven und Sascha versuchten inzwischen, den Baum in den dafür bestimmten Ständer zu pressen, gaben das hoffnungslose Unternehmen aber bald auf. »In das Ding kriegen wir den nie!« kapitulierte Sven und betrachtete resigniert den erst im vergangenen Jahr gekauften Ständer, »der Stamm ist viel zu dick.«

»Abhacken!« schlug Sascha vor.

»Ist doch Blödsinn, dann kippt er ja gleich um!«

Das Problem wurde bis zu Rolfs Rückkehr vertagt. Die Knaben begaben sich statt dessen zum Schneeschippen.

Mittlerweile hatten wir in den Schneeräumdienst ein gewisses System gebracht. War die Straße morgens wieder einmal zentimeterhoch zugeschneit, dann schaufelten sich die Knaben einen Durchgang bis zum Schulbus-Sammelplatz. Die Schneeschieber deponierten sie bei Wenzel-Berta, die auf ihrem Weg zu uns den Trampelpfad etwas verbreiterte. Rolf schippte die Garage frei, und irgendwann am Vormittag erledigte der Schneepflug den Rest. Rolfs Überredungskunst in Verbindung mit einem entsprechenden Trinkgeld hatte den beamteten Schneepflugfahrer davon überzeugt, daß ein kleiner Abstecher in unsere Zufahrtsstraße den vorgeschriebenen Zeitplan nicht nennenswert durcheinanderbringen würde. Wenn es im Laufe des Tages noch weiterschneite, dann rückte am Nachmittag die Dorfjugend an, die nicht nur begeistert Schnee schaufelte, sondern darüber hinaus sogar ihr eigenes Werkzeug mitbrachte.

Ich kochte dann literweise Kakao, den ich in einen Eimer goß und in den Hausflur schleppte, wo ich ihn mit einer Suppenkelle in Pappbecher füllte und an die Straßenkehrer verteilte. Dabei fühlte ich mich in meine früheste Jugend versetzt, als ich im Rahmen der Kinderlandverschickung in die Tschechoslowakei evakuiert worden war, tagelang auf der Bahn gelegen hatte und bei jedem längeren Aufenthalt von Rot-Kreuz-Schwestern mit einer kakaoähnlichen Flüssigkeit gelabt worden war. Dieses Gebräu wurde mit einer Blechkelle in ein Kochgeschirr gekippt und schmeckte gräßlich. Jahre später bekamen wir die sogenannte Schulspeisung, die ebenfalls mit Blechkelle aus eimerähnlichen

Gefäßen verteilt wurde. Seitdem habe ich eine Abneigung gegen Blechgeschirr und Blechbesteck.

Heiligabend war da! Er begann sehr irdisch mit einer zünftigen Prügelei zwischen den Jungs, weil Sven seinen Bruder verdächtigte, er habe das Weihnachtsgeschenk für seinen Freund Sebastian beschädigt. Es handelte sich hierbei um ein sorgfältig präpariertes Exemplar der Gattung Lepidopteren, Unterart Cecropia-Spinner (allgemein verständlich ausgedrückt: ein Schmetterling). Selbigen hatte Sven in Gießharz eingebettet, und nun fehlte eine Ecke. Saschas Unschuldsbeteuerungen waren bis in den ersten Stock zu hören, die folgende handgreifliche Auseinandersetzung ebenfalls. Es war gerade sechs Uhr, draußen goß es in Strömen, und ich dachte wieder einmal an Burma oder Thailand.

Nach dem Frühstück verschwand Omi in der Küche, lehnte meine Mithilfe ab und erklärte mir, ich hätte vermutlich etwas anderes zu tun als Karpfen zu schuppen. Aber wenn mir gar nichts Besseres einfiele, könne ich den Zwillingen Weihnachtslieder vorsingen. Die hätten sowieso noch kein Musikverständnis, denn ihr doppelstimmiges Geschrei ließe bisher noch jede Klangreinheit vermissen.

Also begab ich mich zu den Mäusen und anschließend auf die Terrasse, wo Rolf mit Beil und Zollstock hantierte und die Aufgabe zu lösen versuchte, einen 16 cm dicken Stamm in eine 7 cm breite Öffnung zu quetschen. Er hackte verbissen den Stamm auf den erforderlichen Umfang zurück, und dann trat genau das ein, was Sven schon gestern prophezeit hatte: Der Baum kippte gemächlich zur Seite und flog gegen die Scheibe.

»Ich glaube, wir müssen das Ding irgendwo eingipsen«, meinte der Verfechter meterhoher Weihnachtsbäume.

»Und wo kriegen wir jetzt Gips her?«

»Das weiß ich auch noch nicht.«

Bis zum Mittagessen hatten wir das Problem noch immer nicht gelöst. Sven meinte zwar, man könnte ja einen Haken in die Decke bohren und die Baumspitze daran festbinden, aber erstens hatten wir keinen passenden Haken, und außerdem ›wie soll denn das aussehen?‹

»Kann man statt Gips nicht auch Zement nehmen?« fragte Omi.

Das war die Lösung! Sascha, der dank seiner Kontaktfreudigkeit inzwischen fast alle Dorfbewohner kannte und am ehesten herauskriegen würde, wo man jetzt noch Zement auftreiben konnte, wurde in Marsch gesetzt. Nach einer Stunde schob er keuchend eine Kinderschubkarre den Berg herauf, beladen mit einem viertel Sack Zement.

»Schönen Gruß von Herrn Brozinski und frohe Feiertage, und so was Depperts hat er noch nicht gehört, daß man Weihnachtsbäume einzementiert.«

Rolf legte das halbe Wohnzimmer mit Zeitungen aus und erklärte, er müsse die notwendigen Arbeiten hier drin ausführen, weil man den Baum samt seinem Sokkel später bestimmt nicht mehr bewegen könne.

»Wie kriegen wir ihn dann wieder raus?« wollte Sven wissen.

»Darüber zerbrechen wir uns den Kopf im nächsten Jahr.«

Omi äußerte die Befürchtung, das tragische Schicksal ihres Urgroßvaters, der im Irrenhaus gestorben war, könne sich jetzt bei ihrem Sohn wiederholen. »Erbkrankheiten überspringen doch immer mehrere Generationen?!«

Es war halb drei, als Sven die Frage aufwarf, in welchem Gefäß denn eigentlich der Zement angerührt werden sollte. Ich brachte einen Plastikeimer an.

»Viel zu klein«, lehnte Rolf ab, »geh doch mal zu Wenzels, vielleicht haben die was Passendes.«

Wenzel-Berta füllte gerade die Weihnachtsgans und verwies mich an ihren Mann. Der hörte sich kopfschüttelnd meine Geschichte an und wandte sich an den Bundeswehr-Sepp. Sepp wußte Rat.

»Nehmen Sie ein Bierfaß, ich besorge Ihnen schnell eins.« Bei seinen engen Beziehungen zu Häberles Tochter würde ihm das nicht schwerfallen. Er half auch noch bei der Zubereitung des Zementbreis und bei dem anschließenden Einpflanzen der Tanne.

»Ein paar Stunden wird es aber dauern, bis das Zeug fest geworden ist und der Baum allein steht.«

»Soll ich den etwa so lange halten?« protestierte ich. Mein Arm war schon ganz lahm.

»Wir binden ihn an!« entschied Rolf, schlug ein paar Nägel in die Wand, wickelte Bindfaden um den Stamm und verankerte ihn. Jetzt stand das Prachtstück endlich, exakt fünf Meter hoch, wunderbar gewachsen und so schön nackt! Übrigens war es mittlerweile fünf Uhr. In früheren Jahren hatte um diese Zeit immer die Bescherung angefangen!

»Steckt wenigstens die Kerzen auf und hängt die Kugeln hin, das Lametta können wir morgen immer noch aufhängen«, drängte Omi, »ihr werdet doch sonst überhaupt nicht mehr fertig. Außerdem müssen wir noch irgendwie dieses profane Bierfaß kaschieren.«

Ich holte eine Weihnachtsdecke, von denen ich dank der Vorliebe meiner Großmutter für Kreuzsticharbeiten genügend besitze, und wickelte sie um die Tonne.

»Sieht scheußlich aus!«

Ich entfernte die bunte Decke und holte eine weiße. Jetzt sah die Tonne aus wie eine Kesselpauke! Omi befestigte mit Sicherheitsnadeln ein paar Tannenzweige und erklärte die Dekoration für abgeschlossen.

Rolf hatte inzwischen die drei Lichterketten auf die Zweige gewurstelt. Jede Kette hatte einen Stecker, doch Steckdosen gab es in Weihnachtsbaumnähe überhaupt nicht. Also suchten wir im ganzen Haus Verlängerungskabel zusammen, die sich später wie Bandwürmer durch das Wohnzimmer schlängelten. Die Beleuchtungsprobe klappte auf Anhieb, wenn auch manche Kerzen sehr hell flammten, während andere nur spärlich glimmten. Offenbar hatte man Rolf verschiedene Wattstärken angedreht.

Der stand schon auf der Leiter und versuchte, Kugeln an die oberen Zweige zu hängen. Trotz 1,78 m Körpergröße zuzüglich Armlänge klappte das nicht so recht. Sven brachte einen Besen. Die erste Kugel wurde über den Stiel gehängt und an den vorgesehenen Ast gebracht. Dann fiel sie runter und zersprang. Der zweiten erging es ebenso. Jetzt hatten wir noch 36, einschließlich der beiden mit Loch. Sven brachte Hammer und Nägel. Rolf schlug in den Besenstiel einen Nagel von Bleistiftlänge, daran befestigte er die dritte Kugel. Die blieb dann auch tatsächlich hängen. Am Nagel!

Jetzt platzte mir endgültig der Kragen! Und als in fast allen Häusern Heidenbergs Weihnachtslieder gesungen und Geschenke ausgepackt wurden, tobte bei uns ein sehr unchristlicher Familienkrach. Er endete damit, daß ich den nächstbesten Gegenstand auf den Fußboden schmiß, die Tür hinter mir zuknallte und ins Schlafzimmer floh, wo ich mich heulend aufs Bett warf.

Eine Stunde später erschien Omi, festlich gekleidet, in einer Hand eine Tasse Kaffee, in der anderen einen großzügig bemessenen Cognac. »An deiner Stelle wäre ich schon heute mittag explodiert«, meinte sie und flößte mir den Cognac ein, »und ich hätte die Vase nicht auf den Boden, sondern garantiert Rolf an den Kopf geworfen. Du weißt ja, ich mische mich sonst nie in eure Streitigkeiten, aber diesmal stehe ich voll auf deiner Seite. Trotzdem mußt du auch an die Kinder denken. Die Jungs ziehen sich jetzt um, Steffi hat schon den ersten Fleck im neuen Kleid und ist gerade dabei, sich den Magen zu verderben. Die Zwillinge schlafen noch. Mach dich in Ruhe fertig, um acht fangen wir mit der Bescherung an.«

Es wurde doch noch ein schönes Weihnachtsfest, obwohl bis zum Dreikönigstag am Baum kein einziger Lamettafaden hing, und er ziemlich unfertig aussah. Rolf meinte denn auch versöhnlich: »Ich glaube, das nächste Mal nehmen wir ihn wieder eine Nummer kleiner!«

Die Feiertage standen ganz im Zeichen wechselnder Besucherscharen, hauptsächlich minderjähriger. Sebastian erschien als einer der ersten, nahm dankend seinen Schmetterling entgegen und revanchierte sich mit einer einbalsamierten Termite. Weiß der Kuckuck, wo er die aufgetrieben hatte, und was ihn bewogen haben mochte, die Leiche auch noch dunkelrot einzufärben. Sven konnte im letzten Augenblick verhindern, daß Stefanie sich das Vieh als vermeintliches Gummibärchen in den Mund schob.

Oliver kam in Begleitung seines Vaters, der mir einen Nelkenstrauß überreichte und sich für die häufige Betreuung seines Sohnes bedankte. »Ich weiß ja selbst, daß ich mich viel zuwenig um ihn kümmern kann, aber schließlich schufte ich ja nur für ihn. Er soll doch später einmal die Bar übernehmen.« (Oliver studiert inzwischen im zweiten Semester Chemie!)

Es kamen Gerhard und Kinta und Rita und Peter-Michael und noch ein paar andere, deren Namen ich nicht mehr weiß, aber die meisten blieben im unteren Stockwerk und tauchten nur auf, um die ihnen aufgetragenen Grüße loszuwerden und Nachschub an Weihnachtsgebäck zu holen.

Ich hing inzwischen an der Telefonstrippe, nahm Festtagsgrüße entgegen und bedeutungsvolle Neuigkeiten wie etwa die Tatsache, daß ›Manfred, der Schuft, mir doch nicht die Persianerjacke geschenkt hat‹, oder daß ›die Helga tatsächlich mit ihrem Freund zusammen in den Winterurlaub gefahren ist‹. Ein Herr erkundigte sich, ob er übermorgen die Wäsche abholen könne, und ließ sich nur schwer davon überzeugen, daß er falsch verbunden war. Dann klingelte es wieder an der Haustür, und als ich Frau Kroiher samt den hausgemachten Würsten nach oben gebeten hatte (»ha no, i will aber net stören«), bimmelte erneut das Telefon, und Regina fragte, ob ich schon aufgestanden sei!

Omi stand in der Küche und stopfte Äpfel in die Weihnachtsgans, eine Tätigkeit, die von guten Ratschlägen ihres Sohnes begleitet wurde. Er meinte unter anderem, man könnte zur Abwechslung den Vogel auch mal mit Maronen füllen (wir hatten überhaupt keine!), außerdem müßten Thymiankräuter in die Füllung, und wenn man eine Rundnadel benützen würde, könnte man die Gans viel besser zunähen. Omi ließ sich aber nicht stören, antwortete nicht und hantierte ungerührt weiter.

Als ich den ewigen Besserwisser endlich aus der Küche hinausgeworfen hatte, erklärte ich meiner Schwiegermutter: »Ich glaube, an deiner Stelle hätte ich Rolf schon längst eine Bratpfanne auf den Kopf gehauen!«

»Aber weshalb denn? Du glaubst doch wohl nicht im Ernst, daß ich ihm zugehört habe? Ich habe schon vor einer halben Stunde mein Hörgerät abgeschaltet!«

Kurz nach Neujahr reiste Omi ab, versprach aber, uns diesmal auch Ostern zu besuchen. Ein paar Tage lang hielten die Nachwehen ihres segensreichen Einflusses noch an, dann vergaß Sascha wieder, sich die Hände zu waschen, und Stefanie verbannte alle Kleider in die hinterste Schrankecke. Und als Rolf am nächsten Sonntag wieder unrasiert und im Bademantel am Frühstückstisch erschien, wußte ich: Der Alltag hatte uns wieder!

12

Ende Januar feierten wir Svens Geburtstag. Der Knabe war nunmehr elf Jahre alt, fühlte sich fast erwachsen und begehrte die seinem fortgeschrittenen Alter angemessenen Vergünstigungen. Darunter verstand er längeres Aufbleiben am Abend sowie die Befreiung von einigen niederen Diensten, wie Entleeren des Mülleimers oder gelegentliches Abtrocknen. Seine Wünsche lösten erbitterten Protest bei Sascha aus, der sich ohnehin ständig benachteiligt fühlte. »Immer sagst du, ihr beiden Großen deckt den Tisch, oder ihr Kleinen räumt das Mäusezimmer auf, und jedesmal bin ich dabei!«

Nun hat Sascha die Arbeit ohnehin nicht erfunden und läßt keine Gelegenheit aus, ihm übertragene Aufgaben auf andere abzuwälzen. Darüber hinaus besitzt er einen ausgeprägten Erwerbssinn, wobei er sorgfältig darauf achtet, daß der zu erwartende Gewinn möglichst hoch, die zu leistende Vorarbeit dafür aber möglichst gering sein muß.

Ich erinnere mich noch an eine Begebenheit, die ein paar Jahre zurückliegt. Wir hatten damals gerade den vierten oder fünften Umzug hinter uns und fingen an, den zum Haus gehörenden Sturzacker in einen Garten zu verwandeln. Vorher mußten wir allerdings Tausende von Steinchen absammeln, unter denen wir die Gartenerde vermuteten.

»Für jeden vollen Eimer, den ihr abliefert, gibt es fünfzig Pfennige.« So versuchte Rolf seinen Söhnen diese Sisyphusarbeit schmackhaft zu machen. Sven, der gerade ein halbes Jahr zur Schule ging, bemühte sich vergeblich, den zu erhoffenden Verdienst in Eisportionen umzurechnen, gab diesen Versuch aber schließlich auf und versicherte seinem Bruder: »Es wird schon reichen.« Worauf die beiden einträchtig in den ›Garten‹ trotteten.

Fünf Minuten später – Sascha hatte kaum den Boden seines Eimers bedeckt – verschwand er mit dem Hinweis: »Ich komme gleich wieder.« Er kam auch tatsächlich und hatte ein halbes Dutzend Freunde aus dem Kindergarten im Gefolge. Mit dem Versprechen, ihnen eine großartige Kasperlevorstellung zu geben, trieb er seine Hilfskräfte zur Arbeit an, versorgte sie zwecks Hebung der Arbeitsmoral freigebig mit Sprudel, den er aus dem Keller heraufschleppte, und zwischendurch besorgte er sich die Utensilien für seinen Bühnenauftritt. Mit Holzlöffel und Kochtopfdeckel bewaffnet zog er auf den Balkon, baute sein Kasperletheater auf und veranlaßte durch diese Vorbereitungen seine Hilfstruppe zu Rekordleistungen. Nach einer guten halben Stunde standen drei Eimer, bis zum Rand mit Steinen gefüllt, auf der Terrasse.

Nun kam Saschas großer Auftritt: Mit viel Geschrei, Deckelgeklapper und fernsehreifen Prügelszenen schlug das Kasperle reihenweise Räuber, Schutzmann, Hexe und in Ermangelung weiterer Bösewichte auch noch König und Prinzessin in die Flucht.

»Nun reicht's! Jetzt könnt ihr wieder gehen!« verabschiedete mein Sohn seine Mitarbeiter, um anschließend seinem Vater mitzuteilen, daß er ihm drei Fünfziger schulde.

Die Karnevalszeit – hierzulande Fasching genannt – treibt im Schwäbischen manchmal absonderliche Blüten. So hatten wir vor Jahren zusammen mit Freunden einen Faschingsball in Stuttgart besucht, waren gemäß den rheinischen Gepflogenheiten kostümiert aufgekreuzt und kamen uns nach kurzer Zeit einigermaßen deplaciert vor. Die übrigen Gäste trugen ausnahmslos Abendkleid und Smoking und wickelten sich zu vorgeschrittener Stunde allenfalls ein paar Luftschlangen um den Hals. Das Ganze erinnerte mich an den Abschlußball einer Tanzschule und nahm mir die Lust an ähnlichen Veranstaltungen.

Ich bin ohnehin kein Freund programmierter Fröhlichkeit, und meine Resonanz auf Wenzel-Bertas blumenreiche Schilderungen vergangener Heidenberger Faschingsbälle muß wohl ziemlich lauwarm gewesen sein. Aber es gab mir doch einen Stich, als sie ihren Bericht mit den Worten beendete:

»Sie sollten da wirklich mal hingehen, weil die Leute sagen schon, Sie sind zu fein für so was!«

Es stimmte zwar, daß wir weder das Winzerfest besucht noch an der Jubiläumsfeier des Schützenvereins teilgenommen hatten, aber schließlich besaßen wir keinen Weinberg, und geschossen habe ich höchstens mal auf Jahrmärkten – und auch dort meistens daneben! Ich wäre gar nicht auf den Gedanken gekommen, daß man unsere Abwesenheit nicht nur registriert, sondern quasi als Beleidigung empfunden haben könnte. Außerdem hatten beide Veranstaltungen in Aufeld stattgefunden, und wenn ich überhaupt irgendwelche lokalpatriotische Gefühle hatte, dann natürlich für Heidenberg! Damals wußte ich aber noch nicht, daß Frau Häberle vom Heidenberger ›Löwen‹ mit Herrn Flammer vom Aufelder ›Hahn‹ aus kommerziellen Gründen ein Abkommen getroffen hatte, wonach Festlichkeiten größeren Umfangs abwechselnd in Aufeld und Heidenberg stattzufinden haben. Es war also durchaus nichts Ungewöhnliches, wenn die Aufelder Feuerwehr ihren Jahresausflug in Heidenberg beendete, während der Heidenberger Landfrauenverband sein Kaffeekränzchen in Aufeld abhielt. Der alljährliche Faschingsball spielte sich allerdings immer in Heidenberg ab. Für das leibliche Wohl der Ballbesucher sorgten Frau Häberle und Herr Flammer gemeinsam; sie konkurrierten allenfalls beim Vollschenken der Biergläser. Die von Frau Häberle liefen immer über!

Sascha hatte uns schon Wunderdinge von den Vorbereitungen erzählt, die seit Tagen in vollem Gange waren. Wenn man ihn hörte, konnte man wirklich glauben, die künstlerische Ausgestaltung der Ballsäle läge allein in seinen Händen. In Wahrheit hatte sich seine Mitwirkung auf gelegentliches Zureichen eines Hammers beschränkt sowie auf die Konsumierung alkoholfreier Getränke, die man den Dekorateuren der Festräume zur Verfügung gestellt hatte.

Erwartungsgemäß handelte ich mir bei Rolf erst einmal einen Korb ein.

»Soll ich mich mit den Dorfhonoratioren über Kälberzucht und Kunstdünger unterhalten? Oder das gräßliche Weib von dem Schrezenmeier über den Tanzboden zerren? Nein, danke! Geh doch allein hin, wenn du unbedingt willst, schließlich ist Fasching!«

Nach zwei Tagen stellte er seine eventuelle Begleitung in Aussicht, nach zwei weiteren sicherte er sie zu. Wenzel-Berta hatte ihn mürbe gemacht.

»Aber ein Kostüm ziehe ich nicht an!« wagte er einen letzten Protest, »oder soll ich mich vielleicht als Eunuch verkleiden?«

Der diesjährige Faschingsball stand unter dem Motto ›Orientalische Nacht‹, was immer man sich auch darunter vorzustellen hatte. Ich bezweifelte zwar, daß auch nur ein einziger Heidenberger Bürger bis dato den Orient in natura gesehen hatte – ich natürlich auch nicht, Fernostreisen waren damals noch nicht ›in‹ –, aber man hatte ja als Kind die Märchen aus Tausendundeiner Nacht gelesen. Außerdem rauschte Königin Sirikit durch den deutschen Illustriertenwald und Soraya und Farah Diba und der emigrierte Dalai Lama. Und da regelmäßig donnerstags der Lieferwagen des Lesezirkels in Heidenberg hielt und der Fahrer jedesmal fast eine Stunde brauchte, um die ausgelesenen Mappen einzusammeln und die neuen zu verteilen, konnte man sicher sein, daß die meisten Einwohner über die modischen Eigenheiten orientalischer Gewänder im Bilde waren. Ich hatte zwar keine große Lust, mich zu kostümieren, beugte mich aber Wenzel-Bertas Diktat.

»Sie können da nich so mit ohne was kommen«, erklärte sie. »Haben Sie nich ein altes Nachthemd? Weil da kann man eine Bauchtänzerin draus machen.«

»Bauchtänzerinnen heißen so, weil sie ihren Bauch zeigen und ihn nicht unter einem Nachthemd verstekken«, belehrte ich sie.

»Na, denn geh'n Se eben als Haremsdame oder so!«

Nun besaß ich tatsächlich ein Nachthemd, das Wenzel-Bertas Vorstellungen entsprechen könnte. Es war bodenlang, bestand aus einem spitzenähnlichen Produkt der heimischen Kunstfaserindustrie und kratzte ganz jämmerlich. Ich hatte es nur einmal ein paar Stunden lang getragen, weil ich kurz nach Mitternacht das Gefühl gehabt hatte, einen Flohzirkus in meinem Bett zu beherbergen. Als ich Großmütterchens Geburtstagsgeschenk in die Ecke geworfen und statt dessen einen Schlafanzug angezogen hatte, waren die Flöhe plötzlich verschwunden.

Wenzel-Berta war begeistert. »Nu müssen Se aber

noch was für drunter haben, weil wenn Se so kommen, dann werden alle Frauen wild von wegen der Moral und wegen ihre Männer!«

Ich hatte wirklich nicht die Absicht, die moralische Festigkeit der männlichen Ballbesucher auf die Probe zu stellen. Es fand sich auch sogar noch ein ausrangiertes Unterkleid, und als ich mich probehalber hineingezwängt hatte, würde mich jeder Scheich wegen mangelnder weiblicher Reize sofort aus seinem Harem verstoßen haben. Einen Schleier zur Verhüllung der unpassenden Kurzhaarfrisur sowie eine Art Tüllgardine fürs Gesicht stiftete Wenzel-Berta; eine Bekannte lieh mir ein halbes Kilo Messingschmuck mit gläsernen Edelsteinen.

Jetzt fehlten nur noch Schuhe. Eigentlich besaß ich nur ein einziges Paar, das zu diesem Aufzug gepaßt hätte, aber das hatte zehn Zentimeter hohe Absätze und war lediglich für Opern- oder Theaterbesuche geeignet, weil man da sitzen kann. Also suchte ich meine alten Turnschuhe aus dem Schrank, pinselte sie mit Silberbronze an und verlebte zum erstenmal eine Ballnacht ohne schmerzende Füße!

Als ich mich an dem bedeutungsvollen Abend gegen sieben Uhr ins Bad zurückgezogen hatte, um mich mit Hilfe von brauner Schminke, falschen Wimpern und Goldstaub von der simplen Hausfrau in einen orientalischen Vamp zu verwandeln, hörte ich Rolf nebenan im Schlafzimmer herumkramen. Schließlich steckte er den Kopf durch die Tür.

»Haben wir ein weißes Frotteehandtuch?«

»Keine Ahnung, ich glaube, die haben alle bunte Ränder. Was willst du überhaupt damit?«

»Würde die Odaliske die Begleitung eines Scheichs akzeptieren?«

Die Odaliske wischte sich die Wimperntusche von den Fingern, holte eine große Serviette, stülpte sie dem Scheich aufs Haupt, fummelte aus der Bademantelkordel den notwendigen Kopfschmuck, komplettierte den ganzen Aufzug mit einer Sonnenbrille, bürstete den Goldstaub aus dem dunklen Anzug und stellte nach genauer Prüfung fest, daß der Scheich große Ähnlichkeit mit einem verkleideten englischen Börsenmakler hatte. Es fehlte nicht nur der Wohlstandsbauch, den Ölscheichs gemeinhin haben, es fehlte auch noch irgend etwas anderes! Der Bart!

Alle mir bekannten Scheichs trugen Bärte, sie müssen wohl so eine Art Stammesabzeichen sein.

»Wo soll ich denn jetzt einen Bart herkriegen?«

Sascha wußte es. »Der Günther hat einen. Der geht nämlich übermorgen als Räuber Hotzenplotz.«

Sven musterte mich von Kopf bis Fuß. »Eigentlich könntest du immer so rumlaufen, siehst prima aus. Beinahe wie eine balinesische Tänzerin. Ich habe neulich mal so welche im Fernsehen gesehen. Allerdings waren die viel jünger«, fügte er mit der brutalen Ehrlichkeit Heranwachsender hinzu.

Sascha kam mit dem Bart. Der war ungefähr einen halben Meter lang und kaputt. Rolf schnippelte ihn auf modische Länge zurück, sicherte dem entsetzten Sascha den umgehenden Ankauf eines neuen zu und klebte sich das Gestrüpp ans Kinn.

»Mensch, du siehst aus wie Ibn Saud!« Sven staunte.

»Ich hätte nichts dagegen, wenn ich auch sein Geld besäße«, erklärte Rolf, hüllte mich in den völlig unpassenden Wollmantel (zum Ankauf eines standesgemäßen Nerzes hatte ich ihn nicht bewegen können) und schob mich zur Tür hinaus.

»Stürzen wir uns ins Vergnügen – hoffentlich wird's eins!«

Die Festsäle befanden sich in den Gewölben des ausrangierten Weinkellers, in dem die Winzer ihre Fässer lagerten, als sie den Wein noch selbst kelterten. Seit Jahren wurden die Trauben aber zur Genossenschaftskelterei gebracht, wo sie alle in einen Topf kamen, geheimnisvollen Prozeduren unterworfen wurden und Monate später, inzwischen auf Flaschen gezogen, als ›Heidenberger Sonnenhalde‹ in den einschlägigen Geschäften der näheren Umgebung zu kaufen waren.

Nun war der Weinkeller verwaist, diente Spinnen und einzelnen Fledermäusen als Unterkunft und gelegentlich auch Ausflüglern, wenn Frau Häberle an besonders heißen Tagen ein paar Tische und Bänke dort aufstellte, was die schwitzenden Wandervögel als besonders wohltuend empfanden.

Schon von weitem hörten wir die Musik. Sie klang haargenau nach Feuerwehrkapelle, obwohl uns Sascha erzählt hatte, es sei sogar eine ›richtige Combo aus Heilbronn‹ engagiert worden. Es war dann auch wirklich eine Feuerwehrkapelle (die Combo machte gerade Pause), die auf einem kleinen Podest im ersten Keller saß und einen bekannten Tango im Foxtrott-Rhythmus spielte. Nachdem Rolf sechs Mark gezahlt und zwei Eintrittskarten in Empfang genommen hatte – sie trugen die Jahreszahl 1961 und berechtigten laut Aufdruck zum Besuch einer Nachmittagsvorstellung –, quetschten wir uns an der Theke entlang durch den Saal und drangen in den zweiten Keller vor. Ein bemaltes Schild wies ihn als ›Serail‹ aus. Die Dekorateure hatten sich bemüht, die meterhohen Gewölbe optisch zu verkleinern, und zu diesem Zweck meterweise Kreppapier als

Zwischendecken eingezogen. Dazwischen hingen ein paar Lampions ohne Kerzen, die kahlen Steinwände hatte man mit Papierschlangen kaschiert, und beleuchtet wurde die ganze Szenerie von Scheinwerfern, die in allen vier Ecken montiert waren und zur Decke strahlten.

Der dritte Keller trug die Bezeichnung ›Piratenschenke‹. Bekanntlich waren die klassischen Piraten ein lichtscheues Gesindel (die modernen nennt man Finanzbeamte und etabliert sie in hellen Räumen), und entsprechend war auch die Beleuchtung. Auf jedem Tisch stand eine Kerze, die geheimnisvolle Schatten an die nackten Wände warf. Nur die Sektbar verfügte über ein paar zusätzliche Lichtquellen. Abbildungen mittelalterlicher Feuerwaffen hingen da und dort herum, und künstlich geschaffene Nischen unterstrichen die Katakomben-Atmosphäre. Bevölkert wurde die Piratenschenke vorwiegend von Liebespärchen, die sich in dem Halbdunkel ziemlich sicher fühlten und im übrigen gar nicht kriegerisch aussahen.

Die Prominenz sowie der überwiegende Teil aller Ballbesucher saß im mittleren Keller. Der war auch am größten und bis zum letzten Winkel mit Tischen und Stühlen vollgestopft. Aus einer Ecke winkte uns jemand zu: Wenzel-Berta. Sie trug etwas Langes aus violettem Chiffon (es stellte nach ihren eigenen Angaben ›Scheresade‹ [Scheherazade] dar), und forderte den neben ihr sitzenden Seeräuber ausdrücklich auf: »Eugen, nu räum mal den Schleier und das Brotmesser von die Stühle!«

Eugen entfernte den Tüll, steckte sich sein Enterbeil in den Gürtel, und während wir uns zu den Plätzen durchkämpften, erklärte Wenzel-Berta: »Wir hab'n uns schon gedacht, daß Sie später kommen, und was freigehalten, weil nu is ja schon alles voll!«

Rolf hatte mich auf dem Weg hierher ausdrücklich ermahnt, nach Möglichkeit jeden Tanzpartner zu akzeptieren und keine Körbe auszuteilen, denn auf ländlichen Festen würde so etwas als persönliche Beleidigung empfunden. So stand ich auch gehorsam auf, als ein Riese in roten Pluderhosen, die behaarte Brust nur notdürftig durch eine Art Bolerojäckchen verdeckt, sich artig vor mir verbeugte und mich in das Getümmel auf der Tanzfläche zog. Der Riese wurde später abgelöst von einem Zuchthäusler in gestreiftem Pyjama mit schwarzgepinselter Rückennummer. Dann kamen ein Pirat und noch ein Pirat, dann ein Indianer, den es auf rätselhafte Weise in den Orient verschlagen haben mußte, dann etwas Unbestimmbares in weißem Nachthemd, und dann erschien endlich mein Scheich und erlöste mich. Er entführte mich in die Piratenschenke und dort an die Sektbar.

»Du siehst schon ein bißchen abgenutzt aus«, meinte er lachend und musterte mich vom verrutschten Schleier bis zu den Tennisschuhen, die nur noch spärliche Reste der Silberbronze aufwiesen. »Hoffentlich amüsierst du dich gut!«

»Aber sicher! Ich habe bereits viermal erzählt, wo ich herkomme, sechsmal bestätigt, daß Heidenberg ein ganz entzückender Ort ist, und zweimal die Aufforderung abgelehnt, ein bißchen frische Luft zu schnappen.«

Die Feuerwehrkapelle hatte sich inzwischen an die Theke verzogen und trank Bier. Den verwaisten Platz nahm das Bartrio ein, und plötzlich strömten alle jugendlichen Gäste der Piratenschenke auf die Tanzfläche. Das war doch wenigstens Musik. Und danach konnte man auch tanzen! Irgend jemand soll einmal behauptet haben, Erfinder der modernen Tänze sei der Teenager einer vielköpfigen Familie gewesen, die nur eine Toilette hatte. An der Geschichte muß etwas Wahres sein!

Als wir an unseren Tisch zurückkamen, war Eugen verschwunden. ›Scheresade‹ hielt die Stellung. Rolf entdeckte plötzlich seinen Pilzfreund, verschwand ebenfalls und überließ uns beide unserem Schicksal. Während wir das Durcheinander auf der Tanzfläche beobachteten, klärte mich Wenzel-Berta über die anwesende Prominenz auf.

»Der Dicke neben dem Bürgermeister seiner Frau is'n Abgeordneter vom Landtag. Der kommt immer zum Fasching her und tut leutselig mit seine Wähler. Die Hellblaue neben ihm kenne ich nich, muß wohl seine Frau sein. Früher hatte er immer 'ne Jüngere mit, war sicher die Freundin. Da drüben an dem runden Tisch, das ist der Frau Häberle ihr Bruder. Die reden schon seit zehn Jahren nich mehr zusammen, weil der Bruder hat eine aus Stuttgart geheiratet, wo er doch schon mit der Häberle ihre beste Freundin so gut wie verlobt war. Mit ihre Schwägerin spricht die Frau Häberle ja auch nich, dabei wohnen die bloß drei Häuser auseinander.«

In diesem Stil ging es so lange weiter, bis Rolf mich wieder zum Tanzen holte. Er schien unter nervösen Zuckungen zu leiden, seine Mundwinkel verzogen sich ständig.

»Der Bart kitzelt so!«

Meine Tüllgardine hatte ich auch schon als ziemlich lästig empfunden, denn jedesmal, wenn ich etwas trinken wollte, mußte ich erst den Druckknopf aufmachen. Schließlich kam sie auch noch in nähere Berührung mit einem Senftopf, und ich warf sie weg. Mein Scheich hatte nichts dagegen, sein Oberlippenbart war nun auch schon demontiert.

So gegen Mitternacht verspürte ich das Bedürfnis, die sanitären Anlagen des Etablissements aufzusuchen. Ich erkundigte mich bei Wenzel-Berta, wo diese Örtlichkeiten wohl zu finden seien.

»Haben Se nich die beiden Bauwagen draußen neben dem Eingang gesehen? Einer is für Damen und einer für Herren. Aber geh'n Se da lieber nich rein, weil das stinkt, und sauber isses auch nich!« Sie drückte mir ihren Hausschlüssel in die Hand und meinte: »Is ja bloß ein paar Schritte bis zu uns, und da haben Se noch'n Spiegel und Wasser für zum Händewaschen.«

Bei Wenzels brannte Licht. Ich schloß vorsichtig die Haustür auf, bereit, mich sofort wieder zurückzuziehen, falls ich den verschwundenen Eugen mit einer orientalischen Schönen vorfinden sollte. Es war aber bloß der Bundeswehr-Sepp. Er reparierte seine Augenklappe und trank nebenbei Kaffee.

»Ich dachte immer, Piraten trinken bloß Rum?«

»Das täte ich auch lieber, aber ich muß morgen früh zurück in die Kaserne und versuche jetzt, langsam nüchtern zu werden.«

Nachdem ich mich etwas restauriert hatte, bekam ich auch einen Kaffee und hatte dann überhaupt keine Lust mehr, mich noch einmal in das Getümmel zu stürzen.

»Ich kann doch Ihrem Mann sagen, daß Sie schon nach Hause gegangen sind.«

»Um Himmels willen, der denkt am Ende, ich bin mit einem Dorfschönen getürmt.«

»Das dürfte Ihnen schwerfallen, die Hälfte ist doch jetzt schon blau, der Rest in spätestens einer halben Stunde. Ist jedes Jahr das gleiche!«

Sepp hatte seine Augenklappe wieder zusammengeklebt und aufgesetzt, und gemeinsam stiefelten wir zurück. Auf halbem Weg begegneten uns zwei schwankende Gestalten, die eine dritte in einer Schubkarre vor sich herschoben. Beim Näherkommen erkannte ich in der Schnapsleiche unseren Briefträger.

Die Festsäle hatten sich inzwischen schon ziemlich geleert, aber ›Scheresade‹ thronte noch immer auf ihrem Platz und gab Eugen, der mit seinem Kopf halb im Bierglas hing, jedesmal einen Rippenstoß, bevor er ganz hineintauchte.

Ich entdeckte meinen jetzt völlig bartlosen Scheich am Stammtisch, wo er mit dem Bürgermeister und dem Landtagsabgeordneten seine durch keinerlei Kenntnisse getrübten Ansichten über die Herstellung von Bauernbrot erörterte. Als ich Rolf schon beinahe weggelotst hatte, drückte mir der Bürgermeister plötzlich die Hand und versicherte in schönstem Honoratioren-Schwäbisch: »Ihr Herr Gatte ischt eine wäsentliche Bereicherung für die Gemeinde!«

(Die Bezeichnung ›Frau Gattin‹ hatte ich schon öfter gehört, aber ›Herr Gatte‹ war mir neu.)

Mein Scheich wollte vor dem Nachhausegehen noch ein Glas Sekt trinken. Die Sektbar hatte schon zu.

»Dann trinken wir eben noch ein Viertele!« Er steuerte die Theke an, wo bereits die halbe Feuerwehrkapelle hockte und Ännchen von Tharau sang. Die restlichen Musiker packten ihre Instrumente ein, nur der Trompeter stand mitten auf der Tanzfläche und blies schließlich hingebungsvoll den Mitternachts-Blues. Jeder fünfte Ton war falsch! Wenzel-Berta, das Chiffon-Violette hochgeschürzt, steuerte quer durch den Saal, Richtung Ausgang, Eugen im Zickzackkurs hinterher. Frau Kroiher, stimmgewaltiges Mitglied des Aufelder

Kirchenchores, fühlte sich plötzlich zur Solistin berufen und sang Wanderlieder.

Als Rolf den Wunsch äußerte, jetzt Posaune spielen zu wollen, drängte ich zum Aufbruch. Mein Herr Gatte hatte keine Lust.

»Erst muß ich noch mit meinem Freund, dem Bürgermeister, Brüderschaft trinken!« verkündete er.

Der Bürgermeister war Gott sei Dank schon gegangen.

Plötzlich hatte der Scheich auch genug. »Ich gehe jetzt zu meinen Ölquellen«, erklärte er den erstaunten Feuerwehrleuten und begab sich zum Ausgang. Mich hatte er offenbar völlig vergessen.

Mein Herr und Gebieter schlief schon fest, als ich endlich die ganze Schminke aus dem Gesicht gewischt und die Überreste von Konfetti aus den Haaren gebürstet hatte.

Abschließend bliebe noch zu bemerken, daß auch die orientalische Nacht meine Abneigung gegen Faschingsveranstaltungen keineswegs verringert hat.

Das reichlich lädierte Nachthemd requirierte übrigens Stefanie. Sie schnitt kurzerhand einen halben Meter davon ab und verwendete den Rest je nach Bedarf als Brautrobe, Krönungsgewand oder als Taufkleid für ihre Teddybären.

13

Mir ist weder früher noch in den darauffolgenden Jahren ein Winter so lang erschienen wie dieser eine in Heidenberg. Während der Weihnachtstage hatte es zwar geregnet, aber kurze Zeit später kam ein neuer Kälteeinbruch mit starkem Schneefall, und meine freiwilligen Straßenkehrer stellten nach und nach ihr menschenfreundliches Werk ein. Kakao reichte als Belohnung nicht mehr aus, jetzt wollten sie Bares sehen. Ich zahlte notgedrungen Stunden- und manchmal auch Akkordlöhne und wartete auf Tauwetter. Als es endlich einsetzte, verwandelte sich unsere ›Straße‹ in ein munter plätscherndes Bächlein, denn nun taute auch die Schneedecke im Garten weg, und das ganze Schmelzwasser floß bergab. Wir legten meterlange Bretter aus, die Sascha von einer Baustelle organisiert hatte, und kamen uns vor wie die Einwohner Venedigs bei Hochwasser.

Neben der Haustür standen sieben Paar Gummistiefel, und wenn wir mit dem Auto in zivilisiertere Gebiete fuhren, schleppten wir in Plastiktüten normale Schuhe zum Wechseln mit. Manchmal vergaß ich die aber auch und marschierte dann mit zusammengebissenen Zähnen in kanariengelben Gummistiefeln durch Großstadtstraßen. Auf allen Heizkörpern im Haus hingen Hosen, Handschuhe, Pullover und Schals zum Trocknen, denn es war nahezu unmöglich, unseren glitschigen Hügel ohne Ausrutscher zu erklimmen, und immer schrie irgend jemand nach trockenen Sachen. Die Zwillinge – inzwischen recht flink auf den Beinen und wahre Frischluftfanatiker – mischten schon fröhlich mit und mußten an manchen Tagen bis zu sechsmal umgezogen werden.

Nein, also ich war vom Winter auf dem Lande restlos bedient und begrüßte den ersten Krokus, der zaghaft sein Köpfchen durch die dünne Schneedecke schob, mit einem wahren Freudengeheul. Am nächsten Tag war der Krokus verschwunden und die Schneedecke wieder dicker. Dabei hatten wir doch schon März, und jetzt hatte gefälligst der Frühling zu kommen!

Zunächst kam aber Tante Lotti. Ich glaube, in jeder Familie gibt es eine Tante Lotti, also eine ältere Dame ohne näheren Anhang, die mehr oder weniger regelmäßig die ihr noch verbliebene Verwandtschaft heimsucht. Sie will nur drei Tage bleiben, bleibt dann aber drei Wochen und ist oft erst durch unverblümte Anspielungen wieder zum Abreisen zu bewegen.

Unsere Tante Lotti gehört schon gar nicht mehr zur Verwandtschaft – ich glaube, sie ist eine Kusine meiner Großmutter –, aber aus mir nicht bekannten Gründen fühlt sie sich gerade zu meiner Familie besonders hingezogen. Rolf hatte sie mal geholt, als ich vor Jahren mit einer eitrigen Angina vierzehn Tage im Bett gelegen hatte und niemand da war, der Mann, Kinder und Haustiere versorgte. Und als er ihr zum Dank für das Samariterwerk einen Wochenendaufenthalt mit Vollpension in einer zum Hotel umfunktionierten alten Burg schenkte, erkor Tante Lotti ihn zu ihrem Lieblingsneffen. Allerdings mißbilligt sie seinen vermeintlichen Hang zum Alkohol und äußert mir gegenüber regelmäßig den Verdacht, Rolf würde sicher noch mal in einer Trinkerheilanstalt enden.

»Ich habe gestern auf das Etikett der Whiskyflasche

einen Bleistiftstrich gemacht, und jetzt fehlt schon wieder mindestens ein Zentimeter!«

»Stimmt, den habe ich gestern abend getrunken.«

»Du –? Fängst du denn jetzt auch schon an? Man liest zwar immer wieder, daß auch Frauen zu Alkoholikern werden, aber von dir hätte ich das nicht gedacht. Als ich so alt war wie du heute, habe ich noch nicht einmal gewußt, was Whisky überhaupt ist. Bei uns zu Hause gab es lediglich Wein, natürlich nur bei besonderen Anlässen. Dann wurde nach dem Essen auch Cognac serviert, allerdings nur für die Herren, nachdem sich die Damen zurückgezogen hatten.«

Tante Lotti kann sich nicht daran gewöhnen, daß sich die Damen heute nicht mehr zurückziehen, sondern mittrinken. Unsere Hausbar ist ihr seit jeher ein Dorn im Auge, wobei die Bezeichnung Hausbar reichlich übertrieben ist. Auf einem Teewagen stehen lediglich ein paar Flaschen, ein Dutzend Gläser und ein Sodasiphon, und ich fühle mich keineswegs als akute Alkoholikerin, weil ich abends ganz gern mal einen Whisky trinke. Tagsüber verschwindet der Teewagen ohnehin im Schlafzimmer, weil es der einzige Raum ist, den die Zwillinge bei ihren Entdeckungsreisen aussparen. Ich schließe ihn nämlich ab. Trotzdem möchte ich nicht wissen, was sich der Heizungsmonteur gedacht hat, als er kurz nach dem Frühstück den defekten Thermostaten im Schlafzimmer auswechseln wollte und neben den noch ungemachten Betten die halbleeren Flaschen auf dem Teewagen sah, während die Dame des Hauses noch im Bademantel herumlief!

Tante Lotti reiste also an, bepackt mit zwei Koffern und einer Hutschachtel, Relikt aus längst vergangenen Zeiten, als man noch genügend Hüte und genügend Gepäckträger hatte. Übrigens transportiert sie in jener

Schachtel keineswegs Hüte, sondern ihre Handtasche und den Reiseproviant inklusive Thermosflasche mit Kamillentee. Tante Lotti hat nämlich einen empfindlichen Magen. Zumindest behauptet sie das. Deshalb müssen während ihres Besuchs alle schweren Gerichte vom Speiseplan gestrichen werden. Zugelassen sind Kalbfleisch, gekochtes Huhn, Reis und gedämpfte Gemüse, ausgenommen Kohl und dessen Abarten.

Rolf kam während der nächsten Wochen mittags nie mehr nach Hause, Steffi lud sich noch häufiger als sonst woanders zum Essen ein, Sascha aß überwiegend bei Oliver, der dann eine weitere Konservendose öffnete oder einfach eine zweite Pizza in den Ofen schob. Nur Sven bewies Solidarität und schluckte mit Todesverachtung salzarmes Kalbsfrikassee mit salzarmem Wasserreis. Wenn sich Tante Lotti zu ihrem Mittagsschläfchen zurückgezogen hatte, plünderten wir gemeinsam den Kühlschrank!

Anfangs hatte ich versucht, für Tante Lotti gesondert zu kochen, aber wenn ich ihren waidwunden Blick sah, mit dem sie unsere gebackene Leber musterte, während sie in ihrem Reisbrei herumstocherte, verging mir der Appetit. Also lebten wir ein paar Wochen lang zwangsweise Diät, was regelmäßig zu einer Gewichtsabnahme führte. Zumindest bei mir! Nicht so bei Tante Lotti. Solange ich denken kann, kämpft sie gegen ihre Pfunde, probiert alle paar Wochen eine neue Diät aus, die sie nicht einhält, und beneidet alle Frauen, die unter 75 Kilo wiegen.

»Dabei esse ich doch wirklich kaum mehr als ein Spatz!«

Der Spatz verdrückt morgens mühelos zwei weichgekochte Eier mit gebuttertem Toast, braucht zum zweiten Frühstück geschlagene Bananen, Joghurt oder auch mal ein Glas Rotwein mit Ei (›natürlich nur wegen der notwendigen Vitamine‹), zum Nachmittags-Kamillentee ein paar Biskuits und vor dem Schlafengehen eine Scheibe Weißbrot (›aber ganz hauchdünn, bitte‹), gut bestrichen mit Kalbsleberwurst. Mit den regulären Mahlzeiten und den kleinen Zwischendurchhäppchen (›mein Magen muß immer arbeiten können‹) kommt da eine ganz schöne Kalorienmenge zusammen.

»Neulich habe ich es mal mit einer Traubenkur versucht, und obwohl ich eisern eine ganze Woche lang durchgehalten habe, bin ich nicht ein einziges Pfund losgeworden!« beklagte sich Tante Lotti, als sie seufzend von der Badezimmerwaage gestiegen war. »Dabei hatte mir mein Arzt gesagt, diese Kur habe schon bei vielen seiner Patientinnen angeschlagen.«

»Wie viele Trauben waren denn pro Tag erlaubt?«

»Ein Kilo, aber über den ganzen Tag verteilt. Manchmal ist es mir richtig schwergefallen, alle aufzuessen.«

»Ich glaube nicht, daß ich eine ganze Woche unbeschadet durchstehen würde, wenn ich bloß Weintrauben im Magen hätte.«

»Wieso bloß Weintrauben? Natürlich habe ich ganz normal gegessen. Allerdings habe ich die Kekse weggelassen, dafür hatte ich ja die Trauben!«

Mit Tante Lotti kam auch endlich Bildung ins Haus. Sie ist eifrige Konsumentin aller einschlägigen Zeitschriften, die sich mit europäischen Fürsten- und Königshäusern befassen. Sie kennt genau die Familienbande zwischen dem belgischen Monarchen und dem englischen Thronfolger, sie weiß, welcher Preußenprinz zu welcher Seitenlinie gehört und wer eventuell als ebenbürtiger Gemahl für die jüngste Tochter des monegassischen Herrscherhauses in Betracht kommt. Natürlich ist Tante Lotti glühende Verfechterin der Monarchie und sieht in Prinz Louis Ferdinand immer noch das heimliche Staatsoberhaupt Großdeutschlands und in den jeweiligen Bundeskanzlern unzulängliche Statthalter. Alle Sissi-Filme hat sie fünfmal gesehen, ›Der Kongreß tanzt‹ sogar achtmal.

Sven und Sascha, die Könige allenfalls aus Märchenbüchern kannten, fanden Tante Lottis Schilderungen der aristokratischen Vergangenheit einigermaßen nebulös und begehrten statt dessen Auskunft über die gängigen Leinwandhelden wie Lex Barker oder Roger Moore, Namen, mit denen Tante Lotti absolut nichts anfangen konnte. Dafür war Stefanie eine unermüdliche Zuhörerin. Sie brachte Tante Lottis Erzählungen über deutsche Prinzen und Prinzessinnen mit der Fantasiewelt von Dornröschen und dem Froschkönig in Verbindung und behauptete allen Ernstes, Kaiser Wilhelm sei früher eine Kröte gewesen. Außerdem lief sie den ganzen Tag in meinem Faschingsnachthemd herum und erklärte, Prinzessin Caroline zu sein und als solche nur noch Schokolade zu essen.

Eines Tages meinte Rolf, dem das Geschwafel über Fürstenhäuser langsam auf die Nerven ging, mit einem boshaften Seitenblick zu mir: »Wie wäre es denn, wenn du mit Tante Lotti übermorgen zur Zollernburg fahren würdest? Ich muß zu Hause arbeiten, du kannst also gerne den Wagen haben.«

Tante Lotti konnte ihr Glück nicht fassen. »Meinst du wirklich die Zollernburg in Hechingen?«

»Aber sicher. In gut zwei Stunden könnt ihr dort sein und habt den ganzen Tag Zeit, herumzulaufen und alles anzusehen.«

Es nützte nichts, daß ich unter dem Tisch Rolfs Schienbein mit Fußtritten bearbeitete und ihm über den

Tisch flehentliche Blicke zuwarf. Nicht einmal mein Einwand, ich hätte schon länger kein Lenkrad mehr in den Händen gehabt, hatte die erhoffte Wirkung.

»Dann wird es Zeit, daß du wieder einmal fährst«, bemerkte mein Gatte seelenruhig, »sonst verlernst du es noch völlig.«

Die Vorstellung, stundenlang mit Tante Lotti allein im Auto eingesperrt zu sein und mir die Biographien der blaublütigen Prominenz anhören zu müssen, war beängstigend. Ich versuchte, Sven oder wenigstens Sascha zum Mitkommen zu bewegen und stellte ihnen ein glaubhaftes Entschuldigungsschreiben wegen des versäumten Unterrichts in Aussicht. Die Knaben zogen den Schulbesuch vor. Stefanie, mein letzter Rettungsanker, zögerte noch ein bißchen.

»Die Herumlauferei wird für das Kind viel zu anstrengend«, entschied Tante Lotti. »Wenn du brav zu Hause bleibst, bringe ich dir auch etwas Schönes mit.«

Das gab den Ausschlag. Steffi wollte sowieso lieber mit Rita spielen, aber eine Belohnung hatte sie dafür noch nie bekommen.

Am Ausflugstag waren weder die Zwillinge krank noch Wenzel-Berta; Sascha und Sven hatten auch kein schuleschwänzendes Leiden, und nicht mal das Wetter zeigte sich einsichtsvoll. Statt der gewohnten Nebelschwaden flimmerten Sonnenstrahlen durch die Luft.

Tante Lotti war schon um sechs Uhr aufgestanden, hatte sich ihren Kamillentee gekocht und füllte ihn gerade in die Thermosflasche, als ich verschlafen in die Küche schlurfte.

»Ich mache den Kindern schon das Frühstück«, erklärte sie beflissen, »zieh du dich inzwischen an, dann können wir gleich nach dem Essen fahren, sonst kommen wir noch in den Berufsverkehr.«

Du lieber Himmel, welchen Berufsverkehr meinte sie wohl? Es war dann aber doch halb neun, als ich Tante Lotti endlich in den Wagen verfrachtet und Kamillentee, Keksdose, Wolldecke, Kopfschmerztabletten und Fernglas in bequemer Reichweite untergebracht hatte. Es konnte losgehen.

»Schönen Gruß an Louis Ferdinand!« rief uns Rolf noch hinterher.

»So ein Unsinn«, sagte Tante Lotti, »der Prinz ist zu dieser Jahreszeit doch immer auf dem Wümmehof!«

Zweieinhalb Stunden später winkte mich ein uniformierter Wächter auf einen der drei Parkplätze, die sich unterhalb der Zollernburg befinden und die Endstation für alle Autofahrer bilden. Den Weitertransport der Schaulustigen übernehmen gegen ein fürstliches Entgelt Kleinbusse. Man kann aber auch den restlichen Weg zu Fuß gehen, und ich wollte mir nach der langen Autofahrt ganz gern ein bißchen die Beine vertreten. Tante Lotti hat für Spaziergänge nichts übrig und zwängte ihre 178 Pfund in einen Bus.

Oben fand ich sie wieder. Sie beäugte durch das Fernglas die Burgfenster.

»Seine Kaiserliche Hoheit ist wirklich nicht da«, meinte sie bedauernd.

»Woher willst du das denn wissen?«

»Weil die Fahne nicht aufgezogen ist.«

Tante Lotti steckte das Fernglas weg und marschierte zu einer ziemlich unscheinbaren Pforte, vor der schon annähernd fünfzig Leute standen.

»Gleich fängt eine neue Führung an, Eintrittskarten habe ich schon.«

»Hör mal, Tante Lotti, müssen wir unbedingt mit einem ganzen Troß herumziehen? Wenn schon Besichtigung, dann wenigstens ohne Leithammel.«

»Aber Kind, das hätte doch gar keinen Sinn. Einen fachmännischen Führer, der alles erklärt, brauchen wir unbedingt.«

Die nächsten zwei Stunden schienen überhaupt kein Ende zu nehmen. Ich bin als Kind mehrmals durch Schloß Sanssouci in Potsdam gepilgert, durch das Charlottenburger Schloß und durch andere museale Gedächtnisstätten. Später kamen noch Schloß Schönbrunn und Neuschwanstein dazu, und ich finde, wenn man *ein* Schloß von innen gesehen hat, kennt man auch die meisten anderen. Aber wenigstens kann man sich als Kind noch mit den großen Filzpantoffeln vergnügen, in denen es sich so herrlich über die Parkettböden schlittern läßt. Für einen Erwachsenen schicken sich solche Spielereien nicht mehr. So trottete ich am Schluß der ganzen Herde durch die Prunkgemächer – Tante Lotti hatte sich gleich bis zu unserem Führer vorgedrängt und wich ihm nicht mehr von der Seite –, betrachtete Himmelbetten, Stuckdecken, Intarsien, Gemälde, Ahnentafeln und fror ganz erbärmlich. Kein Wunder, daß die meisten Fürstlichkeiten im besten Mannesalter gestorben sind. Das bißchen Kamin in den riesigen Gemächern konnte einfach nicht ausgereicht haben, ihre Bewohner vor Lungenentzündung zu schützen. Und Penicillin hatte es damals noch nicht gegeben!

Tante Lotti war in ihrem Element. Sie kommentierte fachmännisch die heruntergeleierten Erklärungen unseres Führers und wandte sich dann beifallheischend an ihre Nachbarin, eine rotgewandete Dame mit glitzernder Brille und geblautem Haar. »Is nice, nicht wahr?« – »Oh yes, very nice!« bestätigte die Blauhaarige.

Die Privatgemächer Seiner Kaiserlichen Hoheit waren für den Besucherverkehr gesperrt, dabei hätte ich so gern mal gesehen, wie Hoheiten schlafen. Benutzen die heute auch noch diese gewaltigen Betten mit den samtenen Staubfängern oben drüber?

Nachdem wir die prunkvollen Zimmer ausgiebig besichtigt hatten – ich glaube, manche haben wir mehrmals gesehen, jedenfalls kam es mir so vor –, stiegen wir in die Kellerräume. Hier war es noch kälter, außerdem zog es entsetzlich. Und zu sehen gab es bloß Särge. Tante Lotti verharrte ehrfurchtsvoll vor den Gebeinen Friedrichs des Großen, die in einem ziemlich unscheinbaren Sarg ruhen. Einziges Zeichen seines Ruhmes war ein verstaubter Lorbeerkranz, der schief neben dem Sarg lag. Vielleicht war er heruntergefallen.

Zum Schluß besichtigten wir noch die Schatzkammer, bewunderten pflichtgemäß Krone und Zepter, ein paar offenbar bedeutungsvolle Schmuckstücke und einige Folianten – alles hinter Glas und alles ein bißchen verstaubt.

Endlich stiegen wir wieder ans Tageslicht. Sehr viel wärmer war es draußen zwar auch nicht, aber wenigstens schien die Sonne. Im übrigen hatte ich Hunger.

»Wollen wir hier oben etwas essen, oder fahren wir lieber zurück nach Tübingen?« fragte ich Tante Lotti.

Die aber war verschwunden. Ich entdeckte sie vor einer der zahlreichen Souvenirbuden. Sie hatte gerade ein meterlanges Ziehharmonika-Album mit Fotos erstanden und inspizierte nun die anderen Erzeugnisse der Andenkenindustrie. Für Stefanie kaufte sie einen Steingutbecher mit einer Abbildung der Zollernburg. Ein ähnliches Gefäß, nur mit Deckel obendrauf und als Bierkrug ausgeschildert, wollte sie für Rolf mitnehmen. Die Jungs bekamen Fahrradwimpel mit Zollernburg, die Zwillinge Blechtrompeten ohne Zollernburg. Für sich selber kaufte Tante Lotti dann noch einen Porzellanteller, auf dem – angeblich handgemalt und ›Made in Hongkong‹ – das Bildnis des Hohenzollernpaares prangte.

»Und du willst wirklich gar nichts haben?« vergewisserte sie sich noch einmal.

»Nein danke, Tante Lotti, ich wäre höchstens an einem kleinen Andenken aus der Schatzkammer interessiert.«

Ich hatte immer noch Hunger. Tante Lotti prüfte die ausgehängte Speisekarte der Burgschenke, bemängelte die geringe Auswahl und die horrenden Preise und meinte dann: »Ich glaube, wir fahren woanders hin.«

Diesmal nahm ich auch den Bus, denn obwohl ich schon meine bequemsten Treter angezogen hatte, taten mir inzwischen die Füße weh. Tante Lotti, die in Berlin ein Taxi benutzt, wenn sie mehr als fünfhundert Meter zu gehen hat, schien keine Fußbeschwerden zu haben. Hunger übrigens auch nicht, aber dafür war die mitgenommene Keksdose auch fast leer. Die restlichen Krümel bot sie mir großzügig an.

»Ist es sehr weit bis nach Stuttgart?«

»Ungefähr anderthalb Stunden. Warum?«

»Ich würde so gerne mal auf den Fernsehturm gehen. Können wir nicht dort essen? Ich lade dich auch ein.«

Zum Glück ahnte Tante Lotti nicht, worauf sie sich da eingelassen hatte. Die Preise im Turmrestaurant sind noch viel gesalzener als die auf der Zollernburg. Andererseits herrscht dort eine gepflegte Atmosphäre, und die Menüs sind ausgezeichnet. Wir fuhren also nach Stuttgart.

Tante Lotti vergaß Diät, kranken Magen und Gewichtsprobleme, schwelgte in geschmälzten Maultaschen und Früchtebecher, trank Mokka statt Kamillentee und schwärmte während der Rückfahrt von der schwäbischen Küche und nicht von Louis Ferdinand. Davon erzählte sie erst wieder zu Hause. Rolf verzog sich ins Arbeitszimmer, die Jungs verschwanden in die Garage, um ihre Wimpel zu montieren, Stefanie war enttäuscht, weil sie als Mitbringsel eine Krone erwartet hatte, und ich hörte mir für den Rest des Abends noch einmal die nostalgischen Schwärmereien von Tante Lotti an. Ich kam zu der Erkenntnis, daß sie mindestens hundert Jahre zu spät geboren wurde.

Drei Tage später reiste sie wieder ab. Wenzel-Berta atmete auf. »Nu is aber Schluß mit die Kaiser und Könige, jetzt werden endlich die Fenster geputzt. Vor lauter Fürstlichkeiten, wo ich mir immer anhören mußte, bin ich zu gar nichts mehr gekommen!«

Auf der einen Seite war ich ganz froh, daß Tante Lotti samt Heizkissen und Papierlockenwicklern (Sascha hatte behauptet, sie sähe mit diesen Dingern im Haar wie ein Marsmännchen aus) wieder verschwunden war, auf der anderen Seite hatte ich aber ein geduldiges Kindermädchen verloren. Tante Lotti hatte sich rührend um die Zwillinge gekümmert und war es nie müde geworden, Bauklotztürmchen zu bauen oder Papierfiguren zu falten. Kein Wunder also, daß die Mäuse zwei Tage lang wie herrenlose Hunde herumliefen und ihre Spielgefährtin suchten. Dann allerdings gingen sie wieder zur Tagesordnung über.

Ihr Tätigkeitsfeld erstreckte sich nunmehr über das ganze obere Stockwerk, und waren sie früher nur gemeinsam aufgetreten, so trennten sich jetzt ihre Wege. Nicki zeigte Bildungshunger und räumte mit Vorliebe die unteren Fächer des Bücherregals aus. Dort lagen Fachzeitschriften von Papi, die konnte man kaputtreißen. Oder man konnte den Papierkorb umkippen und seinen Inhalt untersuchen. Wenn man Glück hatte, fand man sogar einen Stift, mit dem man die weißen Wände bemalen konnte. Da es sich hierbei vorwiegend um lautlose Tätigkeiten handelte, entdeckte die Mami einen auch nicht so schnell!

Katja interessierte sich mehr für die Küche. Da aber herumgeworfene Topfdeckel oder ein herausgerissener Besteckkasten ziemlich viel Krach machen, konnte ich ihren Streifzügen immer relativ früh ein Ende bereiten.

Wir kauften ein Scherengitter, das in den Rahmen der geöffneten Kinderzimmertür gesetzt wurde und den Eingesperrten zwar freie Sicht, aber keine Ausreißversuche erlaubte. Kurz nach der erfolgreichen Montage hing Katja mit einem Fuß im Gitter fest. Wenig später klemmte sich Nicki einen Finger ein, und dann warfen wir das Gitter auf den Müll.

Ein neuralgischer Punkt im Haus war die Treppe. Als ich Nicki erwischte, wie sie rückwärts die Stufen hinunterrutschte, rief ich Herrn Kroiher an. Der erschien mit Zollstock und Holzmustern, nahm Maß und brachte ein paar Tage später eine Tür, die oben an der Treppe angebracht und mit einem Karabinerhaken verschlossen wurde. Den Haken kriegten die Zwillinge nicht auf. Steffi auch nicht. Bei dem Versuch, über die Tür zu klettern, fiel sie sämtliche 19 Stufen hinunter, verstauchte sich den Arm und schlug sich zwei Zähne aus. Der Karabinerhaken wurde durch einen Riegel ersetzt. Der klemmte und ließ sich oft nur unter Zuhilfenahme eines Hammers schließen. Sven ölte ihn, aber so gründlich, daß er sich schon öffnete, wenn man die Tür nur berührte. Schließlich bauten wir sie wieder ab und sperrten statt dessen den hinteren Teil des Flurs mit einem soliden halbhohen Holzgitter ab. Wer ins Schlafzimmer oder ins Bad wollte, mußte notgedrungen über das Gitter steigen. Für Wenzel-Berta, die als einzige Röcke trug, stellten wir eine Fußbank parat. Sie beugte sich klaglos den notwendigen Gegebenheiten.

»Wissen Se, ich denk mir immer, die Leute, wo Zwillinge so niedlich finden, sollten man erst mal selber welche haben!«

Jawohl! Und dazu noch drei weitere Kinder, einen unberechenbaren Ehemann, ein Riesenhaus, einen Kleintierzoo und einen nie endenden Winter!

14

Dann wurde es aber doch Frühling! Der Schnee taute und kam nicht mehr wieder, und an manchen Tagen konnten wir das Haus sogar schon ohne Gummistiefel verlassen. Überall im Garten blühten Schneeglöckchen und Krokusse – von Sven übrigens beharrlich Krokeen genannt, weil man ja auch nicht Kaktusse sagt! –, wir konnten unser Wohnzimmer ohne Kälteschauer betreten und gingen nur noch auf Zehenspitzen in die Garage, weil auf dem Dach ein Vogelpärchen brütete.

Ostern kam und ging vorüber, leider ohne Omis Besuch, die bei ihrer Nichte Samariterdienste leistete. Die Ärmste war beim Frühjahrsputz von der Leiter gefallen und hatte sich ein Bein gebrochen.

Etwas Ähnliches befürchtete ich auch bei Wenzel-Berta, die ebenfalls dem schönen deutschen Brauch des Großreinemachens huldigte und alles, was irgendwie transportabel war, auf die Terrasse oder in den Garten schleppte und dort unter Wasser setzte. Sogar die Gurkenmaschine kam dran.

Ich hatte den beiden Knaben empfohlen, ihre Zimmer erst einmal durchzuharken, bevor Wenzel-Berta samt Scheuereimer und Möbelpolitur dort einziehen würde, aber die Herren behaupteten, das sei nicht nötig, sie hätten gerade erst aufgeräumt. Wenzel-Berta war anderer Meinung. Sie stopfte alles, was sie an Spielsachen, Sammlerobjekten, Comics und sonstigen Gebrauchsartikeln fand, in große Pappkartons und überließ es später den meuternden Eigentümern, ihre Habseligkeiten wieder auseinanderzusortieren.

»Die hat ja einen wahren Putzfimmel«, beschwerte sich Sascha später bei mir, »jetzt hat sie sogar die Patina von meinem Degengriff abgescheuert!«

Nur Rolfs Zimmer entging der Wasserschlacht. Die Säuberung dieses Raumes wurde schon seit langem beschränkt auf gelegentliches Fensterputzen, Entleeren der Aschenbecher und einmal monatlich Staubsaugen. Ansonsten war Unbefugten der Zutritt untersagt. Seitdem ich versehentlich einen zerknitterten Zettel weggeworfen hatte, der angeblich eine wichtige Besprechungsunterlage war, fühlte ich mich auch unbefugt, und so staubten ganz allmählich Möbel, Bilder und Farbtöpfe ein. Wenn der Zeitpunkt erreicht war, daß Rolf nicht einmal mehr einen Bleistift fand, dann räumte er selber auf. Er stapelte sämtliche herumliegenden Papiere in einer Ecke übereinander und schuf auf diese Weise genügend Platz für neue Papiere. Daß er immer irgend etwas suchte (und selten fand), versteht sich von selbst, und so manches Manuskript mußte ein zweites Mal geschrieben werden.

Ein Frühjahrsputz hätte vermutlich segensreiche Auswirkungen gehabt.

Anfang Mai entdeckte ich in unserer Zeitung die Notiz, daß die künftigen Gymnasiasten in den betreffenden Schulen angemeldet werden müßten. Zeugnisse seien mitzubringen, die Schüler selbst brauchten nicht vorgestellt zu werden. Umgekehrt wäre es mir lieber gewesen, denn Saschas Halbjahreszeugnis war keineswegs präsentabel. Hoffentlich würde man mich nicht für größenwahnsinnig halten, weil ich meinem ganz offensichtlich minderbegabten Sohn eine höhere Schulbildung aufzwingen wollte. Der Herr Direktor musterte mich denn auch zweifelnd, erzählte etwas von

›ziemlich hohen Anforderungen‹ und ›falschem Ehrgeiz‹ und beorderte Sascha zur Aufnahmeprüfung. Sven brauchte keine. Anscheinend hatte er das letzte Schuljahr doch nicht total verschlafen!

Am Morgen des ersten Prüfungstages erkannte ich meinen Zweitgeborenen fast nicht wieder. Flanellhosen statt Jeans, Oberhemd statt T-shirt, geputzte Schuhe und Kamm in der Tasche. Verlegen lächelnd entschuldigte sich Sascha:

»Na ja, vielleicht beaufsichtigt uns irgendso ein ergrauter Knabe, und die sehen doch schon rot, wenn man in Jeans ankommt. Ich muß aber schon vorher Punkte sammeln!«

Als er mittags wieder auftauchte, war er entschieden zuversichtlicher. »Der Lehrer war ein ganz junger Referendar – was is'n das? – und hatte ganz ausgefranste Jeans an. Außerdem haben wir bloß einen Aufsatz geschrieben.«

Für den nächsten Tag war die Mathearbeit angesetzt, Saschas Achillesferse. Aber in dieser Hinsicht ist er erblich belastet, bei uns kann keiner rechnen. Jedesmal, wenn ich Rechnungen ausschrieb und die jeweiligen Prozentzahlen für Skonto, Mehrwertsteuer und irgendwelche Rabatte ermitteln mußte, gab es eine mittlere Katastrophe. Das Ergebnis der ersten Rechnung stimmte mit dem der zweiten nie überein, das dritte differierte ebenfalls. Dann ging ich zu Rolf, der wieder etwas anderes herausbrachte. Schließlich wurde Sven herbeizitiert, und das Resultat *seiner* mathematischen Balanceakte kam im allgemeinen an eines der bereits vorliegenden heran. Im Zweifelsfall entschieden wir uns für den Mittelwert und überließen es den kundigen Empfängern der Rechnungen, etwaige Fehler zu korrigieren. Als es die ersten Taschenrechner zu kaufen gab, war ich genauso glücklich wie beim Erwerb meiner ersten Waschmaschine.

Begreiflicherweise sah ich Saschas Heimkehr am zweiten Tag ziemlich pessimistisch entgegen. Der Prüfling strahlte.

»Hat prima geklappt! Oliver saß hinter mir, der hat die ganzen Ergebnisse auf einen Zettel geschrieben, in seinen Schuh gesteckt, und dann habe ich meinen Bleistift fallen lassen. Beim Aufheben konnte ich den Zettel holen. Ich glaube, ich habe fast alles richtig. Morgen schreiben wir noch ein Diktat, und anschließend werden wir mündlich geprüft. Davor habe ich aber keinen Bammel mehr.«

Sascha bestand die Prüfung und sah von diesem Tage an keinen Grund mehr, für die Schule noch irgend etwas zu tun. Nach seiner Ansicht konnte ihm nichts mehr passieren, zumal er jetzt auch bei Herrn Dankwart eine gewisse Hochachtung genoß. Gehörte er doch neben Oliver und zwei anderen Schülern zu den wenigen Auserwählten seiner bisherigen Klasse, die die Weihen der höheren Schulbildung empfangen würden.

Stefanie wollte jetzt auch endlich zur Schule gehen. Sie würde zwar erst im November sechs Jahre alt werden, aber ich selbst bin mit fünf eingeschult worden, Sascha ebenfalls, und weshalb sollte das bei Steffi nicht auch klappen?

Sie hatte sich zu Ostern einen Ranzen gewünscht (und bekommen) und fühlte sich als Besitzerin dieses unumgänglichen Attributs nunmehr allem Kommenden gewachsen. Zwischen ihr und der heißersehnten Einschulung stand allerdings noch der Reifetest. Sascha verfügte bereits über einschlägige Erfahrungen. Er entwickelte pädagogische Ambitionen und drillte Steffi für die bevorstehende Prüfung. Sie mußte vorwärts und rückwärts zählen, sie mußte Strichmännchen malen und Farben bestimmen. Nach drei Tagen intensiven Trainings entließ er seine Schwester mit der aufmunternden Bemerkung: »Wenn du das jetzt nicht schaffst, dann bist du noch zu dämlich und wirklich nicht schulreif.«

Herrn Dankwart war Steffis erwachter Bildungshunger zu Ohren gekommen, und er ließ mir ausrichten, daß meine Tochter einen Vormittag lang in seiner Klasse hospitieren dürfe. Sie sollte die Möglichkeit haben, den Unterschied zwischen der Wirklichkeit und den gelegentlichen Schauermärchen ihrer Brüder selbst festzustellen.

Steffi war von dem Angebot begeistert und zog an einem der nächsten Tage mit Ranzen, Zeichenblock, Buntstiften und Frühstücksbrot, auf das sie ganz besonderen Wert gelegt hatte, im Kielwasser ihres Bruders los. Mittags kam sie genauso begeistert wieder nach Hause. Die dazwischenliegenden Stunden sind mir nur mündlich überliefert.

Danach hatte sich Stefanie während der Mathestunde noch relativ ruhig mit ihrer Zeichnung beschäftigt, den Biologieunterricht (man nahm den Hund durch) mit wortreichen Schilderungen von Svens Hamsterzucht angereichert, und in der dritten Stunde hatte sie es schließlich geschafft, die gesamte Klasse auf ihre Seite zu bringen, indem sie erklärte: »Nun wollen wir aber endlich mal ein bißchen spielen!« Herr Dankwart resignierte, der restliche Unterricht stand unter dem Thema: Ich sehe was, was du nicht siehst. Die letzten beiden Stunden verbrachte Steffi in der Obhut von Fräulein Priesnitz, wo sie Buchstaben malte und das Gefühl hatte, wirklich etwas zu lernen.

Am nächsten Tag wollte sie wieder zur Schule.

Immerhin bestand sie den amtlichen Test, obwohl ›wir ganz was anderes gemacht haben, als Sascha gesagt hat‹, und zählte die Tage bis zur offiziellen Einschulung. Ihren Vater informierte sie dahingehend, daß als Reisemitbringsel nicht mehr Plastiktierchen erwünscht seien oder Süßigkeiten, sondern Wachsmalkreiden, Lineal und Heftordner. Als Stefanie dann endlich zum ersten Mal in die Schule marschierte, schleppte sie eine Ausrüstung mit sich herum, die für einen Gymnasiasten der Mittelstufe völlig genügt hätte. Übrigens legte sich später ihr Enthusiasmus ziemlich schnell wieder, und ich glaube, ihr vermeintlicher Wissensdurst entsprang wohl doch mehr dem Wunsch nach einer Schultüte und dem mit Beginn des Schuleintritts fälligen Taschengeld.

Außerdem wollte sie eine Uhr haben, ›aber eine richtige!‹ Ich lehnte das ab und erklärte meiner Tochter, was ein Angeber ist. »Jemand, der eine Armbanduhr trägt und sie nicht ablesen kann, gibt bloß an!«

Steffi sah das ein. Sie klemmte sich hinter Sven, der geduldig mit ihr übte und das schaffte, was ich seit einem Jahr vergeblich versucht hatte. Als Anschauungsobjekt benutzte er seinen Wecker. Nach vier Tagen war der zwar kaputt, aber Steffi machte Fortschritte. Und als sie mir auf Befragen mitteilte, jetzt sei es ›zwei Minuten vor fünf Minuten vor halb sieben‹, bekam sie ihre Uhr. Zu Weihnachten war die zweite fällig, weil die erste auf rätselhafte Weise verschwunden war.

Mein Geburtstag ist im Mai, also zu einer Jahreszeit, in der die meisten Gärten schon in üppiger Blüte stehen. Das monatliche Taschengeld meiner Söhne stand damals in keinem Verhältnis zu ihrem Bedarf an Kaugummi, Comic-Heften und ähnlichen lebenswichtigen Konsumartikeln, und so pflegten die Knaben den ihrer Meinung nach unerläßlichen Geburtstagsstrauß jedesmal irgendwo gratis zu besorgen. Vom erzieherischen Standpunkt lehne ich diese Methode selbstverständlich ab. Andererseits hatte ich selbst früher als mittellose Schülerin die traditionellen Muttertagsblümchen auf ähnliche Weise beschafft!

Nun erfordert mein zwangsläufig jedes Jahr wiederkehrender Geburtstag ohnehin ein Höchstmaß an Toleranz, und ganz besonders schlimm wird es, wenn auf dasselbe Datum auch noch der Muttertag fällt. Diese geballte Ladung von ungewohnter Liebenswürdigkeit und Hilfsbereitschaft seitens der Familie ist schwer zu ertragen. Und wenn einem der taktvolle Nachwuchs auch noch mitteilt, daß man mit 36 doch eigentlich schon ziemlich alt sei, wirkt diese Feststellung auch nicht gerade stimmungsfördernd.

Jedenfalls begann mein Geburtstag in jenem Jahr mit einem schrillen Weckergebimmel um sieben Uhr. Und das am Sonntag! Mein Gatte erhob sich knurrend, erklärte mir aber, ich solle noch weiterschlafen, da ich heute sämtlicher Pflichten entbunden sei.

Nun ist das mit dem Schlafen nicht so ganz einfach, wenn im Haus vier Elefanten herumstampfen und offenbar im Begriff sind, das sprichwörtliche Porzellan zu zerschlagen. Nach einer Stunde lautstarken Wirkens öffnete sich schließlich die Schlafzimmertür, und herein marschierten wie die Orgelpfeifen sechs Personen in den verschiedenen Stadien der seelischen Auflösung. Vorneweg die Zwillinge, die abrupt stoppten, als sie ihre Mutter im Bett erblickten. Diese Situation kannten sie nicht, also vorsichtiger Rückzug. Zusammenstoß mit der nachfolgenden Truppe, gelinde Panik. Erneute Formation, Weitermarsch. Die Zwillinge weigerten sich, ihre Maiglöckchensträußchen abzuliefern, umklammerten die Stengel wie Besenstiele, heulten. Steffi knallte ihre Freesien auf den Nachttisch und sagte energisch:

»Herzlichen Glückwunsch, und ich glaube, du stehst doch besser auf, wir haben das mit den Windeln nicht so richtig hingekriegt!«

Als nächster baute sich Sascha vor mir auf. Er präsentierte einen riesigen Strauß Pfingstrosen (hoffentlich hatte er Karlchens Vorgartenbusch nicht restlos geplündert!) und erklärte:

»Ich hatte dir auch noch ein Bild gemalt, aber als ich gestern von Papis Lack etwas drüberspritzen wollte, habe ich die falsche Flasche erwischt. Jetzt ist alles zusammengeklebt. Ich gratuliere dir aber trotzdem.«

Sven hatte Tulpen geklaut und überreichte mir außerdem etwas Eingewickeltes. »Das habe ich im Werkunterricht gemacht, hoffentlich gefällt es dir.«

Natürlich gefiel es mir, ich wußte nur nicht, was es sein sollte. Das Geschenk bestand aus glasiertem Ton, ähnelte in seiner Form einem riesigen Champignon, dem man die Wölbung der Kappe abgeschnitten hatte, und war in verschiedenen Farbtönen bemalt.

Schließlich kam mir die Erleuchtung.

»Endlich mal ein Aschenbecher, der nicht so aussieht wie die üblichen!«

Sven war beleidigt. »Von wegen Aschenbecher! Das ist ein Kerzenständer!!«

Na ja, wenn wir die Gewohnheit hätten, Altarkerzen im Hause aufzustellen, wäre ich vielleicht auch von selbst darauf gekommen.

Den Abschluß der Meute bildete Rolf, beladen mit einem Frühstückstablett, das er nun aufatmend auf meinem Deckbett abstellte und das mir die Möglichkeit nahm, seinen liebevollen Geburtstagskuß rechtzeitig abzubremsen. Sascha sammelte die Scherben auf, Stefanie holte ein Aufwischtuch, Sven zog den Bettbezug ab, und ich verschwand im Bad.

Nach dem Frühstück – die Knaben hatten den Küchendienst übernommen und stritten sich, wer die begehrtere Arbeit des Abwaschens erledigen durfte – eröffnete mir Rolf, daß wir heute zur Feier des Tages außerhalb essen würden. Früher hatten wir das öfter mal getan, aber in den letzten Monaten waren derartige Auftritte in der Öffentlichkeit dank der noch nicht vorführungsreifen Tischmanieren unserer beiden Jüngsten unterblieben.

»Wenzel-Berta holt nachher die Zwillinge«, beruhigte mich Rolf, »ich habe das schon mit ihr abgesprochen.«

»Und *wo* wollen wir essen gehen?«

»Ich dachte, wir fahren nach Mehringen. Dort ist doch die Segelfliegerschule, da wollten wir schon immer mal hin.«

Was heißt wir?! Rolf und die Jungs interessierten sich dafür, ich nicht. Hoffentlich kamen sie nicht auch noch auf die Idee, mir einen Rundflug zu spendieren. Mir ist fester Boden unter den Füßen lieber, und ich besteige ein Flugzeug nur, wenn ich muß. Vermutlich komme ich deshalb so selten nach Berlin!

Um halb elf erschien Wenzel-Berta und brachte eine prachtvolle Torte mit. »Ich tu Ihnen man auch ganz herzlich gratulieren und Gesundheit wünschen und so. Älter werden wir ja man alle, und für Ihre Jahre tun Sie doch noch ganz passabel aussehen, sagt mein Eugen auch immer.«

Ich nehme an, hierbei sollte es sich um ein Kompliment handeln, nur klang es leider ein bißchen wie das Gegenteil.

Nach einigen Irrfahrten und einem beträchtlichen Umweg erreichten wir schließlich unser Ziel: Ein paar schiefe Holzschuppen, einige Flugzeuge in den verschiedenen Stufen des Zusammenbaus, ein knappes Dutzend in der Luft, und das Ganze auf dem kahlen Gipfel eines Berges, wo es scheußlich windig war. Für die Piloten mochte das vorteilhaft sein, ich fror aber, und Steffi bibberte auch. In ungefähr 300 Meter Entfernung entdeckte ich ein Restaurant. Das sah zwar auch aus wie ein Schuppen, nur ein bißchen solider gebaut, aber wenigstens war es da drin windstill. Voll war es auch. Ich bestellte Kaffee, Kakao und die Speisekarte. Auf der waren acht Gerichte verzeichnet, drei davon bereits gestrichen. Dann erschien die Kellnerin und strich das vierte durch. Jetzt konnten wir noch wählen zwischen Wiener Schnitzel, Maultaschen, Rostbraten und Salatplatte. Russische Eier sowie Bockwurst waren auch noch zu haben. Beide rangierten unter ›Kalte Speisen‹.

Als sich die männlichen Familienmitglieder endlich von ihrem Beobachtungsposten losgerissen hatten und ziemlich durchgefroren auftauchten, war meine Laune auf einem Tiefpunkt angelangt. Ich forderte einen Lokalwechsel. Die Knaben hatten Hunger und waren dagegen. Rolf auch. Wir bestellten Schnitzel mit Pommes frites. Da war es halb zwei. Um zwei Uhr reklamierten wir. Nein, wir seien nicht vergessen worden, das Essen käme gleich. Um halb drei reklamierten wir nochmals. Die Kinder bauten Bierdeckelhäuschen und malten mit Zahnstochern Muster auf die Tischdecke. Um dreiviertel drei begehrte Rolf eine Rücksprache mit dem Geschäftsführer. Es gab keinen. Schließlich erschien eine beleibte Dame mit gerötetem Gesicht, die sich als Besitzerin des Etablissements zu erkennen gab und den mangelnden Service mit einer Grippeepidemie entschuldigte. »Ha, drei Mädle lieget im Bett, und ich hab oin Koch. Der schafft's net alloi, trotzdem daß i au seit halber acht in der Küch steh. Wir hend heut äbe so arg viel Gäst, weil doch Muttertag is.«

Eben!

Um drei Uhr bekamen wir endlich unser Mittagessen, das dann auch genauso schmeckte wie es aussah, nämlich scheußlich!

Die Rückfahrt verlief ziemlich schweigsam. Dafür begann ein um so regeres Treiben, als wir endlich wieder zu Hause waren. Rolf tuschelte mit den Jungs, anschließend preschte Sascha los, während Rolf sich in seinem Zimmer einschloß und telefonierte. Sascha kam zurück, erneutes Flüstern, sodann Aufmarsch der drei Herren.

»Also«, begann Sven, »der Ausflug heute ist ja wohl in die Hosen gegangen, wollte sagen, war eine totale Pleite. Und da haben wir uns gedacht...«

»Da hat Papi gedacht«, korrigierte Sascha, »daß ihr am Abend noch mal ganz alleine feiert. Wenzel-Berta bringt die Zwillinge ins Bett, ich habe sie gerade gefragt, und wir machen auch ganz bestimmt heute keinen Ärger mehr!«

»Ich habe für acht Uhr einen Tisch im Insel-Hotel bestellt, anschließend gehen wir noch ein bißchen bummeln«, fügte Rolf mit um Verzeihung bittender Miene hinzu. »Ich habe ja auch nicht ahnen können, daß unsere Exkursion solch ein Reinfall werden würde.«

Wenigstens der Abend wurde noch sehr schön, und das exquisite Essen entschädigte mich hinreichend für das sogenannte Mittagsmahl.

Wann wir in jener Nacht nach Hause gekommen sind, weiß ich nicht mehr, ich kann mich nur noch daran erinnern, daß wir bei unserer Heimkehr keine einzige Zigarette mehr hatten und nirgends zwei Markstücke fanden, um aus Frau Häberles Automaten wenigstens noch ein Päckchen ziehen zu können. Nur passionierte Raucher vermögen das Ausmaß dieser Tragödie zu ermessen!

Zwei Tage nach meinem Jubelfest kündigte unser Hauswirt seinen Besuch an. Er habe etwas Wichtiges mit uns zu besprechen. Derartiges war noch nie vorgekommen, und ich erwog alle Möglichkeiten, die zu einer persönlichen Rücksprache hätten Anlaß geben können. Die Miete hatten wir immer pünktlich bezahlt, die von einem Schneeball zertrümmerte Außenbeleuchtung war inzwischen ersetzt worden, und Saschas Prügelei mit dem Sohn des Pfarrers, bei der neben zwei Milchzähnen eine total zerfetzte Skihose auf der Strecke geblieben war, hatten wir doch schon längst in christlichem Sinne bereinigt. Die beiden Kontrahenten spielten wieder zusammen.

Nun dringen aber nicht alle Schandtaten unseres hoffnungsvollen Nachwuchses bis zu unseren Ohren. Es konnte also durchaus sein, daß speziell die beiden Jungs irgend etwas ausgefressen hatten, das ein Einschreiten unseres Hauswirts notwendig machte. Vorstellen konnte ich mir das trotzdem nicht. Sven und Sascha sind alles andere als Musterknaben, aber sie sind nicht feige und beichten ihre Missetaten. In letzter Zeit hatte es jedoch keine nennenswerten Vorkommnisse gegeben.

Vorsichtshalber überprüfte ich unseren Alkoholvorrat, besorgte Zigarren und bat Rolf um die Verschiebung seiner geplanten Fahrt nach Heidelberg. Meine manchmal erwachenden Emanzipationsanwandlungen schwinden restlos im Umgang mit Behörden und Hauswirten!

Herr Weigand kam. Und er kam mit Gattin. Die war nicht angekündigt. Dafür war sie eine echte Schwäbin, und ich hatte wieder mal nicht Staub gewischt. Aber wenigstens war der Rasen gemäht.

Nach den einleitenden Floskeln kam Herr Weigand schnell zur Sache. Wir hätten doch bei der ersten Besichtigung des Hauses den Wunsch geäußert, selbiges zu kaufen. Ob wir noch immer daran interessiert seien? Nein, das waren wir eigentlich nicht. Und weshalb nicht? Na ja, wir müßten ja auch an später denken, die Kinder – zumindest die ältesten – würden in absehbarer Zeit doch wohl das Elternhaus verlassen, für die verbleibende Familie sei das Haus viel zu groß, und und und. Wir wanden uns wie Regenwürmer und hatten nicht den Mut, die Wahrheit zu sagen, daß uns nämlich nicht nur das Haus nicht mehr paßte, sondern auch alles, was damit zusammenhing, einschließlich Heidenberg.

Schließlich legte Herr Weigand die Karten auf den Tisch. Er habe geschäftliche Schwierigkeiten und sei gezwungen, das Haus zu verkaufen. Offiziell firmierte er als Malermeister, betrieb aber nebenher noch eine Versicherungsagentur, handelte mit Altmetall und verkaufte marokkanische Lederwaren. Welches seiner Unternehmen das finanzielle Desaster verursacht hatte, weiß ich nicht mehr, aber offenbar standen alle auf wackligen Füßen. Interessenten für das Haus gäbe es bereits, allerdings hätten alle den Wunsch geäußert, es auch zu bewohnen. Wenn wir uns bereitfinden könnten, den auf fünf Jahre befristeten Mietvertrag vorzeitig zu lösen, dann sei er, Herr Weigand, gewillt, die Umzugskosten zu tragen.

Da hatten wir uns doch schon so manches Mal den Kopf zerbrochen, wie wir halbwegs ungerupft aus unserem Vertrag herauskommen könnten, und nun wollte man uns den Vertragsbruch sogar noch honorieren!

Rolf schaltete sofort! Er setzte eine ernsthafte Miene auf, bekundete äußerste Bedenken ob der Zumutung eines baldigen Wohnungswechsels und erbat Bedenkzeit.

Wir hatten den Jungs gegenüber schon mehrmals angedeutet, daß eine Rückkehr in die Zivilisation vielleicht doch wünschenswert sei, und die Knaben hatten dem zugestimmt. Sven hatte schon seit längerem das Fehlen jeglicher kultureller Einrichtungen bemängelt, worunter er hauptsächlich ein Kino verstand, und Sascha kannte inzwischen sämtliche Winkel Heidenbergs und alle 211 Einwohner. Es gab also nichts Neues mehr zu entdecken. Mit einem Umzug war er sofort einverstanden.

Blieb noch Steffi, die mit dem halben Dorf befreundet war und so ziemlich jede Kuh mit Namen kannte.

»Gibt es da, wo wir hinziehen, eine Schule?«

»Aber selbstverständlich, sogar eine ganz große!« beruhigte ich sie.

»Dann ist es mir egal, ob wir hierbleiben oder nicht. Mit Rita habe ich mich heute sowieso verkracht!«

Abends brüteten wir über dem Autoatlas und suchten unter Zuhilfenahme eines Zirkels den geographisch günstigsten Ausgangspunkt für Rolfs Reiserouten. Wir ermittelten eine Stadt namens Neckarsulm. Soviel mir bekannt war, gab es dort aber ein Automobilwerk, und vermutlich nicht nur das. Ein Industriegebiet schwebte mir als künftiges Zuhause nun nicht gerade vor, wenn ich auch zugeben mußte, daß der Ort verkehrsgünstig lag. Ich stach den Zirkel also in das Zentrum von Neckarsulm und schlug einen Kreis. In der Realität entsprach der Radius einem Umkreis von etwa 25 km Luftlinie. So viel Spielraum hatte Rolf bewilligt. Jetzt sah die Sache schon anders aus! Innerhalb des Kreises befanden sich zwei Ortschaften, die vor ihrem Namen die Bezeichnung Bad trugen. Damit verband ich die Vorstellung von Grünanlagen, Kurkonzert und Badeärzten, die hoffentlich auch Masern und Keuchhusten kurieren würden. Warum sollten wir also zur Abwechslung nicht mal in einem Kurort wohnen?

Rolf informierte zwei Makler über seine diesbezüglichen Wünsche und brachte stapelweise regionale Tageszeitungen mit nach Hause, von denen ich noch nie etwas gehört hatte. Uns interessierte ohnehin nur der Anzeigenteil, und davon lediglich der Wohnungsmarkt. Neben Obstgärten mit altem Baumbestand und Komf-App. m. 2 Z. sow. Kn. u. D. m. Bk. fanden wir unter der Rubrik ›Vermietungen‹ überwiegend wetterfeste Scheunen oder Garagen mit angrenzender Werkstatt. Für die offerierten Wohnungen kamen unter Berücksichtigung der angegebenen Quadratmeterzahlen lediglich Rentnerehepaare oder alleinstehende Damen mit Dackel in Betracht.

Auch die Makler versuchten, ihr Erfolgshonorar zu verdienen. Sie schickten laufend verlockende Angebote. Abgesehen davon, daß die Objekte überall dort standen, wo wir *nicht* hinziehen wollten, schien man Rolf für ein Aufsichtsratsmitglied des Flick-Konzerns anzusehen, das ohne weiteres eine vierstellige Mietsumme hinblättern könnte.

Und dann entdeckte ich in einer der regionalen Zeitungen ein Inserat, das recht vielversprechend klang.

Da wurde in einem Kurort ein freistehendes, geräumiges Einfamilienhaus mit großem Garten angeboten. Besonders beeindruckte mich der Zusatz: Geeignet für Familien mit Kindern. So etwas hatte ich noch niemals gelesen!

Ich hängte mich sofort ans Telefon. Es meldete sich eine Maklerfirma, und zwar eine der beiden, die bisher vergebens nach einer passenden Behausung für uns gefahndet hatten. Man versicherte mir sehr wortreich, daß man uns über das betreffende Haus in den nächsten Tagen selbstverständlich auch unterrichtet hätte, und ob wir es ansehen wollten. Es stände übrigens in Bad Randersau.

Genau dorthin wollten wir ja!

Am nächsten Tag deponierten wir die Zwillinge bei Wenzel-Berta, luden die drei Großen ins Auto und fuhren zur Besichtigung.

Am Ortseingang informierte uns ein großes Schild, daß Bad Randersau ein Soleheilbad ist. Zehn Meter weiter lasen wir: Kurort! Bitte Ruhe halten! Irgendwo in der Nähe ratterte ein Preßluftbohrer.

Wir fuhren vorbei an freundlichen kleinen Häusern mit freundlichen kleinen Gärten und näherten uns dem Ortskern. Dort hielten wir erst einmal an. Die Bahnschranken waren geschlossen. Für mich ein herrlicher Anblick! Wo es Schienen gab, mußte es auch einen Bahnhof geben, und der wiederum bedeutete Rückkehr in die Zivilisation und Verbindung zur großen Welt! Der Bahnhof hatte eine himbeereisrosa Fassade, aber es war unzweifelhaft ein Bahnhof mit Fahrkartenschalter und Gepäckaufbewahrung. Gegenüber befand sich die Post.

Wir fuhren weiter, kamen an einer hohen Mauer vorbei, die einen größeren Park begrenzte. Mitten drin stand etwas Schloßähnliches.

»Wohnt da ein König?« erkundigte sich Stefanie interessiert.

»Könige gibt es nicht mehr, aber vielleicht 'n Graf«, belehrte Sven seine Schwester.

»Schade, ich hätte gern mal mit einer Prinzessin gespielt.«

Wir hatten den Park zur Hälfte umrundet und mußten nun endlich Erkundigungen über die weitere Fahrtrichtung einziehen. Die ältere Dame, die wir nach dem Föhrenweg fragten, bedauerte. Sie sei Kurgast und wisse nicht Bescheid. Zwei junge Mädchen zuckten mit den Achseln. »Wir nix kennen Straße.« Rolf versuchte sein Glück bei einem Herrn mit eingegipstem Arm. Der war aber auch nicht von hier. Schließlich kamen wir zu einem Blumenladen. Rolf ging hinein.

»Wir sollen geradeaus weiterfahren, dann rechts, und dann fangen angeblich die Bäume an«, informierte er mich und drückte mir ein Kaktustöpfchen in die Hand.

Wir fuhren also geradeaus, dann rechts, dann weiter geradeaus, und dann standen wir vor einem großen Krankenhaus. Also kehrt, Straße zurück, die nächste rechts rein – sie hieß Tannenstraße – dann kreuzten wir die Lindenstraße, bogen in die Buchenstraße ein, überquerten den Lärchengrund und erreichten endlich den Föhrenweg. Am Straßenrand standen Birken!

Haus Nummer 8 erwies sich als nahezu quadratischer Steinkasten mit etwas verwildertem Vorgarten und Tiefgarage.

»Bißchen kahl, nicht wahr?«

»Wir wollen ja *im* Haus wohnen und nicht davor!« beschied mich mein Gatte und klingelte weisungsgemäß im Haus Nr. 6, einem efeubewachsenen Bungalow, wo die Schlüssel von Haus Nr. 8 deponiert sein sollten. Ein schon ziemlich betagter Herr öffnete, händigte Rolf die Schlüssel aus und fragte, ob wir allein zurechtkämen. Er sei schon 82 Jahre alt, und die Beine wollten nicht mehr so richtig.

»Du liebe Güte, da müssen wir ja ewig leise sein«, flüsterte Sascha entsetzt, »alte Leute schlafen doch immerzu!«

Das Innere des Hauses gefiel uns auf Anhieb. Der Wohnraum hatte eine normale Größe, das angrenzende Eßzimmer ebenfalls, das Bad war nur vom Schlafzimmer aus zu betreten und würde uns endlich einmal allein gehören, die Küche lag zentral, und ein Arbeitszimmer mit eingebauten Schränken gab es im Erdgeschoß auch noch.

Das obere Stockwerk erinnerte mich allerdings an ein Hotel der Mittelklasse: langer Gang mit tintenblauem Kunststoffbelag, rechts und links Türen. Eins der oberen Zimmer hatte einen kleinen Balkon und wurde sofort von Sven requiriert mit der Begründung, sein Wellensittich brauche Sonne und frische Luft. Sascha wollte das danebenliegende Zimmer haben, aber da war das Bad.

Wir verschoben die endgültige Raumverteilung auf einen späteren Zeitpunkt und bestaunten erst einmal den Garten. Der war nun wirklich riesig, nicht sonderlich gepflegt, was meinen mangelnden gärtnerischen Ambitionen aber durchaus entgegenkam, und bestand überwiegend aus Rasen und Klee. Außerdem gab es einen verrotteten Sandkasten und mehrere Obstbäume. Später stellten wir fest, daß sie nur kleine verschrumpelte Mostäpfel hervorbrachten. Die Kinder hatten genug gesehen, bekundeten ihr Einverständnis zur Anmietung des Hauses und verschwanden. Rolf und ich besichtigten noch einmal gründlich alles von oben bis unten. Unten entdeckten wir neben der Garage und dem Heizungskeller zwei weitere Kellerräume, einer davon mit Wasseranschluß. Das gab den Ausschlag! Rolf hatte schon seiner Dunkelkammer nachgetrauert.

Als wir die Schlüssel zurückbrachten und den alten Herrn darauf vorbereiteten, daß er möglicherweise fünf minderjährige Nachbarn bekommen würde, zeigte er sich wieder Erwarten keineswegs erschüttert. »Vorher haben da auch schon vier Kinder gewohnt.«

Von unserem Nachwuchs war nichts zu sehen. Schließlich entdeckten wir Steffi, die sich mit einem etwa gleichaltrigen Jungen unterhielt.

»Das ist Katharina«, stellte sie uns den vermeintlichen Knaben vor, »die kommt jetzt auch in die Schule, da können wir immer zusammen gehen.« Für Stefanie schien die Übersiedlung nach hier bereits beschlossene Sache zu sein.

Sven und Sascha gabelten wir an der nächsten Straßenecke auf. Sie bildeten den Mittelpunkt einer Gruppe von Kindern, die alle ziemlich unternehmungslustig aussahen und sofort fragten, wann wir denn einziehen würden.

»Wenn wir das Haus bekommen können, sobald wie möglich«, sagte Rolf.

»Det kriejen Sie bestimmt, da wohnt schon seit Monaten keener mehr«, klärte uns ein blonder Knabe auf, unzweifelhaft preußischer Herkunft.

»Und warum nicht?«

»Keene Ahnung, vielleicht is der Bunker zu groß.«

Unsere Söhne verabschiedeten sich, kletterten ins Auto und begehrten eine Fahrt durch Bad Randersau.

»Hier soll es ein ganz tolles Freibad geben, und einen Minigolfplatz und einen Reiterhof und...«

»Jetzt fahren wir erst einmal zum Postamt. Ich will telefonieren«, bremste Rolf die Begeisterung seines Jüngsten.

Das Gespräch dauerte ziemlich lange, war aber auf der ganzen Linie erfolgreich. Wir konnten das Haus sofort haben, und die Miete lag auch noch gerade im Rahmen des Erschwinglichen.

»Prima!« sagte Sven, »aber nun die Stadtrundfahrt.«

Den Bahnhof kannten wir bereits. Jetzt entdeckten wir eine Apotheke, eine Bankfiliale und viele Geschäfte, von denen ich in Heidenberg nur träumen konnte. Wir fanden die Schule, eines dieser unpersönlichen Standardbauwerke mit viel Glas und Beton, trotzdem von Steffi ehrfurchtsvoll bestaunt, wir fuhren an einem wunderhübschen Kindergarten vorbei, an einem weniger hübschen Sportplatz, weil ziemlich ungepflegt, und dann erblickten wir den Wegweiser ›Kurviertel‹.

Da gab es ein Kurhaus mit Kurpark, eine Kurverwaltung, eine Kurbücherei, ein Kurmittelhaus, eine Kurklinik und einen Kurpavillon. Ohne Kur davor schien lediglich das Hallenbad zu sein, mithin auch gewöhnlichen Sterblichen zugänglich.

Und dann standen wir wieder vor der geschlossenen Bahnschranke (ich habe später noch sehr oft davorgestanden!). Die Kinder behaupteten, Durst zu haben. Den haben sie immer, wenn sie sich im Auto langweilen.

»Ich muß aufs Klo!« sagte Steffi. Das half!

Wir hielten vor einem Gasthaus mit dem altmodischen Namen ›Zum Goldenen Posthorn‹ und betraten einen gemütlichen Schankraum. Holzdecke, Butzenscheiben, weißgescheuerte Holztische. In einer Ecke etwas desillusionierend eine Musikbox. Wenn es wenigstens ein Hammerklavier gewesen wäre... Die Wirtin brachte Wein und Apfelsaft und war einem kleinen Schwätzchen nicht abgeneigt.

Nach einer halben Stunde wußten wir alles Notwendige. Bad Randersau hatte ungefähr elftausend Einwohner, die Hälfte davon war allerdings in irgendwelchen Vororten beheimatet. Es gab drei große Sanatorien, mehrere kleine Pensionen und Fremdenheime, ein halbes Dutzend freipraktizierender Badeärzte, drei Zahnärzte und eine orthopädische Klinik. Letztere erwies sich im Laufe der kommenden Jahre als sehr vorteilhaft, denn unsere gesamte Nachkommenschaft ist dort inzwischen karteimäßig erfaßt. Stefanie wurde sogar eine Zeitlang Dauerpatient; kaum war der Armbruch verheilt, da brach sie sich den Mittelfinger, dann verstauchte sie sich den Knöchel, und kurze Zeit später kam der andere Arm in Gips.

Bevor wir die Heimfahrt antraten, kaufte ich in einem der drei Schreibwarengeschäfte noch die letzte Ausgabe des Randersauer Amtsblattes. Jede größere Gemeinde in Schwaben, die etwas auf sich hält, gibt so ein lokales Mitteilungsblättchen heraus. Das von Bad Randersau umfaßte sechs Seiten. Der Kleintierzüchterverband kündigte die nächste Mitgliederversammlung an, der Bezirksschornsteinfegermeister informierte über die bevorstehende Immissionsschutzmessung (??), Herr Dr. Drewitz war für das kommende Wochenende zum ärztlichen Sonntagsdienst eingeteilt, der Odenwaldklub bereitete einen Wandertag vor, die Abwassergebühren würden ab 1. Juli erhöht werden, und ein Herr Prof. Dr. Maiwald plante im Gemeindesaal einen Lichtbildervortrag über Nepal. Eintritt zwei D-Mark.

Die Zivilisation hatte uns wieder!

15

Jetzt stand mir allerdings noch eine schwierige Aufgabe bevor: Ich mußte Wenzel-Berta auf den Exodus vorbereiten. Bisher hatten wir ihr unsere Pläne verheimlicht und den Vertrauensbruch vor uns selbst damit entschuldigt, daß die ganze Angelegenheit noch nicht spruchreif war. Aber nun mußte ich Farbe bekennen.

Wenzel-Bertas Reaktion war ebenso überraschend wie folgerichtig.

»Kriegen Sie wieder 'n Kind?«

Sie war inzwischen so in unsere Gemeinschaft integriert, daß ihr die wesentlichen Punkte der Familienchronik geläufig waren. Tatsächlich hatte ja der jeweilige Nachwuchs bisher regelmäßig einen Umzug zur Folge gehabt.

Ich klärte sie über die Hintergründe des notwendigen Wohnungswechsels auf.

»Da bin ich aber beruhigt«, erwiderte sie, »weil die Jüngste sind Sie ja nu auch nich mehr. – Für zum Kinderkriegen, meine ich man bloß!« fügte sie erschrocken hinzu. Dann wienerte sie verbissen auf dem Couchtisch herum. »So, nach Bad Randersau wollen Sie? Kenne ich, weil meine Schwägerin hat da mal mit was Orthepedischen gelegen, aber gefallen hat's mir nich, und die Oberschwester war ein Drachen, weil die hat dem Eugen doch richtig seine Zigarre weggenommen. Dabei waren da doch bloß Kranke, die was an Arme und Füße hatten und keine mit Diät und so.«

Mein Hinweis, daß wir unsere Zelte ja nicht im Klinikbereich aufzuschlagen gedächten, schien Wenzel-

Bertas Empörung nur etwas zu mildern. »Und wenn schon, ich würde nie nich in einen Ort ziehen, wo so viele Krankenhäuser sind. Da weiß man nie, mit was man sich ansteckt.«

»Sanatorien sind keine Krankenhäuser, und Kurgäste sind auch keine Patienten.«

Wenzel-Berta ließ sich nicht beirren. »Und denn lassen Sie man die Kinder möglichst nich aus'm Garten raus, weil Sie wissen ja nich, mit wem die so zusammenkommen.«

Herrn Weigand hatten wir inzwischen davon unterrichtet, daß wir seinen Vorschlag annehmen würden und uns bereits nach einem neuen Domizil umgesehen hätten. Offenbar sei es aber nicht möglich, ohne Einschaltung eines Maklers etwas Geeignetes zu finden. Herr Weigand bewilligte auch den, schickte uns dafür aber im Laufe der nächsten zwei Wochen ständig Kaufinteressenten ins Haus, die in der Regel während des Mittagessens auftauchten. Während ich – mit heißer Kartoffel im Mund und gerechtem Zorn im Bauch – die typisch weiblichen Fragen nach Einkaufsmöglichkeiten und (nicht vorhandenen) Kindergärten beantwortete, erläuterte Rolf den männlichen Besuchern seine Erfahrungen mit Installation, Heizölverbrauch und Handwerkern. Je nachdem, ob uns die Kauflustigen sympathisch waren oder nicht, rückten wir entweder mit der Wahrheit heraus oder verschwiegen die nicht unerheblichen Mängel des Hauses.

Den Zuschlag erhielt schließlich ein Ehepaar gesetzteren Alters, dessen weiblicher Teil sogar im Juni einen Nerzmantel trug und das Fehlen eines offenen Kamins in der ›doch sonst recht ansprechenden Wohnhalle‹ beanstandete.

»Natürlich könnten wir auch selbst bauen«, erklärte

mir die Dame in herablassendem Ton, »aber dieser ständige Ärger mit den Handwerkern reibt einen ja viel zu sehr auf. Dabei habe ich ohnehin schon eine sehr labile Gesundheit und bin ständig in ärztlicher Behandlung.«

Vermutlich würde sie in Zukunft einen Psychiater brauchen!

In greifbare Nähe rückte unser Umzug allerdings erst dann, als ein Beauftragter der Spedition erschien, um das Mobiliar in Augenschein zu nehmen und die benötigte Anzahl der Kubikmeter zu errechnen, die zum Abtransport unserer Habseligkeiten erforderlich seien. Er kam auf elf Meter.

»Bei unserem letzten Umzug haben wir aber zwölf gebraucht, und inzwischen ist noch einiges dazugekommen«, dämpfte ich den Optimismus des bebrillten Sachverständigen.

»Bei uns sind nur Fachleute beschäftigt«, erklärte mir dieser, »und die wissen, wie man raumsparend verladen muß.«

Später stellte sich heraus, daß unsere Möbel annähernd 15 cbm beanspruchten, und selbst dann mußten wir den Rasenmäher und zwei Kisten mit leeren Einweckgläsern noch in unserem Kofferraum transportieren. Auf die offensichtliche Diskrepanz hingewiesen, grinsten die Möbelpacker nur. »Heini versteht vom Speditionsgeschäft so viel wie wir vom Brötchenbakken. Aber er ist der Schwager vom Chef!«

Mitten in die Umzugsvorbereitungen platzte die Fußballweltmeisterschaft und warf alle strategischen Planungen über den Haufen. Die Zeitverschiebung zwischen Mexiko und Deutschland brachte den ohnehin schon gestörten Tagesablauf restlos durcheinander, denn die Fernsehübertragungen fanden zu den unmöglichsten Zeiten statt und boten speziell den Knaben willkommene Ausreden, sich vor Hilfsdiensten zu drücken. Sie lagen stundenlang vor dem Fernseher auf dem Fußboden – mitunter beköstigten sie sich auch auf demselben – und waren nicht ansprechbar. Mein Desinteresse an Fußball im allgemeinen und an der Weltmeisterschaft im besonderen quittierten sie mit dem gleichen nachsichtigen Lächeln, mit dem sie auch meine Abneigung gegen Elvis Presley und Bill Haley tolerierten. Dabei bin ich wirklich kein Sportmuffel! Ich spiele gern Tennis, kann mich für Eishockey begeistern und versäume nach Möglichkeit keine Übertragung von Skiwettbewerben. Aber für Fußball habe ich nichts übrig.

Wenzel-Berta war der gleichen Meinung. »Wie können erwachsene Männer bloß so kindisch sein und sich wie Halbwüchsige um einen Ball schlagen. Aber mein Eugen is ja auch ganz verrückt nach diese Weltmeisterschaft, und nu is gestern der Apparat kaputtgegangen. Kann er heute abend bei Ihnen gucken?«

»Aber selbstverständlich.«

»Er könnte ja auch in den ›Löwen‹ gehen, aber die saufen da immer so viel, und denn singt er mir wieder die halbe Nacht!«

Pünktlich um 20.45 Uhr stand Eugen vor der Tür. Wenzel-Berta übrigens auch, sie wollte sich noch das Rezept von der Zitronencreme abschreiben. Eugen wurde in einen Sessel komplimentiert, stand aber wieder auf, um die Mannschaftsaufstellung aus der Jakkentasche zu holen. »Wenn wir nu heute gewinnen...«

Der Rest ging in der ZDF-Fanfare unter. Sascha kaute geräuschvoll Kartoffelchips. Rolf entkorkte nicht minder geräuschvoll eine Weinflasche.

»Eugen, wo is denn meine Brille? Ich kann doch ohne Brille nichts sehen.« Wenzel-Berta durchforschte vergeblich ihre Tasche.

Eugen hörte nichts. Er verglich noch einmal die auf dem Bildschirm erschienenen Namen mit seiner Liste.

»Aber ich hatte die Brille ganz bestimmt mit, die muß doch...«

»Pssst!«

Die Brille wurde gefunden. Auf dem Küchentisch neben dem Kochrezept. Wenzel-Berta war beruhigt und holte ihr Strickzeug hervor. Der Ärmel sollte heute noch fertig werden.

Das Spiel wurde angepfiffen, und damit begann ein für mich immer noch völlig unverständlicher Dialog zwischen den Männern. ›Aus‹ und ›Abseits‹ und ›Steilpaß‹ und ›Dribling‹.

»Warum werfen sie denn dauernd den Ball mit den Händen? Ich denke, das darf man nicht?«

Sascha belehrte mich gönnerhaft, daß es sich hierbei um einen Einwurf handele. Aha!

Plötzlich Geschrei: »Tooor!« Schade, ausgerechnet in diesem Augenblick hatte ich ein Stück Kork aus dem Weinglas gefischt.

»Wer hat denn das Tor geschossen?«

»Das war der Netzer, Berta.«

»Gehört der zu den Holländern?«

»Aber Berta, wir spielen doch jetzt nu gegen die Schotten, und Netzer ist natürlich unser Mann.«

»Na, denn isses ja gut. Eugen, gib doch mal deinen Arm her, ich glaube, ich kann jetzt abnehmen.«

»Du, Papi, wenn eine Scheune 17,80 m lang ist und 8,50 m hoch und im hinteren Drittel 6 m, wieviel Kubikmeter hat sie dann?« Sven erschien mit dem Rechenbuch unter dem Arm. Er hatte trotz väterlicher Anordnung seine Hausaufgaben nicht rechtzeitig erledigt und war in einer Anwandlung patriarchalischen Verhaltens in sein Zimmer verbannt worden. Trotzdem hatte er sich nicht nach dem Spielstand erkundigt. Anscheinend hörte er Radio.

»Also wie ist das nun mit der Scheune?«

Rolf, sonst nicht abgeneigt, seinem Sproß bei den mathematischen Gehversuchen Hilfestellung zu leisten, wurde ärgerlich.

»Paß doch in der Schule besser auf, dann brauchst du nicht zu fragen!«

»Ich krieg's aber nicht raus.«

»Dann warte bis zur Halbzeit!«

Sven zog maulend wieder ab. Eine Zeitlang herrschte Ruhe. Dann ein langanhaltender Pfiff. Halbzeit! Ich sammelte die überquellenden Aschenbecher ein, Sascha wechselte von der horizontalen in die vertikale Position, und Wenzel-Berta zählte Maschen.

»Papi, kannst du jetzt mal...«

Papa hörte nicht. Er setzte Eugen gerade auseinander, daß wir nun ganz berechtigte Chancen hätten, ins Endspiel zu kommen. Ich erbarmte mich der Scheune und errechnete eine Kubikmeterzahl, die ungefähr dem Volumen der Londoner Royal-Albert-Hall entsprach.

»Das stimmt doch nie!« protestierte Sven.

»Vermutlich nicht, warte lieber bis nachher. Oder schreib's morgen irgendwo ab, ich kriege das sowieso nicht raus.«

Auf dem Bildschirm verschwand die Wetterkarte, und eine stramme Musikkapelle erschien. Wir waren wieder in Mexiko.

Und weiter ging's. Die Herren der Schöpfung wurden zunehmend lebhafter, und es bleibt dahingestellt, ob diese Temperamentsausbrüche dem Spielgeschehen oder den geleerten Weinflaschen zuzuschreiben waren.

»Der Vogts steht heute immer falsch!« mißbilligte Rolf, als wieder einmal ein Ball ins Aus gerollt war. »Aber der Beckenbauer ist einfach großartig!«

Erstaunlich, wie die Männer die einzelnen Spieler auch noch namentlich auseinanderhalten konnten; ich war schon froh, wenn ich wußte, wer zu welcher Mannschaft gehörte.

»Könn' wir mal Licht machen, mir ist hier eben eine Masche gefallen.«

»Nu laß das bis nachher, Berta, das Spiel is ja bald aus.«

Wenzel-Berta rollte resigniert ihr Strickzeug zusammen und beteiligte sich jetzt intensiv am Spielgeschehen.

»Was hat der denn?«

Ein Spieler lag am Boden und wurde massiert.

»Die sollen den mal mit Franzbranntwein einreiben, das is'n wahres Wundermittel. Der Schmidt ihre Krampfadern sind damit sogar weggegangen...«

»Berta, sei jetzt endlich still!«

2:0. Sascha sprang auf und raste zum zweitenmal gegen die Stehlampe. Rolf drückte seine Zigarette (die wievielte?) im Weinglas aus, und Sven, der den Kampf mit der Scheune wohl endgültig aufgegeben und sich in den Hintergrund des Zimmers verdrückt hatte, tobte wie ein Derwisch in gefährlicher Nähe des Philodendrons herum.

»Sieh dir bloß mal die Beine von dem Mann an!« rief Wenzel-Berta entsetzt und deutete auf die muskelbespickten Oberschenkel von Gerd Müller in Großaufnahme. »Das ist doch bestimmt krankhaft. Und denn immer diese Kopfbälle, auf die Dauer is das bestimmt nich gut.«

Langsam beruhigten sich die Gemüter wieder. Außerdem waren nur noch ein paar Minuten zu spielen, da konnte kaum noch viel passieren.

Als der Schlußpfiff ertönte, schlugen sich die Männer begeistert auf die Schultern und versicherten sich gegenseitig, was wir (wir?) doch für tolle Kerle seien.

Bevor die Haustür hinter ihnen zuklappte, hörte ich Wenzel-Berta noch fragen: »Eugen, sind wir denn nu Weltmeister?«

Die noch verbleibende Zeit bis zum endgültigen Auszug verbrachte ich vorwiegend auf Landstraßen. Mindestens jeden zweiten Tag pendelte ich zwischen Heidenberg und Bad Randersau, ausgerüstet mit Zollstock und diversen Zetteln, auf denen ich vermerkt hatte, welcher Schrank in welche Ecke gestellt werden sollte, um dann feststellen zu müssen, daß er dort nicht hinpaßte, weil er fünf Zentimeter zu lang war. War ich wieder zu Hause, dann hatte ich garantiert vergessen, die andere in Betracht kommende Nische auszumessen, und die Zettelschreiberei ging von vorne los.

Auf der anderen Seite genoß ich ausgiebig die Möglichkeit, wieder an Ort und Stelle etwas kaufen zu können, erstand zwei noch fehlende Lampen, die von einem richtigen Elektriker angeschlossen wurden, und heuerte einen ortsansässigen Dekorateur an, der sich um die noch benötigten Gardinen kümmerte. Bei dieser Gelegenheit lernte ich als erstes, daß in einem Kurort fast alles teurer ist als woanders, ausgenommen Lebensmittel, weil überwiegend preisgebunden.

Inzwischen hatten die großen Ferien begonnen, und statt mich irgendwo am Meer in der Sonne zu aalen und dem dolce far niente zu frönen, packte ich wieder einmal Kisten ein, entrümpelte Keller und Boden – auch Tante Lottis Bierkrug mit Zollernburg verschwand in der Mülltonne – und ermunterte meine Söhne, gleiches zu tun. Sie trennten sich auch tatsächlich von neun zerlesenen Comic-Heften und drei räderlosen Matchboxautos und schleppten ansonsten ständig neue Pappkartons von Frau Häberle an, in denen sie ihre Schätze verstauten.

Ungewohnte Bereitwilligkeit zeigten sie lediglich dann, wenn ich sie bat, mich auf einer Fahrt nach Bad Randersau zu begleiten. Entgegen meiner Vorstellung, sie würden mir beim Ausmessen der Fenster helfen oder einen Teil der anfallenden Reinigungsarbeiten übernehmen, verschwanden sie meist sofort nach unserer Ankunft und schlossen neue Freundschaften. Sascha hatte ziemlich schnell herausgefunden, wo die ihm zusagenden Kinder wohnten, und noch bevor wir endgültig eingezogen waren, kannte ich den größten Teil seiner späteren Clique.

Da gab es Manfred, einen dunkelhaarigen hübschen Burschen, der zwar nicht viel redete, aber den Kopf voller Dummheiten hatte und Saschas Busenfreund wurde. Drei Häuser weiter wohnte Andreas, der über eine angeborene technische Begabung verfügte und einige Jahre später nicht nur die gesamte Nachbarschaft, sondern auch die Polizei zur Verzweiflung brachte, weil ihm ständig neue Spielereien einfielen, die auf irgendeiner technischen Grundlage beruhten. Ich lernte Wolfgang kennen, einen Schwaben reinsten Geblüts, mit dem ich mich erst nach etwa einem halben Jahr unterhalten konnte, weil ich ihn vorher einfach nicht verstand. Auch Eberhard gehörte zum späteren Freundeskreis, jener blonde Berliner, der nie versuchte, seine

Herkunft zu verheimlichen und auch heute noch unverfälschten Dialekt spricht. »Soll ick mir valeicht diese Kindersprache anjewöhnen? Für mich is'n Haus ebent 'n Haus und keen Häusle!«

Zwei Tage vor dem endgültigen Umzugstermin überraschte mich Wenzel-Berta mit einem Vorschlag, der ihrem segensreichen Wirken im Dienste der Familie die Krone aufsetzte:

»Ich habe mir gedacht, und der Eugen meint auch, wir könnten doch ein paar Tage mit Ihnen kommen, weil da is doch bei so 'ner Umzieherei immer viel Arbeit, und ein bißchen Hilfe brauchen Sie doch. Schlafen können wir auf einer Matratze, weil das geht schon mal, wenigstens bis daß Sie alles weggeräumt haben und so.«

Wer verleiht bei uns eigentlich Orden? Wenzel-Berta hätte wirklich einen verdient, viel eher jedenfalls als irgendein Schnapsfabrikant, dem man zum fünfzigsten Geburtstag so ein Blechding um den Hals hängt.

Ja, und dann war es schließlich soweit, und es bot sich uns mal wieder der schon langsam vertraute Anblick: Der Möbelwagen keuchte die Steigung herauf, die Türen wurden aufgeklappt, und gewichtige Männer schleppten gewichtige Möbelstücke. Wie schon bei unserem Einzug stand nahezu die gesamte Dorfjugend herum, beteiligte sich am Transport kleinerer Gegenstände, letzte Tauschgeschäfte wurden abgewickelt, Papierfetzen mit Adressen wechselten die Besitzer, und dann war plötzlich Sascha verschwunden.

Minuten später baute sich sein Freund Gerhard vor mir auf.

»Hend Sie den Schlüssel zum Koffer?«

»Zu welchem Koffer?«

»Ha, zu dem großen weißen da.«

Er meinte unseren Universalbehälter, der einst als Überseekoffer seine Dienste getan hatte.

»Keine Ahnung, wo der Schlüssel ist, vermutlich in irgendeinem anderen Koffer. Wozu brauchst du ihn?«

»Ha no, der Sascha isch drin.«

»Wo drin?«

»In der Kist'. Aber sie gangt nimmer uff!«

»Waaas?«

Ich raste in das schon ziemlich geleerte Wohnzimmer, in dem tatsächlich noch der bewußte Koffer stand, gefüllt mit Couchkissen, zwischen die ich ein paar ziemlich wertvolle Kristallgläser gebettet hatte. Dumpfe Geräusche aus dem Innern bestätigten mir immerhin, daß Sascha offensichtlich noch nicht erstickt war.

Es ist mir noch heute ein Rätsel, wie sich die bis dato einwandfrei funktionierenden Schlösser verklemmt haben konnten, aber die Tatsache blieb: Der Koffer ging nicht auf. Rolf war nirgends zu sehen, Gerhard bohrte hilflos in der Nase, und ich hämmerte ebenso hilflos auf dem Deckel herum.

Die Rettung erschien in Gestalt eines Möbelpackers. Er erfaßte die Situation, zog einen Schraubenzieher von der ungefähren Größe eines Kleiderbügels aus der Hosentasche und stemmte die Schlösser auf. Der Deckel öffnete sich, dem Koffer entstieg ein etwas verängstigter Sascha und hielt anklagend seine linke Hand empor.

»Wer hat denn da was Gläsernes reingepackt? Ich habe mich ganz schön geschnitten!«

Die schon zu diesem Zeitpunkt fällige und lediglich vergessene Ohrfeige handelte er sich eine halbe Stunde später ein, als er mitsamt dem Gummibaum die Treppe hinunterfiel. Ihm war nichts passiert, aber statt eines Gummibaums hatten wir jetzt deren zwei.

Um die Mittagszeit war alles verladen, der Möbelwagen samt Steffi schaukelte davon und signalisierte den Dorfbewohnern freie Fahrt zum Abschiedsbesuch. Rolf war mit den Jungs schon vorausgefahren. Ich sollte mit den Zwillingen und Wenzels nachkommen, obwohl ich langsam bezweifelte, daß wir das jemals schaffen würden. Frau Kroiher kam und brachte Johannisbeeren mit, Frau Söhner kam und brachte Äpfel mit, Frau Fabrici kam und brachte grüne Bohnen mit, Ritas Mutter kam und brachte Eier mit ... Man war wohl der Meinung, wir zögen in die Wüste oder nach Alaska.

Den letzten Beweis von Anhänglichkeit lieferte Karlchen. Er stoppte uns mitten auf der Dorfstraße, öffnete die Beifahrertür und drückte mir eine Flasche ›Heidenberger Sonnenhalde‹ in die Hand.

»Ha no, hier liegt's halt noch mit manchem im arge, aber unser Wein isch gut, daran solltet Sie immer denke, wann Sie mal an uns denke!«

Nachwort

Seit jenem Tag sind fast acht Jahre vergangen. Wir sind seßhaft geworden und wohnen noch immer in Bad Randersau. Mit uns weitere 16692 Einheimische, zu denen wir uns inzwischen auch zählen. Wir haben ein neues Kurhaus bekommen, das wie ein Betonbunker aussieht, innen aber recht hübsch ist. Als besonders vorteilhaft erweisen sich die verschiebbaren Innenwände, dank derer das halbe Kurhaus in einen Theatersaal verwandelt werden kann. Eine moderne Bühne gehört ebenfalls zur Ausstattung, und seit ein paar Jahren ist Bad Randersau Etappenziel wandernder Tourneetheater. Wir konnten schon Marika Rökk bewundern, Maria Hellwig und die Tegernseer Bauernbühne.

Unser Wohnviertel hat sich um das Doppelte vergrößert, und nachdem alle heimischen Baumarten namentlich gewürdigt worden sind – als letztes wurde eine Ebereschenstraße geschaffen, die aber nach Svens Meinung den Sträuchern zugeordnet werden muß –, ist man zu den Dichtern übergegangen. Schiller, Goethe, Uhland und Kerner haben wir schon. Mit einer Heinrich-Böll-Straße dürfte in absehbarer Zeit jedoch nicht zu rechnen sein, da dessen politische Richtung nicht mit der des hiesigen Gemeinderats übereinstimmt.

Im Zuge der Gebietsreform wurden einige Dörfer der Gemeinde Bad Randersau einverleibt, wodurch sich die Bevölkerungszahl erhöhte – rein statistisch gesehen! Daraufhin erkannte man vor drei Jahren Bad

Randersau die Stadtrechte zu. Seitdem zahlen wir höhere Steuern und brauchten auch neue Autokennzeichen.

Als Sven und Sascha in das Alter gekommen waren, in dem sie die im Nachbarort installierte Diskothek als zweite Heimstatt erwählten, plante man bei uns ebenfalls den Bau einer derartigen Vergnügungsstätte. Inzwischen zeigt auch schon Stefanie das erste Interesse an diesen Kommunikationszentren weltschmerzbehafteter Teenager, aber auch sie muß immer noch die fünf Kilometer nach Bad Wimmingen fahren.

Wir haben jetzt einen neuen Bürgermeister. Der will nun endgültig eine Diskothek bauen, und vielleicht kommen dann die Zwillinge noch in den Genuß derselben.

Sascha ist übrigens weder Lokomotivführer geworden noch Rennfahrer oder Kriminalbeamter. Er hat sich für das Hotelgewerbe entschieden und volontiert zur Zeit in London. Seine Abneigung gegen Schreibereien jeder Art hat sich noch immer nicht gelegt, und so beschränken sich unsere Kontakte überwiegend auf Telefonate, die regelmäßig als R-Gespräche ankommen. Im übrigen lassen mich diese fernmündlichen Unterhaltungen jedesmal bezweifeln, ob das, was ich damals in der Schule gelernt habe, wirklich Englisch gewesen ist. Sascha pflegt jedesmal seine inzwischen recht beachtlichen Sprachkenntnisse zu demonstrieren, und die Verständigungsschwierigkeiten werden von Mal zu Mal größer.

Im nächsten Jahr will er in die Schweiz gehen. Französisch kann er noch nicht. Außerdem hat er keine Lust, zu den Fahnen geeilt zu werden.

Bei Sven siegte das Pflichtbewußtsein. Dabei ist er vom Charakter her glühender Pazifist, der sich schon als Kind lieber verprügeln ließ, als selbst einmal zuzuschlagen. Trotzdem hat er sich dem Ruf des Vaterlandes nicht entzogen und nimmt derzeitig Panzer auseinander. Allerdings hofft er, nach Beendigung seiner Wehrdienstzeit auch in der Lage zu sein, die Panzer wieder zusammenzubauen.

Mit Zukunftsproblemen gibt sich Stefanie noch nicht ab. Sie geht zur Schule und zeigt bisher keinerlei berufliche Interessen. Fest steht nur, daß sie nicht studieren will. Einen Dienstleistungsberuf lehnt sie auch ab, und ein Handwerk kommt für sie nicht in Frage. Bleibt eigentlich nur noch Astronaut, Tiefseetaucher oder Testpilot, Berufe also, die augenblicklich noch Männern vorbehalten sind.

Die Zwillinge – beide gute Schülerinnen und lebender Beweis für die Behauptung, das Beste käme immer zuletzt! – bereiten sich auf den Übergang zum Gymnasium vor. Englisch können sie schon! Von mittags bis abends jault Steffis Kassettenrecorder und gibt Töne von sich, die nach Aussage der Mädchen Hits auf dem Plattenmarkt sein sollen und den Zulauf streunender Katzen in unserem Garten abrupt gestoppt haben. Untermalt werden diese Töne von einem meist heiseren Geröhre, das ganz entfernt an angelsächsische Laute erinnert. Immerhin gelingt es den Zwillingen, diese Geräusche einigermaßen naturgetreu wiederzugeben, und nun sehen sie dem kommenden Englischunterricht sehr optimistisch entgegen.

Heidenberg haben wir kürzlich auch besucht. Wir waren seit unserem Auszug nicht mehr dort gewesen und hätten es beinahe nicht wiedererkannt. Asphaltierte Wege, moderne Straßenbeleuchtung, Postamt (vormittags und nachmittags jeweils zwei Stunden geöffnet), eine Zapfsäule für Dieseltreibstoff und ein nagelneuer Schulbus. Im Gemeindehaus ist eine Bankfiliale untergebracht (Näheres siehe unter ›Post‹).

Unsere ehemalige Villa Hügel ist zwar immer noch das höchstgelegene Bauwerk Heidenbergs, aber rundherum sind Ein- und Zweifamilienhäuser aus dem Boden geschossen. Ihre Bewohner können sich gegenseitig in die Kochtöpfe sehen, und ihr Privatleben dürfte sich zwangsläufig halböffentlich abspielen.

Die meisten Leute, denen wir begegneten, kannten wir nicht. Vertraute Gesichter entdeckten wir erst im ›Löwen‹. Hinter der Theke stand allerdings nicht mehr Frau Häberle, sondern der Bundeswehr-Sepp, Schwiegersohn der ehemaligen Wirtin und Vater von zwei Kindern. Seitdem Wenzel-Berta Großmutter geworden ist, besucht sie uns nur noch selten, die Enkel fordern ihr Recht. Und Eugen kann auch nicht mehr so oft von zu Hause weg. Er züchtet jetzt Blumenkohl.

Während der Rückfahrt krabbelt plötzlich etwas an meinem Hosenbein empor. Mochte sich Heidenberg selbst auch verändert haben, der Käfer sah jedenfalls genauso aus wie seine Artgenossen, die ich vor acht Jahren reihenweise erschlagen hatte. Wenigstens das Ungeziefer war das gleiche geblieben!